アテナの銀貨

中村克博

郁朋社

アテナの銀貨／目次

装丁／根本比奈子

第一章

栄西、彦山（英彦山）で為朝と会う

桶にはお湯がたしてあった。あがり框に腰を下ろし脚絆をほどいて草鞋を脱いだ足を入れている。凍えた足が痛いほど気持ちいい。両手は印を結ぶように合わせ目を細めてしばらく動かなかった。

「禅師さま、も少しお湯をたしましょうか」

傍らに、手渡した荷物を抱えた若い女が笑顔で見ている。

「いや、いい加減じゃ、ありがたい」

栄西《えいさい》は旅の手甲を外して桶の中の足を揉むように洗った。ゆっくりした動きだが水がはねて、たたきの土をわずかに濡らした。

「去年まいられたのは秋の蝉がなくころでした」

栄西は、ほほえんで女を見上げ傍らに置かれていた足ふき布をとった。指のあいだ一つ一つまで丹念にぬぐった。

「部屋に火が入っております」

部屋は、中の間の板張りで低い天井がはられている。明かり取りの障子はあるが薄暗い。土釜をかけた火桶の炭が赤く見えた。部屋はあたたかかった。栄西は旅装を解いて持参した法衣に着かえた。

女は湯呑に湯をそそいで水差しの水をくわえた。白湯は熱湯を冷まして作るが栄西の喉の渇きをさっして湯冷ましが用意してあったが使わなかった。栄西は火のそばに座って湯を口に運んだ。

「幾つになられた」

ふいに栄西が尋ねた。

「この正月で十五になりました」

女は栄西の着かえたものを畳みながらこたえた。

栄西はうなずいた。口をすぼめて息を吹きかけ、もう一口のんだ。

「私は今年で五十五になりますな」

栄西はゆっくり立ち上がり、

「今年は建久六年、万年寺の虚庵《きあん》様にお別れして五年になる」と、つぶやいた。

女は手を休めて栄西を見た。万年寺は宋の国のどこにあるのですかと尋ねたかったが、畳みおえた衣類を手に奥の部屋の用意ができているのを、ことわって部屋を出た。

庭で若い武士が二人、しゃがんで鳥の親子にえさをやっていた。栄西にお供してきた山麓の添田《そえだ》に土着する豪族の郎党たちだ。女に気づくと反りの高い太刀の鍔に指をかけ立ち上がってお辞儀をした。

栄西は部屋を出た。案内はつかない。閉じられていた廊下の障子が明るかった。障子を少しあけて外をみた。朝日は中岳より高く青い空に輝いていた。目を落とすと庭ごしに川辺が広がって一面に枯れたすすきの穂がゆれてる。日差しがあたたかい。濡れ縁に出て、しばらく景色をながめていた。

奥の部屋の障子を開くと、囲炉裏のむこうに定秀が蒲の葉で編んだ円座に足を組んでいた。栄西を見ると、いずまいを少しなおしたが口元がゆるんだ。

「年あらたまりまして」と定秀は床に両手をついて頭を下げた。

「おひさしぶりです」と栄西はこたえて後ろ手に障子を閉めた。

部屋はまだ煙の匂いが残って、囲炉裏には熾火があかあかと燃えていた。天井はなく大きな松梁の小屋組が黒く見えた。栄西は正面の座をさけ、定秀と囲炉裏をはさんで正座した。あらためて新年の口上をのべた。明るい障子のわきに目を移すと唐金の壺に梅が開いていた。

「香椎《かしい》からの道すがら日和がよくて、このたびも添田に泊まりました。この近くの梅はまだ固いつぼみでしたな」

この白梅は自分の訪れをみはからって、まえもって切ったものだろう。あたたかい明るい部屋に三日ほども入れておくと梅のつぼみは早くふくらむ。

囲炉裏には釜がすえられていた。

「この釜は、先年わたくしがお持ちしたものですな」

「はい、もっぱらこの釜を使っております」

「釜肌もよくなりましたな」

釜の湯が煮えるのを待つあいだに料理がふるまわれた。飯椀と汁椀と酢の物がのった膳が運ばれ、屠蘇が少量つがれた。

それから煮物椀、近くの渓流でとれた焼き魚と続いた。

膳がひかれたあと練り菓子が出された。

「ほう、これはおいしいですな」

「蒸し栗の実をつぶして蜂の蜜をねりこんでおります。薬味などに工夫をこらし、野良仕事のひまの稼ぎになります」

「菓子は、薬草についでの財源になりそうですか」

「いや、いや、日もちがしません。それより、このあたりでも茶の栽培が盛んになっております」

「そうですか、茶を点てるのは、博多では日ごろの楽しみになっておるようですからな」


定秀は栄西と縁から庭に出た。日は高くなっていた。庭履きのまま二人は川岸にまでおりた。流れのゆるい川面に鴨が数羽うかんでいる。栄西は警護の武士がついているのに気づいていた。枯れたすすきが風にゆれて遠くから鉄を鍛える規則正しい槌の音が聞こえてくる。二ケ所、三ケ所、もっと多い。

「鍛冶場がふえたようですな」

「香椎宮から矢の催促です」

「春の強い風がおさまれば博多の船も香椎の持ち船もでますので」

「戦乱のたえない南宋の国で日本の刀は人気になっておるようですね」

「軽いし、折れず、まがらず、よく切れる。それに形が美しい」

ボーン、ボーン、と鳴りものの音がした。

表の部屋はしつらえが変えられていた。押し板の隅に椿の紅が一輪さしてあった。栄西の席の横に小さな壺がおかれていた。

「香椎の葉を挽いてきました。同じ種でも背振《せぶり》の葉とは味わいが違います」

定秀は湯を茶碗にそそぎ、こぼしにあけ麻布でふいた。茶碗を置いて麻布を戻し、差し出された小さな壺をとると左の手にのせた。

「茶入れですか」

蓋をとって覗いている。

「いや、南宋で使う薬味入ですが、いくつかお持ちしました」

定秀は茶匙を手にすると小さな壺から抹茶を茶碗にいれ、竹の柄杓でお湯をそそいだ。

「加減はいかがですか」

「けっこうですな……この茶碗は備前ですか」

「いえ、備前の技法を尋ね、この近くで焼いております。かなりいい焼き締めが作れるようになりました」

定秀は自分のために、もう一つ茶碗をとり茶を入れて練った。そのとき庭の方から鎧具足の音がして障子の明かりに人の気配がいくつもみえた。定秀はそれに気を取られたのか茶碗がコロンとひっくり返った。緑色のすじが板張りにながれた。

「それは以前、私がしんぜた茶碗ですな。天目山の禅寺で日ごろに使われている黒釉ですがよく転ぶ。宋では立ったままで茶を点てるので、それでよく割れる」と栄西は声を出して笑った。

定秀は粗相をわび、こぼれた茶をふいて茶碗に残った濃ゆい茶をすすった。栄西の使った茶碗を手に取り、湯を一杓そそいだ。こぼしに移し、さらに水を入れ、ささくれた竹を束ねた道具でかき回した。自分の茶碗も同じようにした。

「所作になかなかの工夫がみられますな」

「近頃このあたりの武士は来客をもてなすおり自らが茶をふるまいます」

「武辺者が薬湯でなく茶とはな」

定秀があらたまるように、

「八郎様がおつきでございます。薄い茶を離れに用意しております」

栄西はうなずいて腰をうかした。とりあえず道具をしまい、定秀は栄西を先導して表の部屋を出た。


「白河北殿が焼け落ちるなか、八郎さまに従ったのは三騎ほどでした。血路を開くうち私は右肩に深手をうけ、どこをどう逃げたか、はぐれて気がつくと奈良の東大寺におりました。仏門に帰依し、十年ほど千手院で鍛刀の伝法を学びました。八郎様は近江の坂田で矢傷を湯治中に捕らえられ京で首をさらされるところを伊豆の大島に流されました」

これまで、なんどか聞いた保元の乱でのいきさつだが、栄西は「ほう、ほう」と聞いていた。

栄西が顔をほころばせ、

「伊豆をのがれ熊野にとは聞いていたが、まさか彦山においでとは」

定秀は後ろの栄西をうかがいながら話題をかえた。

「ところで、博多の聖福寺の創建は順調なようですが、それにしても銭がかかるもんでございますな」

渡り廊下に出た。母屋にさしかけられた下屋は日差しをさえぎって庭先がより明るく感じられる。修験者が五人ほどいる。腹巻をつけ小振りな太刀を佩いている。定秀をみて頭をさげた。栄西は足をとめてお辞儀をした。


離れ屋は鴨居が低い。いきおい頭を下げる形になる。戸口を入ると前室の板の間は薄暗く冷気を感じた。

定秀はひと足入って、背後をうかがい小さく言った。

「足元に気をつけてください」

板の間の右隅に女がかるく頭を下げて正座していた。腰障子二枚の引き違いを二手で開け、定秀は膝行して部屋に入った。畳が敷き詰められていた。唐金の火鉢の上に茶釜がかけてあり、その奥に八郎為朝《ためとも》がみえる。

定秀は背中を真っ直ぐに折り曲げて深々とお辞儀をした。主従は無言であった。定秀が歩いて点前の座に着いた。栄西が部屋に入ると腰障子は外から静かに閉められた。

栄西は頭を下げたまま挨拶をする。

「明庵でございます。初めてお目通りいたします」

「栄西禅師ですな。為朝です」

為朝は栄西の名を尊称で言いなおした。栄西は膝行して客席についた。あらためて三人は共に頭を下げた。

栄西は体を起こすと、

「伊豆の大島を出られ紀伊の熊野においでと存じておりましたが、彦山にご滞在とはこのたび初めて承りました」

為朝は無言で栄西を見ている。火鉢にかけられた茶釜からは湯気が立ち、たぎる音がかすかに聞こえていた。

定秀が話をついだ。

「熊野には、八郎為朝様の御父上、六条判官源為義《ためよし》様の御息女が熊野別当行範《ゆきのり》様の奥方である縁によります。熊野別当様はかねて上総国《かずさのくに》に知行地がございました」

栄西は為朝に向いていた目線を下げた。四畳半の小部屋は天井も低くあたたかだった。栄西の後ろに竹の格子の入った窓がある。少し開けられた障子は明るく、時おり入る風はひんやりと心地よかった。

定秀が話を続ける。

「南房総からは紀伊国まで、伊豆大島、遠州灘、熊野灘は熊野水軍の勢力圏です。熊野別当様は、このたび鎌倉から改めて南房総の地頭職をたまわったようでございます」

栄西が目線を下げたまま、

「私ごとでございますが、博多の聖福寺の地所も鎌倉の頼朝様から直接のご配慮でいただいたものでございます」

定秀は茶釜の蓋をあけ蓋置に置いた。小さな水瓶からひと杓、水を差した。為朝の後ろに幅二尺ほどの押し板があり壁には軸がかけてあった。その前に太刀掛けが置かれ太刀があった。

「その太刀は昨年、私が打ったもの、お気に召していただいたようで」

為朝は顔をほころばせた。左に肩をひねって太刀をつかんで膝元に引き寄せた。柄頭を自分に向け左手の握りに力を入れると鯉口が切れた。右腕よりも四寸も長いといわれる左腕は鞘が刀身から離れるまで伸びた。上を向いた白刃が鈍く光っていた。

「気に入っておる」

為朝は鞘を、組み足の左に置くと左手は膝に戻した。

「二尺五寸ほど、反り七分余り、身幅があり元重ねが三分ほど……」

定秀は栄西に太刀の詳細を解き明かした。為朝は切っ先を立て刃を自分に向け栄西に手渡した。

「見た目よりは軽い」

栄西は慣れた手つきで太刀をしばらく拝見して為朝の手に返した。

「まだ、この太刀で人は切っておらぬが、よく切れる」

為朝は太刀の地肌を確かめるように障子からの明かりにかざして音もなく鞘へ収め、元の太刀掛けに戻した。

定秀は薄く点てた茶を、にじりながら足を組んで座っている為朝の前に運んだ。為朝は茶碗をとると左の手のひらにのせた。うなずくように目礼したあと一口飲み下し、残りをゆっくり口に運んだ。定秀はその様子を見届けて席に戻った。

栄西の茶を点てながらつぶやくように、

「世が治まり、戦さがなくなれば刀は役目をなくします。人は刀を持つ手で鍬をもっております」

栄西が応えた。

「人が刀を忘れると鍬を持つ手で次なる争いの種をまくのかもしれませぬな」

定秀は少し体を右に開いて栄西に茶碗を差し出して軽く頭をさげた。栄西はにじりながら近づいて茶碗を膝前にとり、後ずさりして茶碗を引き寄せながら元の席に着いた。かしこまって茶碗にお辞儀をした。茶碗を手にして、ゆっくり飲みながら、為朝の後ろに掛かった軸の字を見た。

「喫茶去《きっさこ》、いい言葉ですが、なかなか」

「誰もが、それができればとのぞんでいるのですが……」

定秀は自分のための茶碗を用意しながら、

「茶を飲もう、ということではないのか」

為朝がいぶかしげに、

「は、そのようなことでございます」

飲み終えた茶碗を手にしたまま、栄西が応えた。

「ほかに、どのような意味があるのかな」

為朝は目の隅が切りあがった眼差しを向けた。

定秀が口をはさんで、

「殿の言われるとおりでございます。ただただ、茶を飲む。ただ、そのようになせば良いのかと」

為朝が栄西に目を移した。

「なるほど、民をそのような日々におくのが、政《まつりごと》の勤めであるのだな」

栄西は両手をついて頭を下げていた。前には飲み干した茶碗が置かれていた。定秀は言葉をつづけた。

「そのため武をおろそかにはできませぬ。さすれば刀を使わずにすむ世の中が続きます。おごらず、ぜいたくを戒めれば財の蓄えができ武をととのえられます」

「わしは、そのようにしてきた積もりだが、敗れて島に押し込められ、今だ逃げ惑っておるが」

為朝は大きな体を窮屈そうに前後に小さく揺すって笑った。

「ま、よいではないか、おごらずに贅沢せずに武を磨く、さすれば、うまい茶が飲めるのであれば申すことはないぞ」

為朝は、先ほど飲み干した茶碗をゆっくり突き出した。

定秀は自分の茶碗を膝横に置き、かしこまって、出された茶碗を両手でいただいた。席に戻り、湯を注ぎ、こぼしに移した。

「茶を点てる所作に工夫があるようだな」

「は、近隣の武家ではそれぞれ、互いに披露しあっております」

茶釜がけわしく響いていた。定秀は水瓶から柄杓で茶釜に水を注いだ。湯気はおさまり音は静かになった。定秀は蓋置きに使っていた円形環状の古い駅鈴《えきれい》を右手にとって軽く振った。音色が転がるように聞こえた。

腰障子が開いて、女が丁寧にお辞儀をして定秀をうかがった。

「茶碗をしまってくだされ」

女は軽く頭を下げ部屋に入って障子をしめた。向き直って栄西の前に膝をにじらせ茶碗を手にとった。栄西はかすかに口元をゆるめ軽く頭を下げて女の手元をみた。そのとき部屋の外に物騒がしい気配を感じていた。

為朝が静かに右膝を立て身を乗り出して大きな長い腕で女を引き寄せた。女は声も立てずに為朝の後ろの押し板の上におかれた。為朝は愛用の太刀を腰につけながら穏やかな眼差しで栄西を見た。

「頭を低くして、こちらへおいでください」

すぐに剣戟の音が聞こえてきたが気合の声も怒号も聞こえなかった。定秀は、このような修羅場はこれまで幾度も経験しているが背筋に冷たいものが流れるのを感じていた。帯の前差しの横に炭斗《すみとり》にあった鉄の火箸を差し込んだ。唐金の火鉢を茶道口の前に運び茶釜を下ろした。柄杓に水をくんで火鉢の赤い炭に静かにかける。灰が飛ばないように滴るようにかけた。それでも水は瞬時に蒸発して、灰を巻き上げた。

茶道口の奥は幅が二間ほどの水屋があり勝手口から裏庭に出るようになっている。矢羽根の音とともに一筋の矢が竹格子の障子窓から飛んできた。矢が障子を破る音、茶道口の襖に小さな穴をあけて突き抜けていった音が同時に聞こえた。

為朝はおもむろに竹格子の障子を開けて外を見た。南面した庭の先に川面が輝いて外はすでに昼の日差しになっている。さらに矢羽根の音がした。為朝はすっと顔をそむけた。矢は顔をかすめて茶道口に二個目の穴を開けた。

為朝はなおも外の様子を見ていた。

「矢は二方向からくるようだ。庭に太刀を使う賊が五人みえる。手練だな」

「早鐘が鳴らぬが、はしごを登る者が射られるのでしょう」

「彦山からの、みどもの家礼が五人、添田から栄西禅師に従った武士が二人、それに、この屋敷に詰めておる武士は五人ほどだな」

「武士は五人ですが、得物を持てる者は他に五人ほどおります」

「そうか、敵の数も同じほどだろう。まず矢を止めねば、すでに二人が倒れておる。打って出るぞ」

為朝は鯉口を切って鍔に指をかけ腰障子の方を向いた。すぐ近くで刀を合わせる食い込むような鋼の音と、乾いた砂地を蹴る確かな足運びの音がした。それが、そのまま渡り廊下に上がってきて腰障子に影を作った。

影は障子を大きく切り裂いた。切っ先が白く光った。同時に、その影にもう一つの影が絡まって板戸や壁に激しくぶっつかる。いずれが敵か味方かの区別はつかない。為朝は頃合を見定め右肩を先にして閉まったままの障子越しに飛び出た。七尺もあるという大きな体が二つの影を一つにして弾き飛ばした。

定秀は前差しを腰から抜き、鞘ごと女に手渡した。女は両手で受け取ってうなずいた。

栄西は先ほどから印を結ぶように両手を重ね目を閉じていた。小柄な栄西は女と並んで押し板の上に座っている。雛飾りの紙人形のように動かない二人を見て、定秀は桃の節句には早いがと顔をほころばした。

為朝は渡り廊下から庭に飛び降り、そのまま走りながら鞘を払って一人を斬った。喉元を切られた武者は血煙を残し、ゆっくり後ろに倒れていった。為朝は走りを止めず左に向きを変えた。二筋の矢が為朝の右肩を外していた。定秀はすぐ後に続いていた。水瓶の蓋と茶釜の蓋を左右の手に持っていた。次の矢をつがえようとしている敵の武者の顔が見える。

定秀は茶釜の蓋を右手につかみ、大きく横に反動をつけて飛ばした。重い茶釜の蓋はほぼ水平に飛んで武者の顔面を直撃した。武者は矢を持ったままで座り込むように地面に崩れた。

定秀は水瓶の蓋を右手に持ち直してもう一人の弓を持つ武者を見た。落ち着いた涼しい眼差しでこちらを見据えて静かに右手の弦を絞ろうとしている。今ならまだこちらの土器の礫の方が早いと思ったが目の前で二人の敵を相手にしている為朝の家来が手傷を受けているのに気づいていた。

胴丸を着けているので深手はないが受け太刀の形勢は限界にきて、次の上段からの一撃には耐えられそうになかった。定秀は左手で腰に指している火箸を一本とった。手首をひねるようにして飛ばすとブンと唸った火箸は太刀を振り下ろそうと大きく両手を上げていた武者の顔の真ん中に突き刺さった。

定秀はすかさず右手に持っていた水瓶の蓋を振りかぶって投げた。蓋は放物線を描いて弓を持つ武者の胸元に当たった。それとほぼ同時に定秀の右肩には放たれた矢が刺さった。定秀は腰に残った鉄の火箸を右手に持って走った。途中、手負いの武者が片膝をついて定秀の腰を払ったが身を交わさずに走り弓の武者に体ごと突き当たった。火箸が深々と胴丸を突き抜けた。若武者だった。苦痛の顔で力なく太刀を抜きかけたが定秀は難なく手の甲をおさえて太刀を奪った。

その頃には屋敷の武士たちが駆けつけ、残った敵の武者たちを取り囲み追い詰めるように戦っていた。定秀の肩に刺さっていた矢は争ううちに抜け落ちて出血もさほどではなかった。切られた腰の傷も骨を砕くほどではなかった。

若武者は胴丸越しに刺さった火箸を抜けずにうずくまっていた。定秀は、止めを刺さずに生かしておくように言い残して為朝の姿を追った。

時の流れを少し、戻さねばならない。

栄西は押し板の上に座り、手は軽く印を結んで目を閉じていた。女は傍らに端座して左手で鞘を右手で柄を逆手に持っていたが順手に持ち直して、ゆっくり白刃を抜き出した。

定秀が茶釜の蓋を投げていた時と同じころであった。

水屋の勝手口が開く音がして、すぐに茶道口の襖が開いた。抜身の刃を上に、武者が踏み込もうとした。踏み込もうとしたが目の前の茶釜に気づいた。出しかけた右足がためらったとき勝手口の方で大きな物音とともに、けたたましい叫び声が聞こえた。

勝手口に回り込んだ為朝が建物の角を曲がりざま賊の一人の脇腹を突き刺していた。武芸をつんだ武士だろうが予測しない不意なできごとに仰天した叫びだった。為朝の太刀は武者の胴丸を突き抜けていた。為朝が太刀を引き抜くと事切れた体は崩れ落ちた。

すかさず為朝の太刀は次の武者の胸を突き刺した。仲間の叫びを聞いて次に自分が刺されるまで体を動かす隙もない一瞬だった。

三人ほどの武者が為朝を囲んで正眼に構えていたが打ち込む気配もなく間合いを詰めることもなかった。

為朝は太刀を無造作に下して勝手口に顔を向けた。勝手口は沓脱石があり床が二尺ほど高くなっていた。昼間の明るい日差しからは暗い水屋の中の様子はわからない。為朝は沓脱石をまたいで左足から、かまわず入っていった。太刀を振り回す広さはない。中には三人の武者がいた。勝手口に近い武者は左足を一歩引いて太刀を切り上げたが為朝にかわされた。切り上げた切っ先は低い天井に当たって音をたてた。為朝は太刀の物打の棟に左手をあて、切り上げてきた武者の顔を引っ掻くように切り下げ、さらに喉元を軽く差した。首の血筋から鮮血が吹き出したのが黒く見えた。一瞬のできごとだった。

為朝は左手を棟にあてたまま体を沈めて下段に構えた。次の武者は右足を大きく踏み出して太刀を両手で突き出してきた。為朝は半身に剣先をかわし右足を出して相手に寄り添うようにした。為朝の太刀はぴたりとついた二人の体の間にあった。為朝は体を右に回し、切っ先が武者の左脇下を深く切り裂いた。

茶道口にいた武者は、ひとつながりの様子を見て思わず後ずさりした。左足が茶釜に当たった。茶釜が転び武者の足がもつれた。武者は後ろ向きにひっくり返って火鉢に首筋を打ちつけた。茶釜の湯が畳に流れて湯気がたった。武者の頭は火鉢の中にあった。女は前差しの刃を返して上に向け、柄頭引きつけ左手で袂を絞って左膝を立てた。

火鉢の炭火は先ほど定秀が水をかけて消してあるが唐金の重い火鉢はまだ手がつけられないほど熱かった。武者は動かなかった。右手の太刀が手から離れて落ちた。為朝が部屋に一歩入ってその様子を見ている。その後ろの茶道口から定秀の顔ものぞいていた。栄西は変わらずに薄目を閉じて座っている。

武者は右肘を引いて体を起こして頭を浮かしたが叶わず再び頭は火鉢に打ちつけるように落ちた。女の体が動いた。刃を鞘に収め膝横に置くと武者を抱きかかえて火鉢から離した。女の右手に血糊がぬらりとついた。武者がうつろな眼差しで女を見て、太刀を探そうとした。

栄西は半眼のまま武者の顔を静かに見た。悲しげであった。

「もうよい。戦は終わった」

武者は観念するように目を閉じた。

大きな穴が開いて形をなさない腰障子の入口には味方の武士の姿が数人見える。入口の前にいる者は片膝を付いて太刀を持つ手を体の後ろに回している。

あたりは静かになっていた。

「大友の手のようだな」

為朝が懐紙を取り出して太刀を丁寧に拭っている。

突然、早鐘が鳴りだした。片膝を付いた武士が音の方を向いた。笑顔から白い歯がのぞいていた。


春の初めに吹く強い南風の季節が過ぎていた。為朝はこの時化の季節がすぎると香椎から南宋への船が出ると聞いていたが、その船で壱岐島《いきのしま》まで行くことを提案されたのは、ひと月ほど前だった。

昨夜は夕餉のあと、香椎の報恩寺の宿坊を出て少し歩くとヤマボウシの白い花が咲きはじめ荒津の崎に東寄りの南風が心地よく吹いていた。日が落ちて沖に漁火が見えていた。このように月が明るくては漁火のもくろみは、いかほどかと考えるのだが、月影が漂う波間に漁火が重なるさまはおもしろくて、凪いだ夜の漁をする様子をいつまでも見ていた。


右舷に開いた筵帆《むしろぼ》が風を流して滑るように進んでいる。香椎の浜を日の出前に出てから一時は過ぎて、目の前に能古島《のこのしま》（能許島）が見える。

朝餉のあと船の揺れは心地いい。朝日が生屋形《ゆらやかた》の屋根の軒下から為朝の背中をほぐしていた。為朝の横には足を組んで座っている栄西の姿が眠っているように見える。

為朝は甲板に下りていった。舳先が波頭をたたいて、うねりが船べりを通り過ぎるが、しぶきが甲板にまで上がることはなかった。右舷の前方を見ると志賀島の浜辺から塩を焼く幾筋も白い煙がゆっくり立ちのぼってたなびきながら北に流れていた。帆柱を見上げると朝日が当たった筵帆が風を受けて軽やかにはらんでいた。

玄界島が見える。その先の水平線の彼方に目を細めると小呂島《おろのしま》が小さく見えた。今日は見通しがすこぶるいいようだ。為朝は小呂島の先に広がる海の彼方に熊野灘の果てしない海原を思い重ねていた。舳先に水夫《かこ》が二人いて水先を見ている。

一人は帆柱の先端から舳先に渡してある筈緒《はずお》に手をかけ遠くを望んで、もう一人は船縁に寄り添って近くの水面を見ている。甲板には武士が十人いて目立たないように腰を低くしていた。積荷はなかった。

船は能古島の北にさしかかった。この島の北側は急な斜面の森林が海辺の岩場まで迫っている。深い緑の中に芽吹いた新緑が、もこもこと萌黄の色をいくえにも重ねて輝いていた。岩を洗って白く泡立って引いていく波の音が聞こえる。島の北側は海が深い。船が島影に入って南の風がさえぎられたようだ。舵をとる艫屋形から声がした。

「帆を下ろせ」

するすると降りた筵帆を水夫が手際よくまとめて細なわでくびった。船べりから外に出ている櫓棚には両舷に四人ずつの漕ぎ手がすでに櫓をあやつっていた。掛け声が聞こえ、それがすぐに合わさって一つの響きになっていった。

「エイサー、エイサー」

船足が早くなり掛け声はさらに力強くなった。掛け声の「エイサー、エイサー」が「栄西、栄西」と聞こえるのが為朝にはおかしかった。


栄西が笑顔で問いかけた。

「久しぶりに海に出られていかがですか」

「私には陸より山より海が性に合うのかと思ったりします」

「八郎様（為朝）が彦山におられることは、すでに鎌倉には知れておりました」

「熊野にいては熊野別当に迷惑がかかり彦山にこもっておったが……」

「鎌倉は、豊前・筑前・肥前の北九州三国の守護に武藤資頼《すけより》を、豊後・筑後・肥後の中九州三国の守護に大友能直《よしなお》を、そして、薩摩・大隅・日向の南九州三国に島津忠久をつかわしております。しかし、原田氏、秋月氏、有馬氏、菊池氏、阿蘇氏などの勢力はいまだ鎌倉の動向を窺っており、そこに八郎様が帰るとなれば旧勢力が纏まるやもしれません。そのような八郎様を鎌倉は恐れております」

船が島影を出ると風が吹きだした。船頭の声が聞こえた。

「帆をはれ」

進路が少し左にふられた。唐泊に向かっていた。櫓棚から漕ぎ手の姿は消えていた。

栄西が為朝に、

「南宋の船は香椎で彦山からの刀剣や銅や水銀を積み、袖の湊では幕府の専売品を、今津で杉、松、桧などの良材を積んで、昨日のうちに唐泊に入り我々を待っております」

「南宋の船にはこの風はすこし弱くはありませんか」

「博多の海はこの時期、昼を過ぎて風が出るようです。壱岐の印通寺浦には日があるうちに入れましょう」

船は唐泊の前に来ていた。防波堤の奥に南宋船の大きな帆柱が二本見える。

「帆を下ろせ」

船頭の声がした。

そのころ、彦山の定秀屋敷では、
濡れ縁から川向こうの山に、盛りを過ぎたシャクナゲの花がちらほらと見える。ウツギの花が見える。見れば小さな花が白くかたまって、こちらは今が盛りのようだ。
肩と腰に受けた定秀の傷はほぼ治っていた。別棟の離れを見舞おうと庭に降りた。離れには一人の傷ついた武者が養生している。先日この屋敷を襲った者たちの頭目だ。あのおり二十一人の刺客が送られてきた。七人が死亡し、九人が重傷を負い、五人が無傷で捕らえられた。定秀の方は四人が死亡し、四人が重傷を負った。
保元の乱から四十年が過ぎていた。定秀は別棟の離れに歩いていたが、それまでの出来事が影絵がまわるように流れはじめた。

源八郎為朝は十三歳で尾張権守家遠《いえとお》を後見として豊後にくると薩摩平氏の総領の平（阿多）忠景の娘を嫁にした。自らを鎮西惣追捕使《ちんぜいそうついぶし》と称して、三年のうちに九州の豪族、菊池氏や原田氏などを従えた。その折に主戦力となる豊後の大神一族の先鋒として働いたのが緒方惟栄《これよし》だった。

久寿二年、為朝は崇徳上皇の要請に応え、わずか二十八騎と京に上る。このとき緒方惟榮は西国に残り為朝の留守を預かった。京へ上る為朝に従う二十八騎の中に豊前の豪族で紀の姓を名乗る定秀がいた。

定秀は緒方惟栄の生き様を思い彦山の行く末を思った。一族には、一族が生き残るため一人一人が一命をかけて守る役目がある。その役目が果たせれば一族は生き残れる。

気がつくと別棟の離れに着いていた。楽しそうな声がする縁側にまわった。別棟の離れの部屋は天井も高くて南向きの障子は開かれていた。小さな玄関がついているが定秀は濡れ縁から上がった。武者は床に伏していたが気づいて体を起こそうとした。傍の女が支えるように手を添えた。

「起きなくてもよい」

定秀が若者を制した。

「おかげさまで、もう大丈夫です」

「いいえ、いいえ、まだですよ。あまり動くと奥の傷が開きます」

気丈に答える若者に傍の女が口添えした。

「なにか心配なことがあるのか、あれば口にするがいいぞ」

定秀が気遣いの言葉を掛ける。

「思いわずらうことはありません。ただ、使命も果たせず死にもせず、このような恩情をいただいておることが……」

若者は無念な胸の内を晒す。

「主命に従うことは武門のならい。私情があってのことではない。戦さは時の運、負けることもある。命を惜しんではおるまい。恥じることではあるまい」

「彦山の宿坊に六人のお仲間が二ヶ所に分かれて傷の養生をしております。それを五人の元気なお仲間が世話をしています。お頭の戸次惟唯《べっきこれただ》様が落ち着いている様子をみて、皆が安心しておれます」

女が若者をさとすように言う。

「このたび、そのほうを采配した緒方惟栄殿は、むかし我らと共に八郎為朝様の麾下で九州を暴れまわった朋輩だ。このたびの一件は表立てしないことが互のためだと脈絡をつけてある」

定秀が今回の始末について説明した。

「ことの成就にかかわらず修験者となって身を隠せと命じられておりますが、私は山の中を歩くのはいやです」

若者は無念な表情を見せる。

「惟唯様、ならば、この屋敷にいつまでも居てください」

と女が誘う。

「為朝様の存在が大友の気がかりであれば、緒方惟栄殿のお立場も大友にとっては同じようなことではないのか」

定秀が若者に問いかける。

「それは、どういうことですか、惟栄《これよし》様はご自分のことは考えになく大神一族の生き残るすべを……」

「命を惜しまず、ものの善悪など人の都合で決まると思うておるなら、鎌倉にとって、やっかいであろう」

「鎌倉は九州の地元勢力がまとまることを恐れ、惟栄様に為朝様を襲わせた。その惟栄様が厄介とは……」

若者は動揺を隠せない。

「惟唯《これただ》さま、考えごとは傷にさわります。いまは、お休みください」

その顔色を見て、女が気遣う。

「傷が治れば、その方たちを緒方惟栄殿のもとへ返そうと思っていたのだが、それは望まぬようだな」

女は水瓶から土瓶に水をつぎたして、

「ならば、みんなで、ここに、彦山においでになればよろしいのに」

女は床の上に正座している若者を見た。

「帰ることもならぬ。修験者となって山を歩くのは嫌となれば、その方も陸の上では、おる場所はないようだな」

縁側の方で気配がして、しわがれた声が聞こえた。

「お体をお拭いしようと思いまして……お話し中ですか」

「いや、いま終わったところだ」

「そうですか、では上がらせてもらいます」

障子が開けられて老婢が小ぶりな盥をかかえてかがんでいた。

定秀は濡れ縁に出て庭に降りた。表の方から女が小走りで出てきた。西の空が少し曇ってきたようだ。

「お預かりしたままの前差し、持っていていいのですか」

「惟唯を刺そうとした短刀だな。板目の平作り、大切にするがよい」

警護の武士が二人、こちらに気づいて立ち止まってお辞儀をした。定秀はそれに応えてから、女の名を呼んだ。

「沙羅……、博多の栄西様を訪ねてみるか。まえから、宋の国の話を聞いてみたいと申しておったな。戸次の倅が元気になったら、あの者に送らせよう」

女は近くに寄って定秀の顔を、言葉の奥を測るようにのぞいた。小雨が降ってきた。東の空には朝日が輝いて、山では珍しくない糠のような雨がおりてきた。


小型の帆船が湊に入ると栄西は身支度を始めた。為朝は甲板に降りた。朝日に薄雲がかかっている。船がゆっくり近づくと、艫屋形の方から声がした。

「ようそろぉ……、ようそろぉ〜」

ようそろ……、瀬戸内の村上水軍も同じ操舵号令を使っておったと為朝は思い出していた。船頭は為朝と目が合うと頭を少し下げて会釈した。

為朝はそれに眼差しで応えてふたたび南宋の船に顔を向けた。

南宋の船から舷側中程に網《あみ》が下ろされた。太い綱で網目が大きく、数人がいちどに登れそうだった。

為朝の乗る船が南宋船に近づいた。艫屋形から船頭の声がした。

「櫓を仕舞え」

櫓棚から水夫が櫓を甲板に運び上げ、他の水夫は船縁から防舷材をおろし宋船から舫い綱《つな》が船首と船尾に投げられた。供回りの武士が五人ずつ二手に分かれて網を上っていくと南宋船の船縁にいた宋人たちの姿が見えなくなっていた。

栄西が船頭に別れの挨拶をしているのを為朝は網《あみ》に手をかけて待っていた。為朝が宋船に上がり、そのあと武士が一人、船頭に目礼して為朝に続いた。為朝たちを送り届けた船はそのまま回頭して湊を出ていくのが見える。日焼けした南宋人が笑顔で甲板に降りた栄西と話している。

栄西と親しそうに話をしていた男が為朝に顔を合わせると、

「船長《ふなおさ》の丁国安《ていこくあん》と申します。壱岐島までご一緒させていただきます」

とはっきりした和語で挨拶をした。いまは筥崎に住まいしているが、臨安（杭州）にも家族があるらしい。

博多には、このような自前の船をもった綱首《ごうしゅ》といわれる宋の商人たちが多く居住している。袖の湊や箱崎、香椎の浜の付近には南宋の人たちの街ができて賑わっていた。

為朝は名のりをしなかったが、

「ご足労です。これより壱岐島までよろしく願います」

「海もおだやかです。ご安心ください」

「この湊で硫黄を積んでおるのですか」

「はい、底荷としていつもは最初に積むのですがこたび手配が遅れました。

硫黄は鬼界島（薩摩硫黄島）から遠く博多まで運ばれてまいります」

浜から伸びる長い桟橋には、マコモで編んだ入れ物を肩に担ぐ人夫が、後から後から続いていた。

長い桟橋の先端には船の長さと同じ程の浮き桟橋があって、その浮き桟橋に宋船は舫いをとっていた。浮き桟橋には黄色い硫黄が五ヶ所に分かれてうず高く積まれている。硫黄の匂いはしなかった。

「火薬の原料の硫黄は南宋で入り用が多いのですね」

「いまは西夏との戦いに用いるようです」

「どのような使い方をしますか」

「砒素やトリカブト、桐油、歴青《れきしょう》などをまぜ敵を燻します」

「船戦ではどのように使いますか」

「弩弓《どきゅう》の先に火薬壺をつけて飛ばすものがあります」

「ほう、陸戦ではどのようですか」

「投石器から火縄のついた鉄の容器を飛ばすものもあります」

「ほう、威力はすざましいでしょうな」

「それはもう、撃てば百五十斤の鉄玉を飛ばし、爆発する音は天地を震わせ燃え上がらぬ物はありません。人も馬も建物も木っ端微塵にしてしまいます」


主甲板から水夫頭の号令が響いた。南宋の言葉だった。為朝のそばにいつもいる警護の武士は南宋の言葉も少し理解できる。

「船首の舫いを解くようです」

船は浮き桟橋から徐々に離れていった。

「風の向きがいい、離岸が容易だな」


為朝は伊豆の大島を逃れ紀伊の熊野に二十年ほど潜んでいたが、そのうちの十年あまりは熊野灘を筵帆一枚の小型の船で帆走する日々を過ごしていた。潮岬をまわり鳴門をこえて播磨灘まで出たことも一度や二度ではなかった。仲間の熊野水軍との模擬戦に参加した。潮の流れを頭に入れ風を読み、敵の動きを見て海戦の機微を身につけた。そうして水軍の将としての技量をたかめていた。為朝は顔をあげて空を見た。いま自分は海に出ようとしている。宋船は徐々に堤防から離れて港の出口の方に進んでいった。

右舷から受けていた西風を今は左舷から受けていた。前方に見えている志賀島が近くなって視野に広がってきた。

「唐泊を出てから操船はいいですね。水夫頭の指示も少ないです」

「そのようだな」

「北へ取り、外海に出るようですね。西へ進めれば距離を稼げますが風上です」

「この船の風上に向かう働きはどれほどだろうな」

「帆桁が上下にある横帆でその帆柱が二本、平底でしょうか、竜骨はあるのですか」

「わからぬな。風が変わりそうだな」

左舷の方向に見える玄界島の東に海面が黒くチラチラと輝いている。風が入って波がたっている。見ているとその黒いチラチラがしだいに船の方に近づいてくる。

丁国安が甲板を歩いてくるのが見える。途中、水夫頭となにやら話して、愛想のいい笑顔で為朝のほうに頭を下げ近づいてきた。

「風が変わります」

「だいたい昼過ぎから変わります」

西からの風が西よりの北風に変わって勢いも強くなってきた。前の帆の孕みがとれ風が抜けてバタバタとしばたいている。船がゆっくりと左に回り始めた。

主帆の風が抜けて北風を右舷から受けはじめると、水夫たちの掛け声がして左舷側の帆桁が引き込まれ前後二つの帆は勢いよく膨らんだ。

いくつもの軋む音があちこちから聞こえ船は左舷に傾いて走る早さをましていった。舳先が縦にゆっくり揺れて、その先に杌島が見えている。

丁国安は為朝の方に向きなおり、

「玄界島と杌島のあいだに進路をとります。水路が狭いので風に上る方が安全です」

「そうですか、風が強くなりそうですね」

「西に向かうには、ありがたい北風です」

玄界島が近くなった。険しい山が海辺までせまって砂浜がほとんどない。人の住む家はないようだが粗末な小屋が二つ三ほど見える。その一つから煙が出ている。煙出しはないので低い軒先を伝って付近にただよっている。高い山が北風を防いで波風もない。

船は博多湾から玄界灘に出ると舵取りは進路をさらに西寄りに変えた。海は裾の長い、五尺ほどの穏やかなうねりが出て風は少し強くなった。船はゆっくり上下しながら静かに進んでいる。時おり舳先が波頭を叩く音がして飛沫が甲板を濡らす。

「船尾楼にお上りになりませんか、栄西さまとお茶でもいかがでしょう。かなたに壱岐が見えてまいりました」

言われる方を見ると壱岐島の低い山陰が見えるようだった。海は少し霞んで水平線は海の空との境がはっきりしない。為朝は丁国安の案内で階段を上っていった。少し間をおいて側近の武士が後につづいた。

栄西は船尾楼の甲板にいた。右舷の手すりに寄り添って北のほうを見ていたが為朝に気付くと、顔をほころばせて上下にゆっくり揺れる甲板をしっかりした足取りで二歩三歩近づいてきた。

「お茶はいかがですか、南宋の雲霧茶《うんむちゃ》です」

丁国安が声をかけた。

「ほう、それはありがたい。霞で小呂島が見えませんね」

「春の玄界灘は気難しい」

「前回は卯月の初めでした。冬の海はわかりやすい。風が重たい。遠くが見える」

「烏帽子の島が見えてくるころには、北に小呂が望めると思います」

船尾楼の甲板に武士が二人配置され為朝に黙礼した。為朝側近の武士が、先は長いので楽な姿勢でいるように言った。

丁国安は船室の重たい扉を開けて栄西を招き入れた。北の海を見ていた為朝がそれに続いた。為朝側近の武士が不作法は承知なように船室に半身入って、一瞬だが注意深く見渡して外に出た。

丁国安は扉の取っ手を握ったままで側近の武士に入るようにすすめるが若い武士は軽く頭を下げ部屋に背を向けて一足遠のいた。

扉が閉まると外の明かりは閉ざされて部屋はいきなり暗くなったがすぐに目は慣れた。船尾の小さな窓から海が明るく見えた。部屋には女が二人いた。一人は三十路なかばをすぎた年恰好で背が高く体格が良かった。もう一人は二十歳まえだろう。船の縦ゆれをかわしながら薬缶から茶を注ぎ分けている。被り物はないが共に狩衣の男装であった。

大柄なほうは拵えのいい朱鞘の小太刀を差している。栄西とは顔なじみのようで、茶菓子の用意をしながら打ち解けた博多なまりで話をしていた。

「湯は唐泊で沸かしておりました。船が落ち着いてもう一度火にかけました。栄西様は抹茶のほうがお好みでしょう」

丁国安は扉の方を見ていた。扉を通して外をうかがっていたが、やおら扉に近づいて取っ手に手をかけた。振り返り部屋に向かって言った。

「風がつよくなります。うねりも大きい。帆の風を少し抜きます」

身体分だけ扉を開いて出ていった。明かりと一緒に風が吹き込んだ。

階段を下りて主甲板にいる水夫頭に指示を出した。了解した水夫頭は大声で前に向かって叫んだ。叫びは前へ前へと伝えられ、前の帆の帆脚綱《ほあしづな》が徐々にゆるめられた。さらに主帆を調整すると風が抜け船足は少し落ちたが船の傾きはなくなった。

丁国安が船室に戻ると四人は椅子に座り卓を囲んで談笑していた。それぞれが茶碗を手に持って揺れを防いでいた。椅子も足の長い円卓も床に固定してある。椅子の背もたれは船が揺れたとき歩いている人が手をあずけて体をささえる役目もする。天井は低くて為朝の烏帽子がとどくほどだが、その天井には握るに具合のいい綱が部屋の端から端に二ヶ所わたしてある。ところどころに鉤を通して綱にたるみをつけて、海が時化たときに手を伸ばして体を支持する工夫である。

栄西は持っていた茶碗を円卓に置いて丁国安に問いかけた。

「風が強まったようですが」

「北風が強くなりましたが、いい風です。西から雲が出てまいりました」

「あなたさま、手短なお引き合わせはいたしております」

丁国安が為朝をみて、

「これは私の女房、タエでございます」

「海がお好きなようですね」

「宗像神社に仕える宮司の娘ですが航海が好きなようです」

「綱首の妻ですからね。でも南宋の国には行ったことがありません」

「宋の国はいま北や西で戦乱が続いていますし、途中には高麗の海賊もおりますので……」

「臨安《りんあん》には、あちらのご家族もおられます。いちど、ご挨拶したい」

風は一段と強くなったが船は安定して走っていた。北西からのうねりに船は大きく上下するが、それもゆったりとした裾の長い波で円卓におかれた茶菓子も煎じ茶もこぼれる心配はない。

二十歳前と思われる女は火床に掛けてある茶釜から湯を薬缶に継ぎ足した。火床は船の揺れに応じて水平を保つ工夫があった。船が急にゆれた。薬缶の茶が注ぎ口からあふれ床にこぼれた。

「こちらは芦辺の姫で馬の扱いが巧みです」

丁国安が女を紹介した。

「粗相いたしまして、お許しください」

女は薬缶から茶をこぼしたことをわびた。丁国安が口をはさんで、

「壱岐は駿馬の産で知られております。宇治川の先陣を争った生月《いけづき》と磨墨《するすみ》の名馬もともに壱岐の産で

す」

為朝は女の方を見て、

「鎌倉殿に献上された馬だそうですね」

女はうなずいて何か言おうとしたが丁国安が、

「芦辺の姫は為朝様にお目通りするため前日から唐泊に来ておりました」

「そうでしたか」

為朝はためらうように応えた。丁国安が姿勢を正して、

「それにつきまして姫の父上から願いがあります」

為朝はその言葉を聞き流すように、女に話しかけた。

「チカ殿といわれたな。チカ殿は馬に乗るのですか」

「はい、幼い頃から馬と遊んでおりました」

女は椅子に端然と座って、膝に置いた両手に持つ茶碗を見つめていた。

「お父上は馬をたくさん育てておいでか」

「はい、馬もおりますが、牛がもっとたくさんいます」

為朝は、女が自分に献上される娘だと察していた。

話の腰を折られた丁国安が話題を変え、

「そうです。京の都で牛車をひいておるのは壱岐の牛が多いと聞いております。私の船でも若狭の小浜まで壱岐の牛を運んだことがあります」

「若狭にまで。そうですか、南宋と博多の交易だけではないのですね」

「はい、そのおり京の都にも行ったことがあります。禅師様、博多とはおもむきが、まるで違いますね」

栄西は丁国安の妻と談笑していたが、その夫から呼ばれ、顔を向けて頷き茶碗を円卓に置いた。

「博多は南宋の臨安や明州の街並みに似ております」

丁国安は興味深げに、

「鎌倉も南宋から建築の工匠が多く、賑やかになっているそうですね」

「禅僧も多く移住しております。その中には名だたる高僧も数人おられます」

「想像できますね。まるで南宋の建物を、街並みを移してきたようでしょうね」

「建物だけでなく、お茶の嗜みも同じです」

「そうですか、私が南宋から運ぶのは青磁、白磁、花瓶、香炉のほか、古書などの書籍が多い。また銅銭を一隻に八十万枚とか百万枚も運んでまいります」

栄西が為朝に訴えるように、

「唐から続く習わし、考えや学問、仏の教えを伝えておるのは今は南宋だけです」

「南宋が培ってきた文物は博多や鎌倉に伝わっておるわけで、特に博多一帯の香椎や箱崎までにも宋の街ができておる」

為朝は納得して、感慨ぶかそうにした。

丁国安が、

「禅師様そろそろ右舷に小呂島が見えます」

「風が強くなって霞は消えましたね。八郎様（為朝）、外に出ませんか」

栄西は為朝を誘った。

「そうですね。私も小呂島を見てみたい」

為朝は腰掛から体を浮かして芦辺のチカに茶碗を手渡した。丁国安は扉を開けて為朝を通し、栄西が続いた。

前方に烏帽子のような小さな島が見え、その先に壱岐島が平たく広がっている。北の海はまだ少しかすんでいたが、それでも彼方に小呂島がくっきり見えた。

船は強い北風を受け右舷が高く、三人は右舷の手すりに並んで海を見ていた。船首索や帆綱などの風を切る音が聞え、ひんやりとした北風が頬にふれて心地よかった。

「前に見える島は烏帽子といいます」

「なるほど、島のかたちが被りものに似ておりますね」

為朝は丁国安の説明を聞きながら、前方からだんだんに右舷の方に近づいてくる島を見ていた。

「彼方に見えるのが小呂島でございます」

波の音にまさる大声で言った。為朝は目を細めて、北の方を見た。

丁国安の妻と芦辺のチカが船室から出てきた。眩しそうだった。烏帽子の小島は遠くに過ぎ去って見えない。二人とも髪をきつく後ろに結び布で包んでいた。船の上で風に対処する女性の身づくろいであった。

ときおり、うねりに舳先が大きく上下して船は左舷にかしぐが、二人は落ち着いた足の運びで右舷の手すりに身をゆだねた。二人は振り返って左舷側の手すりにいる武士に軽く頭を下げた。為朝が、その若い武士をよんで栄西に引き合わせた。

「私の縁につながる者です。私とは叔父、甥の間柄です」

「熊野新宮の行忠です。よろしくお見知りおきください」と頭をさげた。

栄西は手すりに寄り添って、

「行忠様ですね。お父上は、先の熊野新宮別当、行範様ですね」

丁国安は手すりを握ったまま、軽く咳払いをして、

「私は丁国安ともうします。箱崎に住まいします。父の代から住んでいます」

「熊野新宮の行忠ともうします。壱岐まで世話になります」

風の音が一段と強くなって白い波はさらに目立っていた。行忠は太刀の鍔に左手の親指をかけ手すりからは離れていた。うねりが右舷の船べりを押し上げたとき、行忠はとっさ膝を曲げ、腰を落として右手を大きく前に伸ばした。無言だったが「おっとっと」という顔をした。タエとチカは、この様子をほほえましく見ていた。

為朝が行忠に右舷の手すりに行くよう、うながした。行忠は右舷に移動した。そこにはタエとチカがいた。

「私はタエと申します」

「私はチカと申します。よろしくお願いいたします」

「行忠です。豊前の彦山から八郎為朝様にしたがってまいりました」

「彦山は修験の行場と聞いております。山深いのでしょうね。私は宗像で育ちましたので子供のころから神域の島々や船には親しんでおります」

「そうですか、宗像で……」

「はい、海が好きで、それで今は宋の船主、博多綱首の女房です。行忠様、船は初めてですか」

「いえ以前は熊野で海に出ておりました。宗像の神域の島々は女人禁制なのでは……」

タエは、ほほと笑って、女人禁制には答えない。

「そうですか、熊野の海では行忠様、ふな戦ですか」

「いえ、船で戦をしたことはありません。模擬戦はよくいたしました」

タエは、まじめな顔で、

「船いくさの稽古ですか」と聞きただした。

「そ、そうです。潮の流れを読み、風を予測する心の働きが鍛えられます。それに、船に乗り込む者たちの気持ちが一つになります」

「そうなのですか」

「はい、そうなれば船は一つの生き物のように動き出します」

「武芸は為朝様から仕込まれたのですか」

「はい、兵書は孫子や六韜《りくとう》、三略など、我が国の戦闘経など学びましたが剣術や弓の技についても、まだまだいたりません」

話が弾んで楽しそうだ。芦辺のチカは、そのようすを興味ぶかそうにみていた。

タエはさらに高ぶるように尋ねた。

「では行忠様は人を斬ったことは、斬りあったことはないのですか」

行忠は多く話す自分にたじろいでいた。

「いえ、はい、ところで、船の上では太刀を佩いていては動きづらいですね。タエ様のように腰帯に差していた方が具合がよさそうですね」

「父に頂いたもので少し長めですが、お守り刀としています」

行忠はチカに問いかけた。

「チカ様のは、合口拵えに見えますが鍔がありますね」

大きなうねりが右舷の船端を激しく打って波しぶきが船楼まで吹き上がってきた。行忠は右手を伸ばして手すりを持った。左手の親指は太刀の鍔にかけている。タエもチカも髪が濡れて顔から海の水がしたたっていた。三人は笑って互いを見た。

タエは行忠の右手が自分の左手にふれているのに気づいていた。チカは顔をタエの後ろから覗かして先ほどの話を続けた。

「はい、祖父が愛用していた鞘巻です。父から頂戴いたしました」

タエは手巾を取り出して、チカの髪を拭きながら、

「拵えが美しい彫金で、海老があしらってありますよ」

船は壱岐島の南に入った。うねりはもうない。北風を島が受けるので風は穏やかになっていた。先方に高くはないが木々がこんもりした島が見える妻ヶ島という。この島の南を回り印通寺の浦に入ろうとしていた。静かな海面にさざ波がみえる。

水夫頭の声が轟いて帆が船と平行になるほど引き込まれた。舳先は北を向いた。水夫たちは二枚の帆を小まめに操作して船はゆっくり進んだ。

「陽気の変わりやすいこの時期に雨にもあわず、いい船旅でした」と栄西がつぶやいた。

「壱岐の間近になって、波をかぶって申し訳ありません」と船長の丁国安が言った。

「いやいや、久しぶりに海に出て気分が晴れ晴れとしました」と為朝が礼を述べた。

風を抜いた帆がときおり音を立てて、しばたいた。壱岐島を降りてくる風は妻ヶ島に当たって乱れていた。水夫頭の落ち着いた声がする。宋の言葉だが船の動きでその意味はわかる。舵取りは落ち着いた声に従って進路を少し左にふったり、戻したりしている。

ほどなく前帆の向こうに印通寺の湊のようすが見えてきた。行忠は今日一日をふりかえろうとして、同時に彦山のようすが脳裏に浮かんでいた。

熊野から彦山に移って以来、初めての海だった。玄界灘を西へ進んだ。彦山の沙羅は今ごろ、どうしているだろうと思う。為朝様を襲った大神の刺客の生き残りは今ごろ彦山でどうしているだろうと思った。

第二章　月読の島へ

印通寺浦には船の接岸する設備はなく岸から離れて碇が落とされた。水夫たちが上陸の準備をしていた。これから空にまだ日があるうちに宿泊場所の神社まで騎馬で移動するらしい。

「岸辺に馬がたくさんいます。月読神社まで、あの馬でまいるのですね」

丁国安の妻は馬に乗ることがうれしそうだった。

「つくよみ、神妙な響きですね」と行忠が言った。

「月を司る航海の神様だと聞いております」とチカが言った。

横で聞いていたタエが話をついだ。

「月の満ち欠けを日ごとに数え、田畑を耕し種を蒔く時期を知らせる神でもあります。読《よみ》は数えることと、月を数えること、これは暦《こよみ》につながります」

「そうなのですか」と行忠は聞いていた。

艀で陸に上がると、休む間もなく用意されていた馬にまたがった。すでに日が西の空に傾いていた。湊から丘陵につながる道の左右には代掻きのすんだ田に水が引かれ、田植えを待つ風景が続いていた。荷車の轍の跡が深い登り道を騎馬の列が続いていた。芦辺からの二騎が先導して、その後ろに弓を携えた行忠の騎馬が見えた。

為朝は並んで進む十八騎の中央にいた。弓は持っていなかった。為朝の前には丁国安が馬を降りて歩いていた。先ほどまで手綱を馬丁に持たせて大きな体を馬の動きに合わせていたが、鞍の上で何とも窮屈そうにしていた。その前に妻タエと芦辺のチカが、すっきりした後ろ姿を見せて軽やかだった。タエは時々チカの馬に後ろから寄り添って何やら話しかけていた。チカは振り返って笑顔でこたえていた。チカは半弓を持っていた。腰の箙《えびら》は小ぶりで矢羽の白い十二本の矢が納めてあった。

チカの前には栄西が手綱は口取りにまかせて馬の背で心地よさそうに揺れていた。為朝の後には八騎の武士が続いて、いずれも大弓を携えて箙には二十四本の矢を入れていた。道の先にこんもりとした森が見えてきた。隊列が停止した。一列になった騎馬の両脇は水の張られた田が広がっている。行忠は物見が遠く駆けるのをながめていた。いま、このような形勢で襲われたらどうするかを考えていた。行忠は為朝の後ろにいる八騎に向かって静かに号令した。

「馬から降りよ」

チカは道脇の斜面を下りて田の水を馬に飲ませていた。この辺りの地形は遠乗りでよく心得ている。物見を出すこともないだろうにと思った。それに、船を芦辺の浦に入れれば月読神社まではすぐなのに、なぜ遠回りをするのかと考えていた。しばらくして物見の二騎が戻ってきた。ただちに全員が馬に乗り一之宮に向かった。

広々とした境内は砂が掃かれて、近くの村人らしい男女がなれた手つきで馬の轡《くつわ》の紐を預かってくれた。それぞれが挨拶をかわし礼をのべた。集落をあげて人々が為朝の一行を歓待しているのがわかった。ふるまわれた白湯を頂き、皆が小用にあたふたといそいだ。

丁国安の姿が木陰の奥にみえた。大きな短い首が身震いしている。妻のタエが後ろから近づいていきなり声をかけた。

「何をなさいます。ここは境内ですよ」

小さく鋭く言った。

「厠が遠くて混んで我慢できずに」と前をむいたまま手元を上下した。

丁国安がふり向くとタエの姿はなく藪蚊が耳元でうなった。

森の道を出ると空は抜け青かった。肌を刺す北風が邪気を払うように吹き、夕日は西の空に低く傾いて眩しかった。行く手の左に小高い丘が見える。その丘を塀が巡り、石造りの鳥居が目に入った。くすみ蒼然としているが、おくゆかしい鳥居だった。

鳥居をくぐり石の階段を上れば本殿につづくようだ。そこからは西の海に沈む夕日が望めるのかもしれない。為朝は不思議な気持ちになっていた。ここが壱岐の月読神社か、心ひかれるなつかしい平安を感じていた。

為朝主従は客殿に通された。残照で外はまだ明るかったが広い板の間や柱には燭火が灯されていた。栄西や丁国安夫婦それに、チカは、それぞれ個室に入った。為朝と行忠や十人の武士たちは旅装を解いて半数ずつ交代で屋外に用意してある大きな桶から水を汲んで行水をした。

並んで二ヶ所ある湯殿に蒸し風呂の用意がしてあった。格子の床から湯気がたち大きな湯桶には外の湯釜から樋でお湯が注がれるようになっている。焚口には老女が火の番をしていた。開いている無双格子の窓から湯気と一緒に声が聞こえていた。

「お疲れでしたね」

くぐもるようなタエの声がとどく。

「強すぎる、もう少し優しくしてくだされ」と丁国安の声がする。

「久しぶりの遠乗り、天気も良く楽しゅうございました」

「わしは馬にあれほど長く乗ったのは初めてじゃ、股が痛い」

「禅師様は馬が心地よさそうでしたね。いまは隣の湯殿で目を閉じておいででしょうね」

タエが手桶で湯を汲んで夫の背中を流す音がした。

「いや、先ほど部屋をうかがうと小さな盥《たらい》で手拭いを使っておられた」

「そうですか、風呂は好まれませぬのか」

「いや、つつましいことなのだろう。代わりに、チカ殿がいただいておる」

「為朝様は昔、風呂で襲われ不覚を取られたそうですね。それで行水ですね」

「いや、そうではあるまい、戦地にあって寝食は兵と同じようになさる」

「壱岐は戦地ではないでしょうに」

タエは夫の足元の水滴を拭き終えた。

「おかげで、いい気分じゃ先にまいります」

丁国安は湯殿を出た。

夕餉の膳は厨房につながる広い板敷の部屋にしつらえてあった。部屋には間隔をおいて三ヶ所に囲炉裏が切ってある。丁国安夫婦が上気した顔で部屋に入ると、すでに為朝主従は静かな話し声の中で待っていた。

くつろいだ様子の為朝と栄西が見える。栄西の横にはチカがいた。丁国安は為朝の横に席をとった。為朝が箸を手にすると待ちかねたように部屋がざわめいて会食が始まった。

飯碗は灰白の磁器であった。木の上蓋を開けると潮の香りがした。うにが、たっぷり炊き込んある。鰆の刺身が少し、あおさ汁、干し海苔にのった生うに、小鉢が二品、それに大根の漬物だった。汁の木椀のほかは、みな舶載の磁器だった。

「おかげで、いい旅でした。ありがとうございました」

為朝は礼をのべた。

「ほんとに、夜明け前に香椎を出て、日のあるうちに壱岐に上がれました」

栄西は箸と飯椀を手にしたまま頭を下げた。

「禅師さまは、まるで、うに飯にお礼を申されているような」

タエが言った。

「やはり、うに飯は壱岐で頂くものは格別ですな、うぅ……」

丁国安は、うに飯を口にほおばったまま口を利いて喉を詰まらせた。口のものを出せもせず飲むこともかなわず、剥いた目を白黒させていた。横のタエが、それに気づいてあわてて白湯の器を口元に運んだ。それを少しずつ、さらに大きく飲み込んでほっとした顔になった。それから白湯をもう一口飲んだ。

ところが、今度は湯を詰まらせて咳き込んだ。うに飯が出ないように口を固く結んでいたので右の鼻の穴から飯粒が飛びだした。目には涙をためて飯碗とお箸を持ったまま鼻の下に飯粒が二つくっていた。タエは笑いながら自分の袖口でそれをぬぐった。それまでの有様を見ていた皆は一緒に笑った。

「お見苦しいことをいたしまして、申し訳ありません」とタエが両手をついて詫びた。

「とんだ、ご迷惑をおかけいたしました」と丁国安が、まだ咳き込みながら言った。

「いやいや、おかげで、あちらの座でも気がほぐれて話がはずんでおる」

為朝はそう言って幕下の武士たちの囲炉裏に目をやった。蝋燭の明かりがゆらいで磁器が触れあう音がして楽しげな話し声が聞こえていた。

「それにしても、この神社は造りが堅固ですね。まるで山城の堡塁のような」

「おおせの通りかと存じます」と、チカがこたえた。

「ほう、チカ殿、それは、いかなることですか」と為朝が尋ねた。

チカは箸を置いて、遠くを見るように、

「はい、古老の言い伝えですが、むかし北の海から、たくさんの船で賊が押し寄せ、壱岐を襲いました。老人子供は殺し、残ったほとんどの若い男女をさらって船で連れ去ったそうです。家は焼かれ、牛や馬は食べつくされたと聞いております。以来、神社や寺は堡塁で固め屋敷は濠を深く防備を怠らないようにしております」

栄西が言いそえて、

「刀伊《とい》の賊と呼ばれる外敵の襲来です」

「それで壱岐の神社や寺は造りが険固なのですね」

為朝がうなずいた。


鳥の声がいくつも聞こえていた。月読神社の境内には為朝がいた。行忠と十人あまりの仲間のほかに芦辺の武士たち数人が剣戟の一人稽古をしていた。各自が思い思いに、いろんな場面の敵を想定して実戦と同じように斬りむすぶ。早朝の神苑に声を出す者はいなかったが空を切る刃筋の音と足運びの砂ずりの音が絶え間なかった。

行忠は使い慣れた太刀で一振り一振りを丁寧に打ち込んでいた。正中に一文字を斬り下し、左右袈裟、斬り上げ、横一文字と刃筋の通る音がしていたが声は出さなかった。額に流れる汗を手拭いで拭いた。北風が心地よく空は白々と明けていた。ひとしきり汗をかいた行忠は、あらためて神殿の方向に向かって黙祷した。

朝稽古のあと皆は集って朝粥をいただき、しばらく休息した。その間、栄西と丁国安が若い武士たちに治承の乱のあらまし、壇ノ浦合戦以降の世の成り行き、さらに鎌倉や南宋の近時の様子を説き聞かせていた。

全員が騎馬で芦辺の館に向かったのは昼下がりだった。芦辺からの二騎を案内に、そのあとを行忠と配下の二騎、栄西、為朝、丁国安夫婦そして武士八騎が進んだ。チカの姿は見あたらないが先に館に行って皆を出迎えるようだ。春の日差しがほどよい天気だった。

ほどなく、川向うに見えていた芦辺の館が近くなると表門から出迎えの人数が橋のたもとまで長々と続いていた。出迎えの人たちの後ろには近隣の漁民や農民たちも大勢いるのが見えてきた。女に負ぶさった赤ん坊も子供も農具を手にした老人もいる。珍しいものを見物するように集まってきたようだ。

栄西と為朝それに丁国安夫婦は館の主人が主殿の表座敷に案内した。チカも後から従っていた。チカは小袖の上に裾の短めの小袿衣をはおり、袴姿の少し改まった装いだった。行忠と配下の武士たちは為朝が主殿に入るのを見届け館の重臣たちに連れられ別棟の広間に通された。

部屋に入ると為朝は無造作に太刀を体から外してチカに手渡した。部屋には膳が二列にしつらえてあり、為朝と館の主人が向き合って座った。為朝の横には栄西が、その前には、チカがかしこまっていた。チカの横にはタエがいた。タエに向き合って丁国安が座った。

あるじの西文慶《にしもんきよう》が為朝に挨拶の言葉を述べた。

「印通寺からの道ゆき、遠回りになって申し訳ありません」

「いや、久しぶりの遠乗り楽しみました」

「ほんとに、馬の背に揺られるのは心地よいものですね」と丁国安が白い酒を飲んだ。

「きのう、きょうとあたたかく、月読様にもお参りできて、ありがたい」と、タエが言った。

「苗代時は寒くなるのですが、ほんとに日差しもおだやかで」と館の主人。

為朝が花をいけた押し板の壺に目を向けて尋ねた。

「チカ殿、あの花は何という名ですか」

チカは吸い物の椀を手にしたまま、

「万作の異種だと聞いております。花弁が紅のように艶やかで……」

「枝ものだけで思い切って鋏を入れ、さっぱりと清々しい」と、タエがそえた。

「おそれいります」

チカは、ほほえんで少しうつむいた。

「このような性の強い花は他との盛合はできませんな」

そう言って丁国安が里芋を口に入れた。

「葉物となら、互いを引き立てあうと思います」

チカがこたえた。

「両雄並び立たずと申しますからな」

喋りながら丁国安は栄螺《さざえ》の蓋を開けようとしている。

「花入れとの取り合わせがいいですね」

タエが夫の言葉をとりなした。

「ありがとうございます。切り花は、それをいける器とは一体だと教えられています」

「国のありようも、住む人と土地との取り合わせ……いや、もそっと、ややこしい」

丁国安は栄螺の蓋をもてあましたように皿に戻して、うらめしそうに見ていた。

「あなた様、花の話ですよ」

タエは箸を休めて夫をにらんだ。

「いや、国のなりたちを花に例えるのは一興ですな」

館の主人、西文慶が揚げ菓子をつまんだ。

丁国安がぽつりと言った。

「生かすためには、切らねばならぬ枝もありますか……」

西文慶が為朝を見て口を開いた。

「壱岐では血縁のつながりもあり田畑も海も豊かで争いもなかったのですが、近ごろ肥前松浦党が鎌倉の御家人となって地頭職に任じられてからは壱岐に影響が出て地元勢力の均衡がおかしくなりました」

丁国安が酒の器に手を伸ばして、

「そのようですな」と頭を上下した。

西文慶は話をつづけた。

「さらに鎌倉が送り込んだ武藤資頼は大宰少弐として肥前、筑前、豊前、壱岐、対馬の守護になるよしでございます。そのため秋月、蒲池、菊池、原田など地元の勢力は合力して鎌倉に対する動きがあります」

丁国安が里芋を口に入れた。

「里芋がいい味付けですな」

西文慶が、

「そして博多、箱崎、香椎には宋人の勢力があり、そこに頼朝さまの御威光で栄西様の聖福寺が……」

為朝は目を閉じていた。チカは自分の生けた花から始まった話があらぬ方に移っていくのに困惑していた。

丁国安が里芋をのみくだして、

「昔、八郎様が任じておられた鎮西惣追捕使職を武藤と大友が分け持つそうで両家は親族らしいが、これで九州は、てんこ盛りの生け花ですな」

丁国安の口にタエが箸にとった栄螺の身を丸ごと押し込んだ。夫は口をつぐんで大きな目を見開いてもぐもぐさせていた。

栄西は膳の料理を食べ終えて、箸を両手の親指の根元にのせ、素知らぬように頭を下げて口元をほころばせ、

「和泉式部集に、比叡の山の念仏の立て花になんもてまかる、というのがあります。我国は僧侶が仏花を添え、家々では、いにしえより切り花をめでるならいがありますね」

「ほんとに禅師様、四季おりおり花のたえることのない、ありがたい国柄であります」

西文慶は食事を終え、膳に箸を戻して頭を下げた。

食事のあと、みんなは西文慶の案内で屋外に出て歩いた。的場が見える。行忠と十人の武士たちが左袖を脱いで弓術をしていた。三人立ちの射的場に代わる代わる的を射るようすが見える。

草ぶき屋根が灌木の先に見えてきた。掘っ立て柱で壁はない。縁台が二列に並べてあった。みんなが縁台に腰かけると、草ぶき小屋のそばに張られた幔幕の陰から婦人が出てきて挨拶した。

西文慶の妻であった。

「こたびは源氏の尊いお方に遠路お越しいただきましていたみいります。それに、法外な望みを、叶えられぬとは思いながら、芦辺の行く末を思いますに、月読さまにおすがりする思いで……」

「これ、まだ、まだ、落ち着きなされ、わきまえなされ」

館の主人、西文慶はうろたえて妻の話をさえぎった。

栄西が小さく笑って為朝をうかがった。

丁国安は神妙な顔になり大きな体を固くしていたが、静かに息を鼻から吸って、ゆっくり口からはいた。

西文慶の妻が下がると一人の侍女が幕内から出てきた。長い角盆に茶碗と菓子をのせている。為朝に近づき右膝横に盆を置いて丁寧なお辞儀をした。入れ替わって二人目の侍女が栄西に長い角盆を運んだ。すでに新しく次の二人の侍女が盆を胸元の高さにして待っていた。

「月読神社と西一族とは、かかわりが深いようですね」

為朝が西文慶に尋ねた。

「はい、月読様は秦氏のながれと伝え聞いております。西の氏名《うじな》も西域のかなたを意味するといいます。そのためか、わが西家の中には髪が茶色がかった者や目の色が青い者がおります」

「そうですか、京にも月読神社がありますが壱岐から勧進されたものとか」

為朝は、よもぎ餅を手にした。

「はい日本書紀では、阿閉臣事代《あえのことしろ》が任那への途中、壱岐で月読尊の神託があり、天子様に奏上しました。神領を賜り壱岐県主・押見宿禰に祀らせました。勅祭と定められ正一位の神階を受け子孫は卜部氏を称しております」

栄西は茶を一口飲んで、

「薄く点て滋味ふかい。それに、茶碗からの温もりがいい」

「ありがとうございます。茶は壱岐で摘んだもので茶碗は高麗の青磁でございます」

「茶も器も壱岐で使うものは京にもまして優れておりますね」

丁国安も茶碗を頂いて、

「袖の湊が修造され聖福寺も完成します。私も住まいを箱崎から博多に移し、宋にでも鎌倉にでも船を出しますぞ」

言い終え茶を飲んだ。ずずっと、茶を吸い込む音がした。

西文慶はその音で意を決したように、

「壱岐は松浦に飲み込まれます。源八郎為朝様のお力添えがあれば壱岐の勢力はまとまり、秋月、蒲池、菊池、原田など陸の勢力と結集します。さすれば松浦と武藤資頼を挟み撃ちにもできます」

文慶の妻があとをついで、

「恐れ多いこととは存じておりますが、なにとぞ、わが娘チカに源家の貴種をお与えください。お願いいたします」

チカは茶碗を両手でかかえて顔を上げることができなかった。為朝は、半眼で一点を見つめていた。


二十騎ほどが丘陵の道を駆けていた。草地に背の低い灌木の林が見え、所どころに手入れの行き届いた畑が点々としていた。海から出たばかりの朝日が輝いて、さわやかな西風が吹いていた。

登りつめた丘の草原で騎馬の隊列は北の海を向いてひとかたまりになった。どの馬の轡からも白い息が勢いよく出ていた。風の方に遠く対馬の山並みが見える。

「叔父上、対馬ですね」

行忠は鞍をよせ遠くに目を細めた。

「うむ、近いのだな。その先は高麗だな」

「もうしばらく進みますか、先駆けが指図を待っております」

「いや、もうよい。戻ろう」

行忠は半町ほど先にいる二騎に戻るように合図した。その時だった。タエが目ざとく灌木から出てくる動くものを見つけた。

「あれは猪ではありませんか」

「猪ですね。壱岐では見かけないのですが、それも朝方に……」

チカが応えながら不審そうに見つめた。間もなく先駆けの二騎が戻ってきた。

「猪は四頭、まだ子供のようですね」

タエが、チカに話していると、犬が吠える声がした。犬は数頭いるようだ。

「親が出てきました。親は一頭だけ、大きいですね」

チカは為朝が行忠に何か話すのを見た。すぐさま行忠は下知した。十騎は獲物に向い横一列に並んでゆっくり五間ほど進んで止まった。すでに弓には矢がつがえてあった。弓が一斉に放たれた。弦音《つるおと》が鳴り終わると猪親子には矢が深々と二本ずつ刺さっていた。五頭はその場に横たわった。犬の声が近くなった。三頭の犬が灌木の林から出てきて唸りながら、倒れた猪に噛みついた。すると親の猪が大きな体を身震いして起き上がり犬を一頭突き上げて灌木の中に逃げ込んだ。

二騎の武者がすぐに後を追った。それを見てチカが馬を走らせた。灌木の向こうは岩の多い斜面になっているのを知っていた。二騎の武者は灌木の林を回り込んで険しい斜面に気づいた。走りをゆるめて下りようとしていた。

チカが追いついた。ごつごつした岩と大きな石の砂礫の斜面に草が生え海辺まで続いていた。一騎が流れる砂礫に足をとられ斜面に横向きになった。咄嗟に乗り手は馬から下り手綱を緩めて腹帯をつかんだ。

チカが足場を選びながら下りてきた。鞍の後ろに体を移し鐙にほどよく足をかけ、動きは馬に任せるようであった。チカの下りていくのは、けもの道だった。狭いが踏み固められていて砂礫は流れない。

「そちらは危のうございます。こちらへお戻りください」


行忠が手綱をしぼって斜面の上から様子を見ていた。ほどなく二騎は、チカの後ろについてきていたが一騎は馬に乗らずに手綱をひいていた。手負いの猪に三頭の犬がからまっているのが見える。猪はうずくまって動かず、ときおり奮い立って頭を低くした。猪を追った二人の武士は騎乗の一人が近くから一矢を放った。猪は首に矢を受けて前足から崩れた。三頭の犬が飛びかかった。

行忠は為朝の判断をまったが叔父の表情は変わらず切れ上がった眼差しはおだやかだった。口元がゆるんで行忠に何か言いかけたとき、芦辺の五騎が次々と斜面を下り始めた。二騎は細いけもの道を、残りの三騎は岩場を下りた。

それを見た行忠は為朝に黙礼し、配下の八騎には留まるように下知して、自分は芦辺の五騎のあとから駆け下りた。いや、駆けるつもりはないのだが馬が足の運びをつまらせて前に出ざるを得ないようであった。

馬はけもの道を外れて砂礫と岩の斜面を滑るように駆けるように下っていく。行忠の体が鞍の上で飛び跳ねるようであった。為朝は配下の騎馬に動かないように伝え変わらない表情で斜面をながめていた。

「あっ、行忠様が……」

不意にタエが驚いたような声を出した。

為朝は行忠の姿が突如と消えた砂礫の方を見ていた。砂礫の先は岩の崖になっているが、そこからはわからない。チカが異変に気づいて馬のきびすをゆっくりかえした。巧みに手綱をさばいて砂礫の斜面を注意深く横に移動しているのが見える。

斜面を下りていく芦辺の五騎はタエの後を追い岩陰に入っていった。チカは馬を下りて左膝をつき、横たわっている行忠の左側から顔を見つめていた。芦辺の五騎は馬を下り二人を少し隔たり取り囲んだ。

「どこが痛みますか」

チカは行忠の左手から弓をそっとはずし、その手首を軽くつかんだ。

「右手首が、指が動かせません」

「そうですか、頭は痛くありませんか」

「頭は痛くありませんが、吐き気が……」

「動かないでください。しばらく、もようをみます」

為朝は騎馬のまま斜面をながめていた。岩陰の様子は伺えないが取りあえず二騎を供につけタエを館に帰すことにした。

「綱首殿が心配しておいでであろう。先に帰って皆にもこのことをお伝えください」

芦辺の館に行忠を救助した一行がたどり着くと皆が待ち受けていた。栄西が行忠の右手首の具合をみて判断を下した。これより博多に向かい宋人の名医の手当てを受けることになった。西文慶は八丁だての小型の帆船を用意するよう家司に命じた。

船には水夫十二人のほかに芦辺の武士が二人と為朝の配下の武士が二人乗り込む手はずだったが、丁国安が船足を早くするために水夫は十人、武士は一人も乗せず栄西が乗ることを提言した。然りと栄西は快諾した。

「私もお供いたします。あちらで看病するものがいります」

チカが言い張った。

栄西が西文慶夫婦の方を見て、

「それは、かたじけない。さすれば傷の癒えるのも早まりましょう」

為朝は切れ長の目じりを下げて、

「そのようにしていただければ叔父の私も安堵いたします」

西文慶は承諾するしかなく、妻の顔を見ながら何度もうなずいていた。

風も北西のいい風だった。日暮れ前には袖の湊に入れる。


芦辺の浦を出て白波が立ちはじめた。北西の風を追手に受けた船は一筋に博多を目指していた。田植え前の冷え込みが続くが船は風の向かう方に走るので体は風を感じない。行忠は藁布団の上に寝かされ春の日差しはあたたかだった。

「行忠さま、うれしゅうございます。月読さまのおはからいです」

行忠は甲板に寝かされ高い空の雲をおぼろに見ていた。風は北西の追い風、船は波に乗って滑るように走っていた。腹の上の右の手首が疼いていた。チカは体裁も気にかけず行忠の左手をにぎった。自分の左手を行忠の首の下に置いて行忠の胸に顔を近づけ、そっとのせた。

遠くにあった玄界島が次第に大きく迫って筵帆に見え隠れするようになると、その手前にある机島の岩場に砕ける波の飛沫が舳先に届くほど近づき船は追い波に乗って博多湾に入っていった。船が袖の湊に入ると船頭と水夫たちは手際よく接岸した。

「禅師様、聖福寺に知らせをたのみました。青山《せいざん》先生の医療所には戸板をたのみました」

「そうですか、それで安心です。船は見込より早く着きましたね」

「禅師様のお計らいで船荷が軽くなり、それに風に恵まれました」

「今日はどうぞ聖福寺に宿泊して疲れをとってください」

「いいえ、明るいうちに唐泊までまいり、明朝、積み荷があります。それに袖の湊はまだ修復中で迷惑かけます」

「そうですか、お疲れのところ、お気を付けください」

栄西が船頭をねぎらい船を下りる支度をしていると、騎馬が十人ほどの徒歩武者を従えて駆けてきた。

かなりの距離をひた走りに来たようで徒武者は騎馬よりも遅れ、息せき切って鞘を払い脇に抱えた薙刀の白刃が上下していた。鎌倉から派遣されている博多を警固する武士で船に近づくと馬上から船の内を検分した。栄西が船から岸に上がって応対した。

侍烏帽子に紺色の直垂を着た騎馬武者は栄西を認めると馬から下りてかしこまった。

「これはさて禅師様ではございませんか、いかがなされました」

「お役目、ご苦労です。壱岐からまいりました。怪我人が出ましてな」

「そうですか、お怪我をされた方の佩刀は拵えが京、山城、見事なものとお見受けしますが……」

「は、は、は、猪を追っておりましてな。それで、馬から落ちましてな」

「そうですか、役目でございます。じかにお話をいたしたく存じます」

武者が船に歩み寄ると、行忠の横に片膝をついて控えていたチカが立ちあがり遮るように進みでた。

「怪我人でございます。ご容赦ください」

武士が苦笑いをしてチカをよけ、船に乗り込もうとしたとき、チカの左手が動いてゆっくりと合口の鞘にふれ右手で柄をにぎり鯉口を切った。

武者はそれに気づいて出しかけていた右足を引き無意識のうちに左手の親指は太刀の鍔を押していた。

束の間、武士の顔から表情が消えたが気をとりなおして、

「かわゆい顔をして難儀なことを申されな、お方はたおやかになされ」

「そのようならわし、当方にはございませせぬ。むたいなら斬りむすんで果てるまででございます」

言い終わらないうちに、チカは白刃をすっと抜いた。

武士は一歩しりぞいて左の親指で鍔を戻し、少し出ていた刀のハバキをおさめて戦意のないことを示したが、後ろに控えていた十人の武士はそれに気づかず、おもむろに薙刀を両手にもちなおして互いの間隔を左右にとって散開し腰を低くかまえた。

船ではすでに船頭の合図で屋形にある刀箱が開けられ九人の水夫は二尺たらずの打ち刀を手にして抜刀せずに指図を待っていた。日焼け顔に塩のふいた烏帽子の船頭は屋形の中から鉾を逆手に持ってチカの前にいる武者の胸元に狙いをつけていた。

この距離なら鉾が外れることはない。武士の右手が太刀の柄にかかる気配がしたとき鉾を投げると決めていた。栄西は元の場所に立ったまま下げた両手を軽く結んでまなざしは眠るようだった。

「お覚悟おそれいりました。無作法、失礼の段おゆるしください。傷ついた貴人がおひとり、護衛の武人も見受けられません。仔細はのちほど栄西禅師から承れば役目はすむことです」

武士はチカをさとすように、配下の武士に聞こえるように大声ではっきりと述べ、チカに背を向けて栄西の方に歩み寄った。にっこりほほえむ栄西の額の汗に夕日が当たって光っていた。

「ご配慮いただき、ありがたいことです」

「禅師様、女人の捨身にはかないませぬな」

薙刀を構えていた武士たちも姿勢を戻して顔がほころんでいるようだった。チカは合口の刃を鞘におさめて行忠のそばに戻った。船頭は武士の背中に目付をしたまま鉾を肩の高さから静かにおろして足元に置いた。

「おう、青山《せいざん》先生がおみえのようです。我らはこれで失礼します」

武士が通りに目を向けて言った。栄西がふり向くと大きな黒い犬が体を左右にゆするように、垂れた耳をパタパタして走ってくる。尻尾がない。そのすぐ後から青山先生が直垂の襟をはだけ、揉み烏帽子をかぶり軽やかにかけてきた。担架を抱えた四人はずっと遅れて見える。


行忠は寝台の上に横になって上半身の衣服は脱がされていた。傍には栄西が腰掛に座り眼を細めていた。青山先生は行忠の手首の怪我を後回しにして頭や首、脇腹や背中の状態を丹念に調べていた。

「右の肩から落ちたようですね。肩骨が折れておる。後ろの骨も痛めておる。あばら骨には損傷がないようですが、しばらく息はしづらいでしょう。熱があるが安静に寝ておれば戻ります」

「右の手首はどうでしょうか」

栄西は体を少し前に傾けて尋ねた。

「まだ診てはおりませんが折れた手首の処置が早く適切であったので、このまま触らずにします」

診察を終えた行忠は別室に移された。部屋は板の間で中二階にあった。臨安産の絨毯が敷いてあった。部屋は衝立障子で二つに仕切られて、それぞれに脚付きの寝台があり、奥の方に行忠が寝かされた。医療所には男女の看護人が幾人も住み込んでいるが、チカは、自分はそのために来ているのだと手伝いをことわった。

しばらくして、湯の入った、盥と蒸した手拭いが届けられた。行忠とチカだけが薄暗い部屋に取り残されたようだった。部屋に明かりが灯されると日は落ちて、土鍋に入ったおも湯が運ばれてきた。行忠が、チカに手伝われておも湯を食べ終わると青山先生が飲み薬をもって部屋にやって来た。

「これを飲めば気分がよくなる。よく眠れます」

「痛みも止まりますか」

チカが不安げに尋ねた。

「痛みどめではありませんが滋養にはなります」

「痛そうで、息がしづらいようです」

チカがさらに訴えた。

「痛みは体の神気をそこに集めるためです。体に必要なはたらきです」

「そうですか……、朝から何も食べておりません」

「若いし鍛えた体には力がある。あまり食べない方が治りも早い」

「そうですか……」

チカはなおも心配そうだった。

「それより、下の部屋で夕餉の用意ができております。禅師様がご一緒にと待っておいでです」

チカが栄西のところに行くと、大きな座卓で書き物する手を休めて笑顔で迎えた。傍に武士が正座していた。

「彦山に書簡をしたためておりました」

栄西は巻紙に封をして表書きをしながら武士に何やら話した。武士はそれを袱紗に包み懐にしまって一礼して後ずさった。チカに黙礼して部屋を出た。

三人分の簡素な食事が運ばれてきた。雑穀入りの玄米ご飯にイワシの干し魚、それに具のない吸い物だった。

青山先生が入ってきた。

「お待たせしました。粗食ですがご一緒ください」


彦山の定秀は博多からの武士が持参した栄西の書状を読み返した。囲炉裏を離れ窓際の文机に右腕をのせて右肩を揉みながら手紙を見つめていた。

表の方で人の気配がして廊下を歩く音がする。障子に映った人影がとまると挨拶の声がして正坐した沙羅の笑顔が見えた。後に戸次惟唯が片膝をついている。定秀は文机に手紙を置いて左手で肩をもみながら二人の方へ向きを変えた。部屋に入ると二人は改めて挨拶をした。


「博多からの武士はいかがしておる」

「湯を使っていただき、茶粥の手はずをしております」

沙羅は囲炉裏の炎を小枝で扱い薪を一つくべたした。すると炎の勢いが衰えて煙が出はじめた。

「父上の肩は痛みますのか」

「いや、痛みはないが近ごろ左手を肩にやるのが癖になっておる」

囲炉裏の火が弱まり、沙羅は煙そうに身を屈め燃えさしをいじっていた。

「惟唯殿の具合こそ気がかりだが……」

「はっ、もともと傷は大したことはありません。今は完治しております」

「いいえ父上、おもては治っても深い刺し傷です。もうしばらくの養生がいります」

沙羅はますます煙そうに顔をふせて左手で両目をおおうようにした。惟唯が沙羅との場所を代わって小枝をひとつかみ煙の中に差し込んだ。顔を近づけて口をすぼめて何度も息を吹きかけた。炎がぱっと上がった。

「はは、は、火はあまり触らなぬがよいようじゃな、傷の養生もな」

定秀はそう言って左手を膝元に置き居住まいを正して二人を見た。視線を沙羅に移して口を開いた。

「先ほど栄西様よりの知らせが届いてな」

囲炉裏の焚火が弾けて火が飛んだ。定秀が火をつまんで焚火に戻した。

「それで相談にもよるが、沙羅が博多の栄西様をおたずねする時期が少しばかり早まりそうだ」

「それは、うれしゅうございますが、惟唯様の具合がいかがかと思います」

「じつはな。書状によると、行忠殿が馬から落ちて怪我をされたようだ。壱岐から早船で今は博多においでのようだ」

「えっ、なんと、いつのこと、どのようなことですか……」

惟唯は囲炉裏の火に焚き木をたそうとしていたが、沙羅の声に動きを止めて定秀の言葉を待った。

「右腕の骨が折れておるようだ。つい二日ほど前のことらしい」

「博多は鎌倉の勢力下ではありませんのか、沙羅は心配です」

「南宋の医者が診ておるようだ。博多は聖福寺、栄西様が差配しておられる」

「しかし、大宰府には鎌倉から武藤資頼が、博多とは目と鼻の先ではありませんか」

「南宋交易の拠点である博多は鎌倉が押さえるが、聖福寺を通してだ」

「聖福寺は禅寺ではありませんのか、禅師様はいったい何を……」

「禅師様が何を、それはわしにはわからぬが、聖福寺は栄西禅師が差配される。これから巨万の富が動く」

　屋敷の外から人のざわめきが聞こえ、大勢の人が廊下を渡ってくる。最初の影が跪《ひざまず》いて障子を開けると、あとは軽く頭をさげて立ったまま部屋に入り囲炉裏のまわりに正坐して座った。豊後の武士たちみんなの顔が生きいきとして笑顔がよかった。

「久しぶりに皆で顔を合わせたな。みな元気そうだな」

　当初は囚われ人であり厳しく監視され分散して傷の養生をしていたが、近ごろは監視もなく一堂に会しての食事もしていた。屋敷内での佩刀もゆるされ、武術の稽古も怠ることはなかった。

「皆に進呈した太刀の具合はどうかな。これまでより五寸ほど短くしてある。それに錆びにくい砂鉄を選んで彦山の鍛冶《かぬち》たちが手分けして打ったものだ」

「巻き藁を斬っておりますが、刃筋が通りやすいようです」

「よく斬れます。身幅が広く腰反りで踏ん張りがいい」

「船上での使い勝手も、この長さなら具合いいようです」

部屋はにぎわい囲炉裏に薪が重ねられ部屋は蒸し暑いほどだ。部屋も廊下も障子が開け広げられた。昼の明かりが差し込んで山からの清々しい冷気が若者たちの熱気を冷ました。

「かねて為朝様のもとで海に出る手はずであったが事情があって時期が早まった。取り急ぎ博多に赴くことになる」

「早まるのは望むところ」

「為朝様の下で戦えるなら本懐です」

「為朝様を討ちもらしたことで三郎、いや緒方惟榮殿は鎌倉への面目をつぶしたが内心ではどうだかな。昔は為朝様のもとで我ら互いに三郎、紀平次と呼びあっておった」

「我らの父もその中におったのでしょうか」

「ちょうど皆と同じ程の歳であったな」

庭先に博多からの武士の姿が見えた。若者たちの騒ぎに誘われたようだ。庭履きを履いて太刀は手に持っている。後ろに屋敷つめの武士が二人いた。定秀はそれに気づき、少し思案したが立ち上がって縁側に下りた。

庭履きの武士をこの話し合いにくわえることにした。博多に持ち帰る返事を聞かせる手間が省けると思ったのだ。

「お引き合わせいたす。聖福寺の粕屋殿である。このたびは事を急ぐので談合に立ち会っていただこうと思う」

「聖福寺につめております、粕屋五兵衛ともうします」

沙羅は聖福寺の宿院の一室で目覚めた。部屋の前の雨戸は閉まっているが少し離れた先の雨戸がすでに開かれ廊下の薄明かりが障子に届いていた。離れた建物から禅僧たちの勤行の気配が静かに伝わってくる。彦山からこれほど遠くに来た経験は十五歳になるこの歳までなかった。旅先で宿泊したのは初めてだった。新築の建物の柱や板が芳しく匂って、沙羅は夜着の中でしばらく天井を見つめていた。鳥の声が聞こえていた。

身づくろいをすませ朝餉をいただいて部屋でしばらくすると栄西からの使いが来た。松林の境内を歩いて栄西のいる別棟に案内された。濡れた小道には切石が敷かれていて歩きやすかった。玄関を通され暗い廊下をすぎると、広い中庭をのぞむ部屋の障子が開け広げてあった。部屋の人が沙羅に気づいて笑顔で見ている。

「彦山からまいりました。紀太夫定秀の娘沙羅でございます」

沙羅は挨拶の仕方がわからず恥じらいながら部屋に入った。

「お目覚めはいかがかな、昨夜は長旅の後、よく眠れたでしょう」

挨拶をかえした栄西の前に先客の若い女性が座っている。沙羅をみて口をほころばせて静かにお辞儀した。芦辺のチカだった。

「はい、目がさめて、とっさ、ここはどこだろうと思いました」

沙羅は座りなおして、受け答えしながら、チカに会釈した。二人は互いに自己紹介をして、栄西は火桶の茶釜の湯を注いで抹茶を点て始めた。

「惟唯殿は寺の者と暗いうちから、お仲間を迎えに出かけています。お昼までには聖福寺に到着するでしょう」

沙羅は茶碗をおしいただいて隣のチカに軽く頭を下げた。茶の香りがゆらいだ。沙羅はゆっくり飲み干して、

「行忠さまの御容態はいかがでしょうか」

「宋医の所で、チカ殿が付き添い看病しておられます。だいじないと思いますが、いまはまだ動かない方がいい」

沙羅はチカの方に膝を少しにじって両手をつき、ていねいに頭を下げ、

「芦辺のお姫様と聞きおよんでおります。そのような方にお世話いただいて、もうしわけありません。今日からは、わたくしがお代りして付き添います」

チカは二服目の茶碗を手にして、

「行忠様のお怪我は、もとは私にも責めがあること、ご懸念にはおよびません。それに私は姫などではありません。馬にも乗ります。船で嵐に向かうこともありますよ」

沙羅は両手を膝に姿勢を正して、

「行忠様がお怪我をされたときには、チカ様もご一緒だったのですか」

「はい、落馬されて、私がはじめに駆けつけました。すぐに傷の手当てをしました」

栄西は好みの小ぶりの天目茶碗を手に取って、少し多めの湯をたし自服の茶を点てた。

「昼前には、惟唯殿は山越えのお仲間と聖福寺に戻られます。そのまま一行は船で芦辺に向かうことになっております。その折にチカ殿も一緒に戻るようにとお父上からの御伝言がございます」

チカは栄西の言葉が不意な宣告のようで、しばし意味がわからずとまどった。

「そのようなこと、行忠様のご容態ではまだ無理でございます。食もなく心配です。昨夜も痛みで、眠っては起き、眠っては起き、しておりました」

チカは狼狽していた。不用意に出た「しておりました」の結びの一言が沙羅の気にかかった。

「行忠様はそんなにわるいのですか、チカ様には一晩中付き添っていただいているのでしょうか、手の骨が折れているだけではないのですか」

栄西は二人の言葉を聞いていた。中庭の沓脱ぎ石に小鳥が飛んできて部屋の様子を見るとすぐに飛び立った。

「いや、私の言葉がたりなかった。行忠殿は博多に残って傷の養生を続け、チカ殿は彦山からの戸次惟唯殿ご一行を芦辺まで案内くださる役目があります」

チカは左手の指で右手の指をきつくにぎって、栄西の言葉を瞬きもせず聞いていた。

「チカ様、ご案じなさいますな。私は行忠様とは五歳のときから彦山の同じ屋敷うちで家族のように育っております。傍の人たちも実の兄と妹のように思っています。気心は知れております。互いの気遣いもありません。どうか、チカ様の代わりを私につとめさせてください」

チカの目が光って、ながれた雫がゆるんだ手の上におちた。

芦辺に向かう船頭は先日と同じ塩の噴いた揉み烏帽子を被っていた。船は、ひと回り大きく二十人ほどの水夫が乗っていた。空はどんより曇って風がなかった。玄界島を過ぎるまで帆を降ろして両舷十二丁の櫓を水夫が交代で漕ぎつづけた。

外海は南寄りの東風が吹いていた。櫓を仕舞い帆を上げると船は滑るように進み、うねりはなく灰色の空を映した海原は遠くまで穏やかだった。チカは壱岐の方を見ていた。暗い海と曇った空の色が同じく見えて壱岐島影は判然としなかったが遠い海を見るとチカは心が軽くなっていくのを感じていた。

東の空が明るくなって雲が途切れ風が強くなった。雲の合間からときおり日が差し始めると黒い海が明るい薄緑に変わっていた。屋形の下に、うずくまっていた彦山からの武士たちが帆柱の近くに出てきた。帆の影にならないように甲板の上に場所をさがして、思い思いに陽だまりを楽しんでいる。戸次惟唯は舵取りがいる艫屋形の中で波に任せてうつらうつらしていた。梶棒を持つ船頭が塩のふいた烏帽子をかしげて右手の方を見た。

「右舷のかなたに、うっすら見える島影が小呂島です。天気がよければ、その左手に対馬の山並みが望めます。対馬の北端に行けば高麗の国が見えます」

惟唯は我に返ったように船頭の顔を見て、その先の遠くの海に目を移した。船頭は日焼した皺の多い顔をほころばしていた。

その年の夏が過ぎて、遠くに見える田畑の畔《あぜ》には彼岸花の赤が目につくようになっていた。聖福寺を出た騎馬の一行は比恵川を渡って博多からの官道を八木山に向かっていた。三騎が先駆けして行忠、栄西、沙羅が縦になり横に並んだりして進んだ。騎馬隊の中ほどに六頭の駄馬がいた。その後ろには弓を持つ騎馬武者が続いていた。駄馬には二個ずつの薦包みが乗っていた。

篠栗の村を過ぎると刈り入れの近い稲は頭をたれ、道の左手を流れる川は数日前の雨で流れの勢いを増していた。

峠にさしかかり、騎馬の行列は一休みした。

栄西が行忠に声をかけた。

「お怪我をされてから初めての長旅、ご自重くだされ」

行忠はその言葉に低頭して、手綱をゆるめて馬に水を飲ませている。栄西の馬は手綱を鞍に結わえられて行忠の馬に並んで顔を蒲の沼につけていた。先ほどまで聞こえていた濁流の音が遠くに聞こえて代わりにセミの声がする。川は蒲沼の先の谷合を流れていた。

粕屋五兵衛の声がした。年老いた農夫を従えている。農夫は竹籠をしょって犬をつれていた。

「禅師様、瓜のとりたてを買ってまいりました」

農夫は竹籠をおろして膝をついてお辞儀をしている。粕屋五兵衛は両手に黄色に熟れた果実をとって栄西に手渡した。沙羅にも行忠にも手渡した。警固の武士や馬丁たちにも一つずつ手渡してまわった。

栄西は刀子を取り出して瓜の皮をむき半分に切って沙羅に手渡して、傍にいる農夫に声をかけた。

「りっぱな瓜ですね。値は、いかほど、じゅうぶんですかな」

「ぴかぴかの宋銭をいただきました。ありがたいことです」

胸元から懐紙にくるんだものを取りだして押しいだいてみせた。農夫が空になった竹籠を背負って去ると、粕屋五兵衛は馬の口を取り直して、

「禅師様まもなく荷を引き渡す刻限です」

「そうですね、しばらく官道を上って左の脇道に入るのですね」

栄西はやおら腰を上げた。みんな馬を引いて細い急な道を歩いた。

本道から離れた樹木の中の小道は空が見えないが、右手の谷には渓流が音を立て木洩れ日が差し込んでいた。風がなく蒸し暑かった。行忠は先ほどから人の気配を樹木の中に感じるようになっていた。ほどなく上りの先に開けた場所が見えてきた。そこは明るかった。大勢の姿が見え人の中から声がした。

「暑い中、ご苦労おかけしました」

「お待たせしました。おう、久しぶりでございますな」

粕屋五兵衛は顔見知りに気づいて、なつかしそうにこたえた。挨拶はそこそこに、二頭の荷駄から積み荷がおろされた。一頭に四つの薦包みがのせてあった。降ろされた薦包みは一つずつ中身の改め

がおこなわれた。

荷を改めるようすを解せぬ顔をして見ていた沙羅が、後ろにいた栄西に寄り添って小声で言った。

「あれほどの、さし銭、見たこともありません」

「薦包み一つに五千枚の宋銭が紐をさし通して五貫文分、ですが多勢の人たちを賄うのには、とても足りません。それに宋銭の通用しない地域もおおいので、むつかしゅうございます」

栄西は閉じるような眼差しで人たちの作業をみつめていた。蚊の羽音がした。

「平家の人たちでございますね」

「壇ノ浦から十年、平家の人々は離れ離れに山深く田畑を耕して狩りにも馴染んでいますが、もうしばらくの助けがいります」

「まだ、この近くにも多勢おられますのか」

「この近くには、もういません。この銭は山の道を五家荘や椎葉の地まで運ばれます。重たい銭を陸から運ぶのは難儀なことです」

栄西がつぶやくと高い梢に風が吹いて木洩れ日が差しこんだ。沙羅は栄西の目に涙がうかんでいるのを見た。

しばらくして荷の改めがすみ薦包みは屈強な武士の背中の背負子に結わえつけられると、山の中から忽然と大勢の平家武者が出てきた。そして運ばれるものを守るように再び山の中に消えていった。

そのようすを見届けて行忠が栄西のもとにやって来た。

「このまま、この山道を進もうと思いましたが、何とも藪蚊が多くて官道に戻ります」

「そうですか官道なら馬にも乗れますな」

「あ、その、そのまえに、しばらくお待ちください」

沙羅が沢の方に下りようとしていた。木の枝をつかみながら、そそくさと沢の方に下りていった。行忠は沙羅の行く手の気配をうかがった。栄西がほほえんだ。

「瓜は水気がおおいですからな」

栄西に黙礼して、行忠が後を追った。

「行忠様、沙羅はもう子供ではありません。ついてこないでください」

下の方から、かん高い声がした。


栄西の一行はその日、八木山の庄屋の屋敷に投宿した。あくる日は峠をくだり飯塚から烏尾峠を越えて添田の地侍の館に夕刻に到着して夜を明かした。朝餉はなしで日の出るころ添田を発ち昼前には彦山のふもとに着いた。

定秀の屋敷では一行のために食事の用意をしてまっていた。栄西と行忠は定秀に案内されて離れの部屋に移った。

栄西が箸を使いながら、

「八木山もそうでしたが山は稲刈りが早い。それに山の米はうまい」

「昨日の知らせですが、緒方惟栄殿がみまかれたようです」

「そのようですな、世の変わるときには役目を終えた人々がおおぜいでます。新しい役目の人たちが去る人たちをどう扱うのか」

「役目を終えた人たちも、我が身をどう処するのか、人それぞれ……」

定秀の声を聴いて行忠が口を開いた。

「惟栄様はどのようなご最期であったのでしょうか」

「大友の館で、突然の自然死か、謀殺か、自害かはわかりません」

栄西が箸を置いて目を閉じた。

「世はうつろいますが、どのように変わるかは、国の品性になりますな」

「厳粛な葬儀が大友のはからいでなされたよし。荷駄の銭は大友まで、栄西様も豊後まで行かれますのか」

「いや、四頭の荷駄で運ばれた宋銭はすべて彦山からの矢銭として大友に寄進される。豊後の民も少しは負担が軽くなります」

「為朝様は、いまごろ、いかがしておられましょうか」と定秀が言った。


博多からの荷駄を定秀の屋敷に運び終えた一行は食事の後、二十頭あまりの馬を河原にまで移動させ浅瀬で丹念に洗っていた。川辺の両岸には青々とした葦がしげって斜面には開く前のススキの穂が昼さがりの光に輝いていた。

屋敷から出た二騎の武士がゆっくりと道を下っていく。門の前には数人の男女が出てきたのを粕屋五兵衛は、たわしを持つ手を休めてながめた。

「大友から荷駄の引き取り衆が到着したようですな」

みんな作業の手をやすめて道のかなたに目をやった。

一人が粕屋五兵衛に尋ねた。

「我らも道のはたまで行って出迎えますか」

「いや、近くに来たら手をやすめて、このままで迎えよう」

「おう、見えてまいりましたぞ、かなりの大人数のようですな」


同じころ行忠は道を見おろす鍛冶小屋の一つにいた。暗くて蒸し暑かった。ふいごの音がしていた。ゆっくり、同じ調子の風の音だった。赤く燃える炉の前に刀匠が腰をおろして火を見ている。炉の左側には、ふいごの箱がある。刀匠が左手で取っ手を押したり引いたりして空気をおくると炉の炎は青く勢いづいて輝きをました。

炉の右側には礫ほどに割った木炭の置き場がある。刀匠は左手の動きをとめて立ち上がると燃える炉の上に割炭を十能《じゅうのう》ですくってくわえた。ふいごの音がふたたび聞こえ炎が吹き上がる。炎の中に鉄の棒が差し込んである。その先には玉鋼を小割りした塊がある。刀匠は光る玉鋼の色を見ていた。

行忠は引き戸を開けて外に出た。外にはあずき色の狩衣を着た年老いた武士がいて行忠に声をかけた。

「豊後の衆がまいりましたな、前衛の旗じるしは三本杉、そのあとに三つ鱗の紋が見えますな」

鍛冶小屋の中から槌を打つ音が聞こえてきた。初めは、ゆっくり小槌を打つ音がしていたが、すぐに三人が代わる代わる連続して打つ早く力強い大槌の音が聞こえてきた。

行忠が道を見つめて、

「騎馬が五十騎ほど、薙刀をもつ徒歩は百人ほど、空馬が八頭です」

年老いた武士は目を細めて道を見ている。

「なんとも、おおぎょうですな。やや、そのあとにもまだ騎馬が」

「杏葉の旗じるし、しんがりは大友の騎馬が十騎ですね」

「あれほどの人数、棟梁の屋敷には入りきれませんぞ」


豊後からの騎馬行列は門前で家人や大勢の村人たちに迎えられ、そこで一度立ち止まった。先頭の騎馬が出迎えの人と簡単な挨拶をすると一騎だけが門に入っていった。残りの騎馬はいま来た道を次々と折り返し、薙刀をもつ徒歩の百人は騎馬に続かず門前を左右に分かれて散開した。その後に続く八頭の空馬はそのまま門に入っていった。しんがりの杏葉の旗印を掲げた十騎もそのまま門の中に消えていった。折り返して進んだ五十騎は前進をとめ全員が下馬して、その場所で待機するようだ。中に入った一騎の初老の武者は馬から下りた。馬の轡を屋敷の家人があずかった。

栄西が笑顔で出迎えた。沙羅が栄西の後ろに控えていた。

「大神の阿南惟親でございます。こたびは、ご足労おかけいたします」

「明菴栄西でございます」

沙羅が離れの部屋に案内した。庭には新しい砂がまかれて掃き清められ彦山の上には鰯雲が青い空に高くむらがっていた。

阿南惟親は足を桶に浸して洗い、足袋を履きかえた。部屋には火桶に炭がたされて鉄瓶の口から湯気が出ていた。

「ほう、めずらしい道具でございますな、唐ものですか」

「土瓶の形を砂鉄で鋳造しております。筑前の芦屋でつくります」

栄西は茶碗の抹茶に鉄瓶から湯を注いだ。

「豊後ではみかけませんな、芦屋でそのようなものが」

「河内《かわち》鋳物師《いもじ》が芦屋で手ほどきをしております」

茶が点てられ、沙羅がにじりでて茶碗を惟親の膝前に運んだ。

「定秀殿の御息女であらせられますな。お美しい、十五とは思えませんな」

「阿南惟親さまは戸次惟唯さまの叔父君でございますね」

沙羅の言葉にトゲがあった。二人の問答を聞いていた栄西は、惟親が唇を緩めて不甲斐ない顔になったのを見た。

沙羅は自分の席に戻って、

「戸次惟唯さまの脇腹の深手、私が看護いたしました」

栄西は目を閉じて聞いていた。

沙羅は大神一族が、かつての盟主である為朝の暗殺に刺客を向けたことを、その命に服して死傷した若者たちのことを言っていた。少しの静寂があって栄西は茶碗の薄茶を沙羅のほうに置いた。

そのころ、定秀は一人で表座敷に大友の十人の武士と相対していた。

部屋の障子も廊下をはさんだ障子も開け広げてあった。囲炉裏があるが火はなかった。庭の隅に柿の木があって、青い実をたくさんつけていた。川向うの鍛冶場からは槌の音が遠く、いくつも聞こえていた。鶏の家族がうろうろして犬が日なたに寝ていた。

とりとめのない話が交わされ、やおら笑顔が見えはじめるころ、大友の武士が一人、定秀に両手をついて口上を述べた。

「このたび豊後をまかされ、彦山には初めての挨拶であります。引き出物に陸奥の馬を八頭持参しましたが、彦山から宋銭を大層にいただきまして、それを持ち帰るために陸奥の馬八頭に運ばせます。後日あらためて八頭はおかえしいたします」

定秀が両手をついて低頭した。

「さらに、このたび鎌倉から奥州の砂金包を持参しております」

言い終わると十人の武士が一人ずつ重たそうな革袋を、それぞれの布包みから取り出して定秀の前に運び並べ重ねていった。

「目立たぬよう鞍の後ろにくくり付けてまいりましたが馬が難儀しました」

「日田は険しい山道ですからな。帰りも同じ道ですか」

「そのように指図されております。行きは空馬八頭、帰りは荷駄八頭に錦をかけて彦山の旗印を立てます。それを見て人々に戦はないと知らせます」

「深遠なご配慮、いたみいります。これで豊州の人々も安堵を伝え合うでしょう」

「我らも、戦は先の奥州合戦で終わりになればと思います。ありがたいことです」


行忠は道を下りていた。年老いた武士も行忠の後ろを歩いた。萩が薄赤い花を霞がかかったように咲かせ途中に鍛冶小屋がいくつも見えて槌の音がしていた。木立や藪の中に気配を殺して大勢の山伏がひそんでいた。薙刀は持たずに弓をたずさえているものが多かった。

「行忠様はお怪我をされて、以来、鍛刀はしておられませんな」

「そうですね。以前は多い時には月に二振りほど打っておりましたが、体も治ったので、そろそろ身体ならしを始めようと思います」

「それはうれしゅうございますな」

「武道はもう思い切ることにいたしました。怪我のこともありますが、それより……」

行忠は言葉をつまらせた。道に下りてきた。騎馬隊の列が見える。


阿南惟親は胡坐をかいて、空いた茶碗を右手に持ったまま沙羅を見ていた。

沙羅は自分の茶碗を横によけ、惟親に近づいて笑顔で辞儀をして、

「お味はいかがでした」と言った。

「まことに申し分のない味で……」

沙羅は空いた茶碗を受け取って栄西のもとに返した。

「戸次惟唯さまは、すっかりお元気になられて、ご安心ください」

「そうでしたか、ありがたいことです」

「ですが惟唯様のお父上は、このたび大友の孫を養子にされたそうですね。それでは惟唯様の帰る場所がございません」

惟親は居住まいを正して、

「おそれながら、為朝様の襲撃の折にも、その前の神角寺の戦いでも、その前の源平の壇ノ浦合戦でも、大勢の豊後人が死んでおります。奥州合戦で鎌倉は二十七万騎もの軍勢を向かわせ平泉を攻め滅ぼしたといわれています。死んだ人にはそれぞれに親や子や親しい人もおります。生きた人も多くの人が行く場所がなく、さまよっております」

聞いていて、沙羅は八木山で見た平家の落人を思い出した。奥州はもっと悲惨だったのかもしれない。

「緒方惟栄殿は大神一族の生き残りのために先日、自害されましたが、大友から直系の血筋を大神に入れることとの誓約を引き換えにされました。戸次惟澄殿が大友能直様の孫、重秀様を養子に迎えられた、いきさつです」

栄西が鉄瓶の蓋を開けた。水差しから柄杓で水を二杯つぎたした。

阿南惟親は気を取り直すように、

「率直に申し上げます。このたび、それがしがまかりました役目は紀の太夫、三丁礫の平次様、つまり僧定秀様のご息女沙羅様を大友の御養女にお迎えする内諾を賜るためであります」

沙羅は目を丸くして驚いたが無言だった。

栄西が茶碗の湯をはいて柄杓で水を注ぐ音がした。

沙羅の声がした。

「ただいまのお申し出、承諾いたしました。すでに父を通してのお話とは思いますが、我ら親子の話もございます。今しばらくのご猶予を賜りますようお願いいたします」


豊後からの騎馬行列は受け取った宋銭を八頭の荷駄にのせて出立した。阿南惟親は一応の役目をなした安堵の笑顔で定秀に挨拶をした。

二人がまだ若かったころ為朝を主として九州の戦場《いくさば》を駆け回った仲には、それぞれに話したいことはあったが、鞍をまたぐまで交わした言葉は屋敷の門前で立ったままの二言三言だった。それからしばらくして屋敷は日常に戻った。鶏の親子が庭をついばみ犬は日なたを避け軒下に寝そべっていた。

定秀の屋敷は静かになっていた。納屋の土間には藁の筵がしかれ真新しい打ち刀がずらりと並べられていた。

切っ先から刃区《はまち》まで椿油のしみた和紙でくるまれ、いずれの刀にも茎《なかご》に名《めい》は切られていなかった。和紙でくるんだ上から細い藁紐を巻き付け、十振りずつまとめて、さらに藁縄で縛る作業をしていた。

行忠と年老いた武士は、その様子を見ていた。

「このたび博多に運ばれる刀は三百振り、これまでよりも短いですね」

「そうです、行忠様、それに宋の国では刀の反りはないものが好まれます」

「斬るよりも突きが多いのでしょうが、使い方も伝授すればばと思います」

「さすれば、注文がもっとふえるかもしれませんな、はっ、はっ、は」

納屋の外は日差しが明るかった。沙羅が一人でこちらに来るのが見えた。いそがしげな小股で、なんとなく気が晴れない雰囲気があった。入口の敷居をまたいで土間に入ってきた。行忠と話をしていた年老いた武士に明るく笑顔をおくって、刀の梱包の作業している様子をながめ、人と目があうたびに軽く会釈した。

「行忠様、こちらにおいででしたか、さがしておりました」

「阿南惟親殿は、しごくご機嫌なようすでしたな。ご苦労でしたね」

沙羅は行忠を探して鍛冶場の小道を上り、鍛刀場の一つ一つを覗いて回り、河原にも下りてみたが見あたらなかった。沙羅の額には汗がういて、うなじは濡れていた。沙羅は行忠と年老いた武士を交互に見て、

「すこし、お時間をいただけませんか」

年老いた武士は、二人からはなれて刀の荷造り作業の中に入っていった。

沙羅が声をかけた。

「いえ叔父上、叔父上にもお聞きいただきたいのです」

三人は河原のほうに歩いていた。

年老いた武士が声をかけた。

「先ほど、叔父上と呼ばれたのはうかつでしたな」

「申し訳ございません。つい、心が乱れておりました」

それを聞いていた行忠が振り返ってとりなすように、

「屋敷の者もみんな知っておること。鎌倉も承知しており、案ずることはありますまい」

年老いた武士は定秀の弟で紀友長といい、平家が滅ぶころ、ゆえあって上野国に流罪になったが、それがいまだ解けていなかった。

流刑の地でも刀を打ち続けて十年になる。これまでにも何度か彦山に帰郷して数日を過ごしたことはあったが、それがそのまま帰らず彦山にいて二年ほどになっていた。いまでは鍛冶場の刀工集団を取り仕切っている。定秀を鍛刀の師としていたが今では兄をはるかにしのぐ技量をもっていた。

「かたじけないお言葉ですが沙羅の粗相でございました」

「しかし沙羅殿に叔父上と呼ばれたのは正直うれしゅうござった。はっ、はっ、は」

川面が光って流れは穏やかだった。三人は河原の石に座った。適当な石がうまい具合に配置してある。午後の日差しは和らいで風はひんやりしていたが座る石はあたたかかった。

「兄者は慌しい一日であったでしょうな」

「豊後からあれほどの人が来るとは、定秀様は阿南惟親様ともお会いになった。大神だけでなく、大友の幕僚が十騎もおとずれるなど途轍もない。定秀様は栄西様からお聞きになったのは昨日です」

「豊前、豊後はこれで落ち着くのかもしれませんな」

「父上は、いまは栄西様とお話をされているのでしょうね」

「大友の人たちとの面談が終わると、間もなく栄西様が離れからお移りになられたようです。それまで開かれていた障子が閉められました」

「これから、どうなるのでしょうか、女の私にはわかりません」

「先のことなぞ誰も測れはしませんよ」

「すぎたことでも、わかりはしませんぞ」

陽が傾き川の流れが眩しかった。風が出てきた。行忠は空を見た。夕焼けが近いようだ。背なの日差しが心地よかった。

「ところで沙羅殿は話があったのでは」

「はい、でも、行忠様とこのようなお話がしたかったのです」

「行忠殿が彦山に為朝様をたずねてこられたのは、沙羅殿がまだ五つだったたな」

「為朝様は山で修業しておられ、私は定秀様に刀の打ち方を教わっていました」

「鍛冶場に女は入れないのですが私がせがむと行忠様はつれていってくださいました」

「は、はっ、あのときは、あとで友長殿にしかと、しかられた」

「そのようなこともござったな」

「風が冷たくなりましたな」と言って行忠が腰を上げた。

三人は屋敷に歩き始めた。

「たまには、竹取物語や、宇津保物語なども読んでくださいました」

「読んで聞かせる私のほうが、つい昔話に夢中になっておりましたな」

「そうですよ。いつのまにか無言で読んでおられ、私は、もう、と言いましたね」

河原の、のりをのぼるとき行忠はうしろの沙羅に手を貸した。

沙羅がその手を取って、

「行忠様、沙羅に小太刀を打っていただけませんか」と言った。

「小太刀、小太刀を、どうなさる」

沙羅は、ほほえんで「心の休めどころにいたします」と小さく言った。


戸次惟唯が十一人の武士を伴い、チカに案内されて壱岐にやって来たのは田植えが始まる春の頃だった。

それから夏がすぎ北風が冷たくなって、壱岐でも稲刈りがぼつぼつ始まっていた。高地にある彦山の麓より一月ほど農作業はおそい。稲束を孟宗竹の竿に掛けている風景が丘陵のあちこちに見えていた。高い山はないが島を流れるいくつかの河川はおだやかに蛇行して流れ地味は豊かで田畑の実りは多い。壱岐の海はあたたかい。南から温暖な海流が流入してクジラが群れ、魚の種類も豊富にいくらでも獲れた。

戸次惟唯は月読神社に新しく造られた弓場にいた。左の片肌を出していた。弓の弦に矢をつがえ頭上に上げた両腕をゆっくり下げながら左腕を的に向けてのばした。一呼吸おいて、さらに、引き分けて胸を張った。静けさのあと弦音が聞こえて、矢は十五間ほど先の的を左にそれて安土に刺さった。

「よくなった、力が抜けてきたな」

「はい、しかし、これほど近い的を、またも外すなど」

「いまだに、あてることが気になるのか」

「い、いいえ、けっして、そのような」

為朝に的を狙うなと何度も言われていた。矢を射るのに的を狙うなと言われても、しばらくは禅の考案なのかとさえ思ったが、そうではないことが近ごろ、わかるようになった。しかし、うっかり的を狙うことがある。三日まえ、的場で矢を放った後、為朝の平手打ちを顔面に食らったのを思い出した。

西の空が赤く染まりはじめていた。鳶がこの日、最後の獲物を見つけて高い空から急降下するのが見えた。

為朝と惟唯のやり取りを聞いていたチカが、

「今日も、夕日がきれいですね」

チカには外れ矢はなく、五本の矢がすべて的の中にあった。

「チカ殿、日のあるうちに代わりましょう」

惟唯が為朝に会釈して射場を下がり床几に座った。

チカは立って為朝に笑顔を向けた。為朝が好々爺のようにうなずいた。

「息をゆっくり、腹におしさげて」

そう言って為朝がほほえんだ。

「呼吸に魂を入れるのですね」

チカは矢をつがえた。顔からは表情が消え両手を頭上にさしあげた。

「吐く息は、ゆっくり、さらにゆっくり」

為朝の声が聞こえる。

押す弓手《ゆんで》、張る右手《めて》は引き分けられチカの息は吐ききられた。

「そのまま体の力を抜きなされ」

息を吸えずチカは苦しくなった。

「まだ、まだ。しばらく、そのまま矢をはなしてはならぬ」

チカは目がくらみそうになった。たまらず矢が弦から離れた。矢は的の正鵠に音を立てて刺さった。

「おみごと」

チカは、為朝のほめ言葉に不満だったが顔には出さず二の矢をつがえた。夕日はすでに沈んでいたが西の空は抜けるように青くて、そこに赤い雲がたなびいていた。的場は薄暗くなり始めていた。そこに遠くから馬の駆ける音が地響きのように聞こえてきた。

チカは息をゆっくりとはききった。

弦音がした。矢は外れて的の右横をかするように刺さった。

「はずれました」

チカが、はしゃぐように為朝をみた。

馬の遠乗りから戻った為朝配下の武士たちの、ざわめきが聞こえてきた。惟唯の仲間をくわえて二十人ほどの騒々しい話し声が近づいてきた。西の空の薄い茜色の残照はすでになくて、無造作に刷毛で描いたような墨色の雲が浮かんでいた。安土場の屋根の下は暗く、白い的はほとんど見えなかった。

「惟唯さま、ころあいの闇、狙わずに、あてようと思わずに、お試しください」

「そうだな惟唯、やってみるか」

惟唯は矢を一本だけ持って自分の的の前に行った。為朝に一礼して弓を構えた。弓矢を持った両拳を上に持ち上げ物見をするが的は暗くて見えなかった。

そのとき弓場にぞろぞろと大勢の武士たちが入ってきた。

為朝たちの様子を見て驚いたように、

「あ、申しわけございません」

先頭の者の声がして、急に静まった。その場に片膝ついて皆、腰をかがめた。

為朝は静かに、

「弓場に静寂はいらぬ」と言った。

惟唯は両腕を引分け、弦を三分の一ほど引いて一旦動作を止め、一呼吸おいた後さらに引分け、動きを止めて矢が離れるのをまった。

「みんな、静かにすることはない。一旦、弓をしぼれば一切は意識のかなたにある」

為朝の言葉が夕闇の中で言い終わると、間もなくして弦の鳴る音と同時に発止と矢が的にあたったことがわかった。矢が放たれた後、惟唯はそのままの姿勢で矢の方向を見ていた。

「できたようだな」

為朝の嬉しそうな声が聞こえた。

惟唯は不意に我にかえって、

「はい、しかし、もう一度やって、できるとは思いえません」

「まだ無心になろうとの思いがあるのでな」

大勢の人の中から、どよめきがおこった。


朝餉は厨房につながる部屋にみんな集まった。刻限はいつもより早く夜明け前で薄暗かった。広い板敷の部屋に三ヶ所ある囲炉裏は小さな炭火がおきて、自在鉤に鉄鍋が下げられていた。二十人あまりの為朝配下の武士たちが、それぞれの囲炉裏を囲んでいた。

為朝は座る場所を決めない。今朝は真ん中の囲炉裏に座った。為朝が鉄鍋の木蓋をとると湯気が立ち昇った。

小豆の入った玄米粥が煮込んであった。横の武士が椀に粥をすくって為朝の膳に置いた。ほかでも同じように粥をつぎ分けて部屋はにぎやかになった。

為朝は頭を下げて箸をとって、

「戸次惟唯殿が見えぬようですが」

「きのう、チカ殿をお送りして、あちらにおる」

「そうですか」

為朝は焼あごの身をほぐして椀にいれた。

「お父上に気に入られておるようだ」

きざんだ高菜の古漬けもいれた。

「今日は芦辺の船で宇久島まで行くと聞きました」

鍋の向こう、湯気の中から声がした。

「風がよければいいな」

為朝は高菜の上に梅干も入れるようだ。

「日のあるうちに着くでしょうか」

「日暮れまでに着くと聞いておる」

為朝は椀に直接口をつけて粥をかきこんだ。


為朝たちは二艘の小型の帆船に乗り分けて芦辺の浦を出た。空は明るかったが日の出までには間があった。沖に出ると白波がちらほら見え北よりの東風が吹いていて、うねりがあった。空には羽雲が二つ、光を下から受けて輝いていた。

梶棒を持つ船頭が後ろから声をかけた。

「との、前の屋形に移られたほうが波をかぶりません」

「いい風だな」

筵帆はいっぱいにふくらんで、波長の長い大きなうねりに船はゆっくり上下しながら走った。追い風で風と共に走るので体に風は感じないが舳先が時折り波がしらをたたいて波しぶきが為朝の顔を濡らした。

船頭が空を見て、

「あの東の羽雲はいずれ嵐をよびます」

「野分の時期だからな」

為朝は背中が朝日に照らされてあたたかかった。右舷を走る船の舵取りの横に戸次惟唯の姿が見える。

「大神の御曹司はやはり海人の末裔でございますね」

「うむ山よりも陸よりも海がいいようだ」

舳先がうねりに突っ込んだ。海水が甲板に流れこみ一段高い艫屋形にはねあがった。

「大神一族は、壇ノ浦合戦に八十八隻もの船で加勢されたそうで……」

「緒方惟榮が棟梁のころ、惟唯はまだ十《とお》ほどの子供だったろう」

「西に雨雲がでました。昼前には風が変わります」

「宇久まで飯抜きになるな」

第三章　南の海へ、イスラムとの出会い

青い空に高い雲が次々と流れていた。東からの追い風の中、二艘の船は筵帆がはち切れるように、うねりの海を進んでいた。

甲板は波で洗われ舳先で砕かれた波しぶきが、桶の水をかえしたように水夫の頭に降ってきた。

左舷に的山大島の断崖に打ち寄せる大波が潮を噴き上げるのが見える。

船頭が為朝に声をかけた。

「昼前ですが、早めに飯にしますか」

舳先が波頭を打った音がして船が左舷にかしいだ。

「わしは、いらぬが」

為朝の顔に波しぶきがかかった。

「水夫たちも、いつも昼は食べませんから」

「好きにしたらよい」

舳先が波をたたく音がして飛沫が飛んだ。

「この時化ですし」

船頭は飛沫をよけ顔を下にさげた。

「しめ鯖と酢飯ですから日持ちします」

的山大島が過ぎ、生月島の北端にさしかかった。その南に平戸の島が見える。

「日暮れまで、このまま風が変わらねばいいのですが」

「そうだな」

生月島の奥、平戸の島は松浦水軍の根拠地である。船頭は潮のしたたる烏帽子を傾けて平戸の北端を見ている。

「平戸の北に、大風を避けるための入り江があります」

「薄香の浦だな。松浦党の根城から近いな」

「嵐を避けるためなら相身互いです。昔からのならいです」

生月島の東は、うねりはないが強い東風で波がしらが白く泡立っていた。


生月島が後ろに見えるころには、前方に動きの速い雨雲が広がっていた。うねりが少しおさまったようだ。

「平戸の島が東からのうねりを、さえぎっております」

「櫓が使えそうか」

「はい、支度にかかります」

帆走に櫓漕ぎを同時にやろうとしていた。小雨が降り始めていた。水夫たちが総がかりで櫓を準備して櫓棚に据え付ける作業をはじめた。船が揺れ、波をかぶる水夫たちの動きは手慣れていた。ほどなく両舷に四人ずつの漕ぎ手が掛け声を合わせ始めた。

命綱はつけない。櫓棚から落ちると、このような時化た海では助けようがなかった。波にもまれて綱に引かれて、いたずらに苦しむばかりだ。

「追い波に変わりました」

「そのようだな」

船はおだやかに進んで、為朝は艫屋形の欄干に手を置いている。

船頭は大声で両舷八人の漕ぎ手に叫んだ。

「追い波に乗れ、波に合わせて漕げ」

船頭が合図の大声をあげると、八人の漕ぎ手が一斉に櫓を漕いだ。

「そおぉ〜れっ、いまだ、こげや、こげ」

それに合わせて
エイサー、エイサー、エイサー
帆は大きくはらんで、船は波に押し上げられる。漕ぐ櫓の動きは軽やかに、船は波に乗って今度は下りながら風とともに進んだ。

「宇久島はすぐだ。そおぉ〜れっ、いまだ、こげや、こげ」

エイサー、エイサー、エイサー
漕ぎ手は手順よく何度か交代して、かろやかな走りが続いた。生月島と宇久島との中ほどの位置だった。遠く山の木々が見えるほどではないが、もうしばらくすれば宇久の港に入れる。しかし東の風は乱れはじめ、あえぐように吹いていた。三角波が立って船は険しく上下し左右に揺れ風と波に翻弄されていた。西に傾いた夕日は雲に隠れて見えない。

雨が水夫たちの顔を打って海は暗かった。漕ぎ手は船の揺れと波の上下で櫓先と海面の高さが不規則に変わるのに難儀していた。掛け声が合せられずに八丁の櫓の動きは、ばらばらだった。風は息をするように、弱くなり、またすぐに強くなった。ゆるんでいた帆が風を強く受けると音を立ててふくらむが船足は少しずつ落ちていた。

「風の向きが変わりはじめたようです」

「そのようだな」

東の風が南寄りの向かい風に変わった。帆が裏帆になった。

「帆を降ろせ」

水夫たちはすでに降帆の手筈をしていた。船頭の声と同時に帆が降ろされ、手際よくたたまれ綱をかけて収納された。

「こげ、こげ、島影に入るまで、こげ、こげ」

船頭の声は、かすれていたが、漕ぎ手は目をむいて、それにこたえた。

エイサー、エイサー、エイサー

「こげ、こげ、そぉ〜れっ、こげ、こげ」

エイサー、エイサー、エイサー

船は進まなかった。いや、じりじり後退していた。

帆柱が強風を受けて唸り、帆柱の先から舳先に引かれている筈緒や、船尾に引かれている二本の身縄が風を斬る鋭い音を出して激しく揺れた。

前からの雨が水夫たちの顔に吹きつけ目が見えない。八丁の櫓をいくら漕いでも意味がなかった。巧みな舵取りの動きが、かろうじて船の進路を保っていたが船は風の力で押し戻されていた。

船頭が為朝の後ろから声をかけた。

「無理です。船を戻します」

為朝は横顔を見せてうなずいた。

右手で梶棒を持っていた船頭は、梶棒の左に移動して体ごと梶棒を押した。

「かいと〜おっ、かいとう、回頭するぞっ」

船頭の叫び声とともに船は右舷に回頭を始めた。僚船の船も同じ動きをして本船の後ろについた。

「櫓をしまえ」

船頭の指示を待つのも、もどかしいように櫓が回収された。為朝配下の武士たちも手伝い、八丁の櫓を仕舞い込んだ。

「帆を上げよ、宿帆、半開」

筵帆を帆柱の半分だけ上げて、帆の下半分はたたみ、綱で縛られた。

「辰の瀬戸を抜けます」

為朝は前方に霞む生月島と平戸のあいだを見て、大きくうなずいた。日没まで間があるが、厚い雲でおおわれ海は暗かった。二隻の船は強い追い風と波に乗って韋駄天のごとく走った。

「このような走りは初めてじゃ」

為朝が明るく言った。

「私もです。もうすぐ島が近くなると風が変わります」

船頭は右舷に黒く浮かぶ平戸の山なみを見ていた。山は風が唸り、黒い雲が低く飛んでいた。平戸の西岸にあたる波が打ち返して三角波をたて、その波頭が吹き飛んでいる。前方に生月島との狭い海峡が潮煙をたてて近づいていた。

突如、宿帆して半分だけ上げていた帆がバタバタと、はためいて上がりだした。水夫たちが慌てて動きはじめた。帆桁を操作する水夫は両舷でそれぞれ風が変わるのに合わせて帆桁の向きを調整していたが、帆があおられ手縄が緩んだすきに右舷側の帆桁が昇ったのだ。

右舷の水夫は懸命に滑車《せみ》の手縄を引くが帆が昇る力が強くて引き負ける。ついに強く握った手から麻縄が鋭く抜け、ずるりと指の皮をはいで血が流れた。手縄を持つ手が滑車《せみ》の中に引きこまれそうになった。

すぐに二人の水夫が加勢して手縄の後ろを引いた。三人がかりで手縄は少しだけ引かれ帆桁が下がりだした。船頭が叫んだ。

「手縄を巻胴にかけろ」

そうしたいのだが手縄が滑車《せみ》に強く引き込まれ、できない。左舷の方は滑車《せみ》からの手縄を巻胴に三回まいて締め、帆桁は安定している。

「手縄を巻胴に巻け」

また船頭の声がした。

船が波の谷間に落ちた。次の波で舳先が波の中に突っ込んで見えなくなった。その反動で帆桁が上がり、手縄がすごい勢いで滑車《せみ》に引き込まれていった。一番前で手縄を持っていた水夫が、異様な声を出して、もがいた。指が滑車《せみ》の中に引き込まれている。

風は一層強く吹いて帆は暴れ、音をたてて帆柱をじわじわと上がる。指は二本三本と滑車に引き込まれて血が雨とまじって床を流れた。水夫の一人が帆桁からの手縄に飛びついて引いた。

「これ以上引くと、帆桁が持ちまっせん」

「左舷の手縄はもう出せぬのか」

「もう一杯です、指を切るか縄を切るかしかありまっせん」

「まて、人を出して手縄を引いてみよう」

「こん風で帆桁が折れたら収拾、つきまっせんばい」

武士の一人が為朝を振り返って指示をまった。為朝が大きくうなずいた。屋形から武士たちが出ていった。武士たちは滑車からの手縄を水夫たちと力を合わせて引いた。手縄はジリジリと引かれ、上からバキッと音がした。

帆桁が、たわんで音を立てて折れた。つぶれた指が滑車《せみ》から出てきた。四本の指が赤い塊になっていた。その場にくずれるように、うずくまった水夫は屋形の中に運び込まれた。

折れた帆桁が暴れ、縦に破れながら右舷半分の筵帆が引き下ろされた。残った左舷の筵帆が胴震いして帆柱はきしみ前後にゆれだした。船がゆっくり右舷に向きを変えた。船頭は舵棒を体ごと右舷いっぱいに押していた。

「当て舵がききまっしぇん」

咄嗟、船頭は自分が事態を恐れ混乱しているのを知った。

「このままでは船は平戸にぶつかるな」

「帆柱を切り倒さな、なりまっしぇん」

「そうか、致し方あるまい」

艫屋形に古参の水夫が三人集まり船頭と帆柱を切り倒すための打ち合わせをはじめた。船首から帆柱に引かれた筈緒をゆるめ、帆柱は船尾方向に倒せる構造になっているが、この時化た海で、それはむつかしい。通常のように帆柱を後ろに倒して台座にのせるのは無理だ。それで、斧で帆柱の根元を断ち切りながら、船尾から帆柱を引く身綱と呼ばれる綱を徐々にゆるめ右舷の海に落とす方法に決まった。

「えずかばってん、こいしかなかじゃろ」

「破れ帆が、倒るっ帆柱ば船ん外ん出しちくれます」

「そげんに、うもういきゃ、よかがんた」

「落ちゃげた帆柱ん根が船に残っちょたら、やばかばい」

「そんときゃ、そんときたい、もう考えんちゃよか」

船頭は談合を打ちきり、目で為朝の了解を求めた。為朝は前方を見つめたまま理解不能な地の言葉を聞いていたが、

「異存はないぞ」と大声で言った。

船頭は狼狽をおさえて帆柱を切り倒すことを告げ、水夫たちに帆柱より後ろに下がるように指示した。

水夫たちは手分けして持ち場についた。

「右舷側は危なかぞ、倒れた帆柱が走っぞ」

帆柱の根元を斧が打つ音が雨風の音にまじって重く聞こえていた。

帆柱の右舷側の根元が半分ほど斧でえぐられた。

それを待っていた水夫が、左舷側の少し上に斧を打ち下ろし始めた。

右舷の身縄が解き放された。続いて艫側の筈緒が船尾から斧で切られた。いまは左舷の身縄だけで帆柱を支えていた。破れ帆が暴れ、それに引かれた帆柱が傾いてゆれている。

「左舷、身縄をはずせ」

帆柱はからまる索具を道連れに音を立てて海に落ちていった。

帆柱が右舷に倒れると欄干を破壊して、かなりの衝撃があった。海に落ちた帆柱に破れた筵帆が重なり、荒波にもみくちゃになって舷側に打ちつけられた。それには筈緒や手縄や身縄などの索具がからまっていた。

風での走りが止まると、船は横波を受け左右に激しくゆれて危険だった。後ろから戸次惟唯の乗った船が近づいてきた。それまで、できるだけ距離を保とうとしていたようだが、こちらの帆柱が倒れて船足がなくてはそれもできない。後ろの船はさらに近くなった。

船頭は惟唯をみとめた。

「との、八郎様、惟唯様が弓に矢をつがえておいでです」

惟唯がこちらを見ている。船頭が風に負けない大声を出した。

「引き船のぉ〜、よぉ〜い。船を引くぞ〜」

船べりに下がった索具を斧で断ち切っていた水夫も手を止めて聞いた。舳先で碇綱が準備された。

船頭が大声を出した。

「はよう、帆柱の綱を切りはなせ」

右舷から下がっていた索具は、斧の一撃で海に落ちていった。

為朝は波のまにまに激しく揺れている艫屋形から戸次惟唯のようすを見ていた。左舷後方に近づいた惟唯の船は帆を甲板まで降ろし帆柱にあたる風だけでゆっくり進んでいた。

帆柱だけでも風に押されて進む船の横揺れは少なかった。

惟唯の近くに、もう一人の武士が同じように弓を構えて縦波の周期に弓を持つ手の調子を合わせていた。すでに顔の表情もわかる距離になっていた。二艘の船が横に並ぼうとするときに惟唯が矢を放った。

矢に細い縄が引かれていた。惟唯の矢は、強い風の中を真っ直ぐに、斬り倒されていた帆柱の根元に深く突き刺さった。帆柱の根元の矢から素早く水夫が細い縄を手にして船首にいそいだ。

「矢が、もう一筋はなたれました」

二筋めの矢は、船の上をこえて右舷の海に落下した。甲板の上に下りてきた細い縄を水夫が手繰り寄せて船首の碇綱に結んだ。飛んできた細い縄は、前を進む惟唯の船の船尾に取り込まれ、それに結ばれた太い碇綱が引き上げられた。

惟唯が乗る船の筵帆が上がり始めた。

風が強くて、風の強弱をみながら少しずつ、少しずつ上がっていく。帆が半分ほど上がると二本の引き綱はぴんと強く張られ、潮を弾き飛ばして為朝の船をがくん、がくんと引き始めた。

「帆をさらに上げるようです」

船頭は舵棒を持ったまま、屋形の軒下から覗いていた。

「風が少し西にふれたようだな」

「真追手になります。（風が）上がります」

後ろからの暴風は雨だけでなく波頭を飛ばして吹きつけ、大きな追い波が船尾の甲板を越えて流れ込んだ。そのたびに舵を取る船頭は足をすくわれないように踏ん張った。

「船足が出てきました」

「船のおさまりが、よくなったな」

「引き船が海錨のような役割をしておるようです」

空は暗雲が逆巻いて風が唸っていた。生月島と平戸のあいだ、辰の瀬戸が迫ってきた。

辰野の瀬戸を通り抜けると、うねりは弱まったが風はかえって強くなった。南からの強風を両側の島が漏斗のように集め瀬戸口から吹き出してくる。

二隻の船は平戸の島を右舷に見ながら薄香の浦をめざした。中江の島が迫ってきたが、すぐ左舷後方に小さくなっていった。岬を大きくまわりこんで薄香の浦に真っ直ぐ入っていった。風は西に変わって荒れ狂っていたが入り江の中は風も波もおさまり嵐の夕暮れは暗かった。

近くの船溜まりから避難してきた多くの船が碇を入れていた。前を進む惟唯の船は帆をおろしたが引き綱はほどかなかった。二隻はそれぞれ八丁の櫓棚に水夫が出て櫓をあやつり碇を入れる場所を探した。

すでに、たくさんの船が嵐を避け停泊している。ほとんどが松浦党のもので軍船《いくさぶね》も見える。日が落ちると浦の中は山も海も闇になった。


夜が明けようとしていた。嵐は遠のいて薄香の浦は、さざ波も静かな海になっていた。岸辺にぽつぽつと漁師の家が見える。朝餉の用意だろう釜戸の煙がゆらゆらと昇りはじめていた。

碇綱でつながった二艘は、先導する惟唯が乗る船にだけ舳先側に碇を入れ、為朝の船とともに振り回しにしていた。

風の向き潮の流れにまかして船は向きを変えるが、今は二艘とも、ほぼ真西に舳先を向けていた。その先に薄香の湾口が見え、小型の帆船が数隻碇を入れている。

湾の差し渡しは五町ほど奥行は七町ほどある。為朝のそばで船頭が入り江の方をうかがっていた。

「葦が浦から船が出てくるようです」

「葦が浦とな、栄西禅師が数年前、南宋から帰国されたおり最初の上陸場所だそうな」

「戦船のようです。ひ、ふ、み、よ、次々に出てきます」

「同じ間隔でこちらを向くようだな」

「浦の口を閉ざすようです」

「そのようだな」

水夫たちも葦が浦の方を見ている。小さな話し声がぼそぼそと聞こえる。屋形の中から一人の武士が為朝のいる艫屋形に来て下知をまった。

「弓に弦を張っておこうと思います」

「そうだな」

「盾板は、いかがいたしますか」

「うむ、もう少し松浦方の動きをみてからにしよう」

「かしこまりました」

惟唯の船が後ろの船とつながった碇綱を引き寄せている。為朝の船は徐々に近づいて、惟唯が挨拶のお辞儀をした。

水夫たちが長い手鉤を持って前の船を左舷によせて舫った。

惟唯が為朝の船に移ってきた。

「浦の口の戦船がふえる前に突進しますか」

「向かい風になるな」

「薄香の奥にいる大きな交易船を奪うこともできます」

「それは、こちらが仕掛けることになる。芦辺に迷惑がかかろう」

「浦の出口を閉ざすことは、向こうが戦を仕掛けたのではありませんか」

「そうだな……わしは、そなたの船にのせてくれ」

「私は、こちらに残るのでございますか」

「いや、一緒に前の船にのろうとおもう。こちらの船の差配は高木ノ次郎にたのもう」

「かしこまりました」

「ゆっくりと、浦の出口に向かおう」

為朝の移った船は碇を上げた。

二艘の船は前後に並び、櫓ではなく十挺の櫂を使って進んだ。櫂なら甲板に屈んで盾板で矢を防げる。二艘を結ぶ碇綱は解かずに、張らずに、たるませて進んだ。

惟唯が遠く浦の口を見つめ、

「二十艘ほどが三ツ星の旗印をかかげています。帆をおろしています」

「先に出た五艘が、帆を上げて左右に分かれるようだな」

惟唯が後をふり向いて、

「薄香の奥からも五艘が後ろについてきます」

その五艘は八丁だての櫓を使っている。その中から一艘の船が抜けて前に出てきた。

「停船するように言っておりますが、いかがいたしますか」

「とめてみよう」

惟唯は後ろの船にもとまる合図をした。後ろの船の船頭が先方と話を始めた。嵐で避難したのだと説明しているようだ。

松浦の旗印を船尾にかかげて水夫のほかに胴丸をつけた武士が三人見える。三人は兜でなく烏帽子をかぶり、弓も薙刀もなく、小ぶりな打ち刀を差していた。三人の武士が乗った船は為朝の乗る船の左舷に進んできた。

「このたびは嵐に難儀され、ご苦労さまでございます。役目でございます。お頭様のお名乗りをお聞かせください」

「ゆえあって名のれぬが、私は芦辺の戸次惟唯と申します」

「戸次様とは、壱岐では耳にしないお名前ですな」

「生まれは豊後でございます」

「船荷の改めをいたします。乗船をお許しください」

「それはなりませぬ。嵐の避難は相身互い。ぶしつけでございましょう」

「名も名のらぬ。改めもさせぬでは役目がはたせませぬ」

「ならば、弓矢でお役目を果たされるがよろしかろう」

惟唯は前後する二艘の船頭に命じて船を進めた。エイサー、エイサーと掛け声がしだいに力強く早くなっていった。

後ろからついてくる船荷改めの五艘は、展開して距離をたもっている。湾口の方にも小型の帆船五艘が左右に並んで向かってきていた。湾の出口には船の帆柱が朝日に輝いて林立している。芦辺の二艘は盾板を船べりにめぐらし、水夫には打ち刀と銛がくばられた。

惟唯は為朝に目を移して、

「北側は船が手薄ですが浅瀬があるようで中央を突破します」

「そうだな」

遠くを見ていた船頭が、

「前方、五艘のうち二艘が帆を上げて並走してきます。あいだに綱が張られているようです」

「綱でからめとる手筈のようだな」

松浦方の二艘が船足をそろえて近づいてきた。西の風は強くはないが追い風を受けた筵帆が朝日を正面から受けて輝いている。二艘の隔たりは半町ほど、碇綱を帆柱に結わえて互いの間に渡してある。ときに碇綱はたわんで海に浸かり、すぐに、びんと張られる。そのたびに二艘の船はゆれて帆柱が大きく左右にかしいだ。二艘とも盾板を船縁に巡らしている。盾板から武者の姿がのぞく。三十人ほどが胴丸をつけ薙刀を持っている。

下知をまっていた惟唯が為朝を見て、

「左舷の敵に近づいて、水縄を雁股で断ち切ろうと思います」

帆船の帆を引き上げている綱を身縄とか水縄とか呼称するが、その綱を弓矢で断ち切ろうと言っている。雁股と呼ばれる二股になった内側に刃がついている鏃《やじり》で射るのだという。

「うまく帆が落ちれば、おもしろいことになるな」

為朝は了解した。惟唯は船頭に左舷の敵に船を向けるように指示した。

為朝の乗る船は左舷に回頭をはじめた。碇綱で結ばれた高木ノ次郎の船も同時に舳先の向きを変えた。

為朝の船が、左舷の後方について走る松浦の二艘の前を通過した。後に碇綱で結ばれた次郎の船が続いている。松浦の船は左舷に舵を切ったが、かわしきれずに次郎の舷側と激しく接触した。

ど〜ん、ばりばり、と音がした。

櫂を素早く引き込んで船足の落ちた次郎の船は、前の船に碇綱で引っ張られていたが、ふたたび櫂を出して前にもまして力強く漕ぎ出した。

惟唯は弓と矢を持って帆柱の前に立っていた。帆を上げていないので為朝のいる艫屋形からその様子がよく見えた。空が青かった。松浦の船に朝日があたって筵帆がキラキラ光って見えた。

舵を持つ船頭が為朝につげた。

「敵は筵帆が濡れていて、重たいようです。それに、あの人数では荷が多すぎます」

「上が重すぎて、つり合いが悪いようだな」

惟唯が弓を引きしぼった。

矢が唸って飛んだ。雁股の矢は帆柱の先端にあたって身綱を切ったが、帆桁は一尺ほど下がっただけで止まった。

惟唯が二の矢をつがえた。ふたたび雁股が唸って左舷側の手綱を断ち切ると、筵帆は半回転して、するすると落ちてきた。

「みごとで、ございます」

「あざやかだな」

為朝の船は、みんなの顔がほぐれて水夫の中から歓声が上がっていた。


落下した重たい筵帆と帆桁は、武者たちの頭上にかぶさった。船はすぐに止まった。動かなくなった船は左舷が強く引っ張られて傾き、落ちた筵帆が海に浸かっていた。ところが、並行して走るもう一艘の船とは互いの帆柱が太い綱で結ばれている。

「や、やっ、もう一艘が、止まった船からの綱に引かれ、まわりはじめました」

「間に合わぬようだな」

帆をはらませて並走していた船は停止した僚船を軸にして、互いをつないだ太い綱に引かれ半町の径で右舷に旋回していた。

その船には甲冑をつけた武者が薙刀や弓をたずさえて、ひしめくように乗っている。

「旋回する船の太い綱が松浦方の船を絡めております」

為朝の船の右舷後方を走っていた三艘の船の帆柱に回頭する船の太い綱が巻き付いて、三艘をひとまとめにしていた。

太い綱に引かれた船は半町ほどの円周で回っていたが途中で三艘の船をからませたので急角度で旋回をはじめた。

「や、やっ、松浦の船が沈みます」

見れば松浦の船の帆柱が横倒しになって船は半分沈んでいた。

惟唯が為朝のそばに来ていた。

「あっぱれであったな」

「ありがとうございます。しかし、片方が沈むなどとは思いませんでした」

「そうだ。わしも意外であった」

「いかがいたしますか、この勢いで封鎖を突破しようと思いますが」

「いや、できすぎだ。ここは、しばし引け」

「引くのでございますか」

「そうだ。帆を上げて薄香の浦に少しだけ引くのだ」

「かしこまりました」

惟唯は一礼して、自分の弓を仕舞わせて船頭に帆を上げるように伝えた。

船は旋回して帆をあげ、ゆっくりと薄香の浦の奥に進んでいった。櫂を引き込んだ二艘の水夫たちは休んだ。水を飲んで休んだ。

為朝の二艘が反転して前の船が帆を上げると、それを見とどけてか浦の口を封鎖していた軍船の半数ほどが一斉に帆を上げて向かってきた。

距離をおいてついてきていた船荷改めの船と近くですれちがった。五艘の船は櫓棚に人が出てゆるりと漕いでいる。

「浦の口を封鎖している船団と薄香の中の軍船は差配する役目がちがうようです」

「そのようだな」

「冠は烏帽子で弓も持たずに、戦の支度ではありません」

為朝の船は、さらに薄香の浦の奥に入っていった。

大風を避けて一夜を明かした漁師たちの船が、それぞれの湊に帰るようだ。浦から次々と出ていく。碇を入れた軍船もあちこちにいて留守番の水夫がこちらを見ている。

二艘は大きな外洋船に近づいた。手すりの近くに人が出ている。帆柱が二本、高くそびえている。帆柱の見張り台にも人が、ちいさく見える。

外洋船の手すりから大きな声が聞こえた。

「芦辺の船ですな、見事な船いくさでした」

惟唯が見上げると潮焼け顔に朝日を受けた白い歯が見えた。

「は、は、戦はこれからです」

「我らは博多から宇久島に向かう途中、嵐で薄香に避難しました」

「なんと」……、惟唯は為朝を見て、船頭につげた。

「帆をおろせ、船を止めよ」

船頭がすぐに大声で指示を出した。

「降帆、降帆だぁ～。停船、停船、櫂を海につけろ」

後ろに続く次郎の船も櫂を一斉に海につけた。

惟唯は為朝に意をつげた。

「この船は宇久島で我らと合流する手はずだったようです」

「そのようだな」

「この船に乗り移りましょう」

「そうか、まわりあわせがいいな」

為朝は顔をほころばせた。惟唯は外洋船の手すりに向かって話し始めた。

「宇久島で待ち合わせ、薩摩の鬼界島に行くのは我らです」

「そうではないかと思っておりました。こちらにお移りください」

外洋船から大勢の水夫が、太い綱で編まれた網を降ろした。

大綱は縄梯子の役目をする。二艘の船は横に並んで宋船に接舷した。惟唯が乗り移る指示を出した。

二艘の船からは武士たちが先に上り始めた。弓と矢、薙刀、銛などの武器も移された。為朝が外洋船の甲板に下りたのを見とどけて、惟唯は自分の船頭につげた。

「皆も早く乗り移れ、船は置いてゆく」

ところが、船頭は惟唯を見て、申し訳なさそうに、

「わしらは船に残ります。薄香の浦の奥にこのまま進みます」

「囮になると申すか、その必要はない」

「いえ、そのような、騙しは好みません」

「ならば、なぜだ」

惟唯は自分の推量に恥じたようだった。

「いえ、ただ、船をすてては……　船を敵にゆだねることができまっせん」

遠くを見ると追ってきた松浦の軍船が次々と帆をおろし始めていた。櫂を出して浦の中を縦横に動けるように戦の体制をつくりつつあった。

惟唯は為朝のいる宋船を見上げたが手すりには為朝の姿はなかった。惟唯は弓をとり、矢をつがえて船頭を見すえて静かに言った。

「いくさ場である。下知にしたがわねば成敗いたす」

うしろの船から次郎とその船頭もこの様子を見ていた。船頭が次郎を見て、塩のふいた揉み烏帽子をかるく下げた。

「この場を私におまかせください」

みなが見ていた。静かだった。

船頭は太い声をしぼるように、

「そうたい、船乗りは、船と魂は、ひとつたい。じゃがな、その魂は、お前の心ん中にあっと。船にはなかぞ」

惟唯は動きを止めて聞いていた。

「船頭が命ば賭して船を守るとは、船に乗る人ば、護るためやろもん」

惟唯は、つがえていた矢を弓から離した。しばしの間があった。風も波も静かだった。

「じゃが、ほんなこつ船をただ捨つるとは、おもしろなかたい」

船頭は、きっぱりと告げた。

「おまえは、わがの言葉とおりに船に残れ、帆の取り回しに水夫を四人えらべ」

惟唯は声を聞きながら事の成り行きをみている。船頭はさらに話をついだ。

「敵の軍船を浦の奥に誘い込め、後ろん船はわしが一人で舵をとるき」

言い終わると船頭は惟唯を見て、塩のふいた烏帽子を深く下げた。

「このたびにかぎり、何とぞ下知にさからうことをお許しください」

惟唯は高木ノ次郎を見たが次郎の表情はわからなかった。

惟唯は大声でこたえた。

「あい、わかった。そのようにいたす。いそげ」

舫いが解かれ、船の帆が上げられた。綱で引かれた後ろの船も離れていった。朝日に向かう二艘の黒い影が小さくなった。外洋船の舷側から何事もなかったように綱が引き上げられていた。

松浦の戦船が十艘、櫂を使って外洋船の両舷を通り過ぎていく。

惟唯は為朝のそばにいた。

「松浦の軍船はすぐに追いつきます。たいして時はかせげません」

外洋船は博多を母港にする丁国安の南宋船だった。南宋の船長が為朝に向かって、流暢な日本の言葉で意見を述べた。

「松浦の船が博多の船を検問することはないとぞんじます」

惟唯が言葉をはさんだ。

「あの二艘が空だとわかれば、そうはいきますまい」

船長は帆柱の先になびいている吹き流しを見ていた。

「この西の風、もう少し強くなれば船は出せます」

「向かい風ですぞ、風が出れば櫂でも無理ではありませんか」

「いえ、前の帆柱から船首に張られた縄に三角の縦帆を二枚はります」

「ほう、向かい風に上っていけるのですか」

「風上に縦帆を合わせ風が強ければ、なんとか」

為朝と次郎は浦の奥に進んでいく二艘の影を見ていた。前の船だけが帆を上げて後ろの船を引いている。二艘は浦の奥に届く手前で右舷に回頭しようとしていた。西から吹いている追手の風は右舷からの横風に変わる。右舷側の帆桁を出して左舷側をしぼって風に合わせている。

「松浦の船が二手に分かれます」

次郎が右手を額にかざして朝日をさけながら為朝につげた。

朝日は山の上にかなり高く出たが、それでも逆光で船上の様子は見えなかった。松浦の軍船から三艘だけが先回りしようと右舷に進路をかえて帆を上げ始めた。逃げる二艘は岸辺に沿って、さらに右舷に回頭を続けている。

「もうすぐ、向かい風になります。帆走は限界です」

逃げる芦辺の船は帆を降ろした。屋形の両舷から二丁ずつ櫂を出して漕ぎはじめたが、綱で結ばれた二艘の船を四丁の櫓で漕ぐのは所詮むりだった。

行く手を制した松浦の三艘が帆を降ろしはじめた。帆を降ろした三艘は八丁の櫂を使って間合いをつめていた。

「矢頃に入るな」

無念そうに次郎が「はい」と応えた。

三艘から仰角を大きくとった多数の矢が輝く朝日に向けて放たれた。矢は上り詰めると向きを変えて落ちてくる。それが芦辺の船の上に降り注ぐ。

さらに距離をつめた三艘から数十の矢が水平に放たれた屋形には盾板がめぐらしてあるが、多くの矢が盾板の間から吸い込まれるように消えていった。櫂の動きは止まった。

そのころには、碇を入れた船や行きちがう漁船を交わしながら後を追っていた七艘の軍船が、逃げる二艘を追い込むように近づいていた。その七艘からも容赦なく先ほどの倍以上の矢が放たれた。

博多の南宋船は船首の三角帆だけで浦の口に向かってゆっくり進んでいた。西の風は少しずつ北にふれて強くなってきた。三角帆がするどく風を切りはじめた。

次郎が浦の奥を振り返ると襲われている二艘の伴船が見えた。二艘の船に松浦の軍船が群がり、ひしめいている。

為朝に告げた。

「松浦の軍船が接舷しています」

為朝は前方の敵を見ていたが、ゆっくり顔を浦の奥にむけた。

次郎は両手の力が抜けたように、その情景をながめていた。逆光に輝く影絵は悲惨な想像をかき立てて、どうしようもない憎しみが芽生えてくるのを押さえきれなかった。

大きな声がした。

「風が北に変わります。主帆を上げます。総帆で封鎖線の中央を突破します」

船長が為朝の方をむいて了解を求めた。

為朝は、うなずいた。

浦の口には大小の軍船が舳先をこちらに向け間隔をおいて並んでいたが、小型の帆船の半数は湾内に入っており封鎖は線は手薄になっていた。

いずれの船も櫂と舵を使って同じ位置をたもっている。浦の口は西に向かって開いている。いま風は、ほぼ真北から吹いている。

「左舷、矢戦の用意をせよ」

惟唯が右舷中央の風上から指示を出した。

二十人の弓をとる武者が左舷に移動して矢をつがえた。博多の南宋船は二本の帆柱の横帆を風に合わせて開いていた。

為朝は先ほど船尾楼の甲板に上っていた。

「船足がついてきたな」

「これなら船と行き違いに激突しても弾き飛ばしますね」

横にいる次郎がこたえた。

南宋船はすべての帆が風をはらんで、からくも封鎖線を擦り抜けた。船長は船の進路を南西にとった。さわやかな追い風だった。惟唯は全員の戦闘態勢を解いた。空は晴れわたり波はおだやかだった。前方には中江の島が迫っている。その先の海峡を出れば宇久島が見えているはずだ。

船尾楼の甲板に為朝と次郎と惟唯と船長がいた。みんな薄香の方を振り返っていた。風の音も波の音もしなかった。


宇久島までは何事もなく穏やかな航海だった。西の空に見える城ヶ岳に夕日がまだ高く輝いて、南東に口を開けた平の浦には、すでに五隻の大型船が停泊していた。

南宋からの軍船が二隻、船べりには大勢の兵士がこちらを見ている。博多の船が二隻、それに聖福寺の交易船が見える。

為朝の乗る船は、聖福寺の旗印をあげた船に近づくと右舷に、柴を束にした防舷材をいくつも降ろした。博多の船はどれも、それに聖福寺の船も船型はおなじであった。二隻は接舷した。船長は連絡のために聖福寺の船に渡っていったが、すぐに折り返して戻ってきた。息せき切って船尾楼の階段を駆け上がり為朝に口上した。

「お待ちしておりました。どうぞ、聖福寺の船にお移りくださいい、とのことです」

伝言の終わらぬうちに、隣の船から迎えの人たちが渡ってきていた。聖福寺の船長らしい身なりの後ろに、二人の若い僧形の姿がみえた。迎えの三人は為朝のもとへ階段を上ってきて深々とお辞儀をした。

僧の一人が、

「長い旅になります。専用のお部屋もございます。しばらく、お休みのあと僭越ではございますが、小宴の準備をいたします。お顔つなぎ、よろしくお願いいたします」

為朝は返礼をすまして、夕餉を共にする時刻までは、こちらの船で過ごしたい意向をつたえた。

簡素な晩餐には為朝、惟唯、次郎それに聖福寺の船長、二人の若い僧侶の六人が船尾楼の船室で椅子に座って卓を囲んでいだ。

それぞれが名のりをすませ箸をすすめた。惟唯は粥の椀が底をみせて、右手が油条《ヤウティウ》にのびた。

「これは初めていただきますが、宋の食べ物ですか」

聖福寺の船長が昆布巻きの煮ゴボウを半分食べてこたえた。

「そうです、小麦を練って伸ばし、油でさっと揚げたものです」

「軽いし、日持ちがよさそうで、野戦の兵糧によさそうだ」

「そうですか。敵の国、金と通じた宋の宰相夫婦に小麦粉をまぶし油揚げの刑にしたことに由来します」

船長は自分でも油条を手に取って千切り口に入れた。聞いていた惟唯は右手に油条を持ったまま、じっと見つめていた。

次郎は豚の角煮を食べていた。

「この、何ともうまい甘煮込みにも由来はありますか」

若い僧の一人が箸を休めて、

「蘇軾《そしょく》は東坡《とうば》居士と号した北宋の政治家、西湖の水利工事を行いました。感謝した現地の人々は大量の豚と紹興酒を献上しました。その豚肉で角切りの甘煮込みを大量につくらせ饗しました。そのうまさに人々は豚の角煮に東坡肉《トンポーロウ》と名付けました」

次郎は話を聞きながら豚の角煮をいくつも食べていた。惟唯も豚の角煮を箸でとり自分の皿に運びながら、

「我らがここにあることは武藤には知れておるのでしょうか」

「鎮西奉行の武藤様はすべてを承知しておられます。このたびの鬼界ヶ島の奪還と琉球への遠征計画も栄西禅師様からご説明がなされております。思わぬ大嵐で出端を少しばかりくじかれましたが……」

惟唯は皿の角煮をちらりと見て、

「鬼界ヶ島ともうされましたか、そこは島津の領分ではありませぬのか……」

「はい、しかし今は琉球の反乱勢力が占拠しております」

「島津では手がまわらんのですな」と次郎が問うた。

「はい、そのために博多から南宋に送る硫黄が滞っております」

「それで、琉球の反乱軍征伐ですな」

為朝が天目の茶椀を両手に、

「栄西禅師からは、数日前に書状が届いておったが、仔細は壱岐を出て宇久の集結地点で話そうと思っておった。ここ宇久からは平家盛の軍勢が博多の船三隻に乗り込むことになる。肥後の八代では、壇ノ浦から落ち延びた平家の武者が、後ほど慶元府《けいげんふ》（寧波《ニンポー》）から到着する丁国安殿の五隻に乗り込む。それに承知のように臨安府《りんあんふ》（杭州）から南宋の軍勢がすでに軍船二隻で到着しておる。それら、すべてをお前ら両人が差配することになる」

次郎は下を向いて聞いていたが、より深く低頭してこたえた。

「さようでございましたか、心もとない私どもではございますが一心に励みます」

「いや、前もって相談しなかったのは、急なことで、まだ、考えがまとまらなかったのだ」

「慶元府からの船はいつ着くのですか」と惟唯が尋ねた。

若い僧がこたえた。

「嵐の関係で出航を遅らせたと思われます。丁国安様の五隻には船底いっぱいに宋銭が積まれております」

もう一人の僧がこたえた。

「八代では、それぞれの船に積みきれぬほどの米を満載して琉球に向かいます」

それにな、と為朝が話した。

「八代ではわしの息子が乗ってくることになっておる」

「なんと、御曹司がご一緒されるのですか」

東の空が明るくなって漁に出る小舟が数艘、小さな帆を上げて沖に進んでいるのが見えた。それから四刻ほどして民家の集まる浜の方から手漕ぎの小舟がたくさん出てきた。女が二人ずつ乗っている。物売りで果実や干物、飲み水、うどんもあった。そのうちの二艘が聖福寺の船にも近づいてきた。

丁国安の船が宇久に着いたのは昼過ぎだった。平の浦に次々に入ってきた五隻の南宋船は西に向かって投錨した。一艘の艀が待っていた。艀は南宋の軍船に立ち寄ってから、丁国安の乗る船に向かい、それから為朝の聖福寺の船に着けた。

為朝はみんなで甲板にそろって、待ちわびていたように迎えた。丁国安が疲れた様子もなく日焼けした顔で縄梯子を上ってきた。再会した為朝に抱き合わんばかりの挨拶をかわした。

そのあとから南宋の官服を着た二人の男が縄梯子に手をかけた。丁国安は二人の南宋人を為朝に引き合わせた。その様子を為朝の直属の武士が九人、惟唯の仲間が十一人、芦辺の水夫が十六人、それに、この船の兵士や水夫たちが整然と見ていた。為朝は、客人とそのまま船尾楼二階の船室に移った。

船室は窓も扉も開け広げられて風がよく通った。四角い卓いっぱいに大きな絵地図が広げてあった。地図は、ほぼ正方形で南が上だった。

地図の上方向に琉球が描かれ北東に下がって奄美大島が続く、さらに種子島と小さな鬼界ヶ島、すぐ下に薩摩があった。

「ほほう、みごとな海図ができましたな」

丁国安が嬉しそうに言って、立ったままで見入った。

椅子に座った若い僧が、

「博多と筑前が少し大きすぎるようで」

もう一人の僧が、

「島々の位置がおかしいのではありませんか」

「いや、だいたい、いいでしょう。琉球はもっと小さいかもしれませんね」

そう言いながら丁国安は磁石盤を取り出して鬼界ヶ島のそばに置いた。

「それが指南盤ですか」と惟唯が言った。

「そうです。地盤とか、また水に浮かべるのは指南魚とか言いますね」

「この船にもありますよ。交易船にはみんなあります」と船長が言った。

海図を見ながら話がはずんでいた。

為朝の近くにいた南宋の官服を着た一人が為朝に話しかけた。為朝には通じない。言葉は通じなくても為朝はその意を解した。

「わしの太刀に興味がおありのようだ」

しばらく雑談が続いたあと、席が静まり丁国安が評議の始まりを告げ、これからの航海計画について話し始めた。

部屋のすみに何度も目をやって飲み水を探していたが、飲み物の用意はなかった。咳払いを二度した。

「明朝早く、博多の船三隻に宇久平家の武者が乗ります。それから、我々十一隻の船団は八代に向かいます。八代では平家の武者をお迎えして、私の船四隻に分乗していただきます」

まわりの様子をうかがい咳払いを二度して話を続けた。

「八郎為朝様が乗られます聖福寺の船と私の乗る船には船倉いっぱいに菊池の米を積み込みます。ほかの船にも底荷としての米を積みます。手配はすでに聖福寺がしております」

「八郎様の御曹司はいかがいたしましたか」と惟唯が言った。

「水俣からお乗りいただきます」

「八代からではないのですか」

「八代でしたが、水俣に変更しました」

「薩摩平氏、阿多の忠景様の本拠地からすぐです」

「えっ、肥後の国、阿蘇郡の平氏と聞いておりましたが」

それを受けて聖福寺の僧の一人がこたえた。

「いや、薩摩平氏です。阿多一族は隼人の末裔で、今も薩摩で隠然たる勢力があります」

「島津氏とのかかわりはいかがですか」と次郎が尋ねた。

「阿多一族が同調すれば薩摩は治まります」

もう一人の僧が言葉をついだ。

「御曹司と阿多の武者は為朝様の船にお願いします」

為朝はうなずいた。

「水俣では聖福寺の船に積んでいた米と宋銭が降ろされます」

「船底に重しとする分は残してです」

「水俣から坊津に向かいます。そこで谷山から来た島津の船に、私の船の米と宋銭を積み替えます。他の船の米と宋銭は、すべて琉球の王宮に運ばれます」

丁国安が話を締めくくった。


正午まえに宇久を出た船団は南東に向かっていた。北西の追い風がほどよく波はおだやかだった。丁国安の船五隻が先導していた。そのうしろには南宋の軍船が二隻、その後に聖福寺船を含む博多の船四隻が続いていた。船団は丁国安が乗る船を先頭に、あとの十隻は二隻縦隊で進んだ。先導する五隻は空船で、主帆の風を逃がして船の速度を落としていた。兵と海戦の装備を満載している南宋の軍船に船足を合わせるためだった。

夜半過ぎに長崎半島をまわった。天草灘から島原の内海に入る頃、日の出にはまだ間があるが遠く阿蘇の山なみが輝いて海は明るかった。左舷から吹く北風は弱いが舵が利きにくいほどではなかった。惟唯は船べりの欄干に両腕をのせて目の前の海を見ていた。顔に当たる風が心地よかった。

左にいる仲間の武士が、

「先ほどから勇魚《いさな》が数頭たわむれながら、ついてきていますね」

「かわいい顔をしていますね。笑っているようだ。入鹿魚《いるか》ですね」

武士の左に若い僧がいた。武士の問いかけに朗詠で応えた。

「鯨魚《いさな》とり海や死にする山や死にする死ぬれこそ海は潮干て山は枯れすれ、という歌が万葉集にあります」

「そうですか……」

八代の海に入るまえ、風が少し出てきたのは幸いだった。永浦島を右舷に見ながら狭い瀬戸を一列になって通り抜けると球磨川の河口に開いた港には南宋の船が二隻、琉球の船一隻が碇を降ろしていた。漁に出る小舟が帆を上げて沖に出ている。

船団はゆっくり進んだ。だんだんに陸が近づいて人の動きが見えてきた。人家のある方角からは、いくつもの釜戸の煙がたなびいて靄のようになっていた。丁国安の五隻が陸近くに投錨した。それを取り囲むようにして六隻の船が次々に碇を入れた。一艘の小型の帆船が丁国安の乗る宋船に向かっている。

為朝が船尾楼の甲板で様子を見ていた。次郎が横にいた。

「三つ鱗の旗印がみえます。鎌倉、北条のものですね」

「八代は清盛の所領だったが、いま鎌倉が押さえておる」

「今、博多は聖福寺の支配ですが、うしろに鎌倉がひかえておりますね」

「博多も以前は平頼盛の所領であった」

「主な交易の港は権門が押さえるのですね、博多に八代、あと鎮西で大きな港は坊津ですね」

「坊津は京都の近衛家が今も所有しておる」

丁国安の船に、接舷した船から北条の武士が数人、縄梯子を上っていた。

間もなく、たくさんの艀が丁国安の五隻の船に向かった。艀は船端が時おり波間にかくれるほど米俵を積んでいた。為朝の乗る聖福寺船と四隻の博多の船それにも艀が近づいてきた。これから船倉に米が満載される。南宋の軍船二隻をのぞく、ほかの七隻にも底荷としての米が積み込まれる。

惟唯がうれしそうに、

「やや、米のほかにも果実がたくさん積まれます。どんな味でしょう」

聖福寺の若い僧がこたえた。

「高田みかんです。これまで肥後国司より朝廷に献上されていたそうです」

「どんな味ですか」

「お供え物に見たことはありますが、食べたことはありません」

米の積み込みが終わると、丁国安の宋船五隻のうち四隻に平家の武者が乗り込む手はずだが、その前に平家の幕僚たち五人が北条の旗印を掲げた小型の帆船で聖福寺船の為朝のところにやって来た。

真新しい狩衣に立烏帽子、それに腰につけた太刀の見事な拵えの武者が甲板に降り立つと為朝に深々とお辞儀をした。随行した四人の武者は直垂に侍烏帽子をかぶって実用的な拵えの太刀を佩いていた。五人の武者は正装であった。

為朝は海の上ではいつもそうだが、この日も動きやすい腹巻をつけて揉烏帽子をかぶっていた。

おとずれた武者も、迎えた為朝も互いに丁寧なお辞儀をしただけで言葉は交わさず、そのまま連れ立って船尾楼の船室に入った。為朝と次郎と惟唯、それに聖福寺の若い僧が二人、正装した五人の平家の武者たちと四角い卓を囲んで椅子に座った。

為朝が口を開いた。

「平教経殿ですね。教盛殿のご次男、清盛殿の甥御ですね」

「申し遅れました。平教経です」

ここで、次郎や惟唯、若い二人の僧がそれぞれ名のりをした。

為朝が話をつづけた。

「八代は清盛殿の直轄領であったところ、このたび主が変わり、清盛殿の平家武者が大挙してこの地から離れることは、鎌倉も願うことでしょう」

「はい、わたくし共にとってもありがたいことです。壇ノ浦から逃れてきた者だけでなく八代の大勢の平家人も安堵しております」

惟唯が口を開いた。

「伊豆の北条は平氏で、鎌倉殿は源氏、八代の地は昔、平氏の総帥清盛様の所領、それを今は北条が治めて鎌倉の勢力下、実にややこしい」

若い僧の一人が、

「なるほど、源平で捉えるとむつかしい」

「清盛様と頼朝様の戦い、源氏と平氏の戦ではないのですか」

「いな、それでは全体の成り行きを見損なうかもしれない」

もう一人の僧が話を引き継いだ。

「京から見て西と東のいくさ、海と陸、交易と農業のいくさでもあります」

僧がこたえた。

「西国では宋銭が大量に流入して銭貨での取引が一気にすすみました」

「そうか、豊後でも宋銭での物や使役の交換ができていました」

「そうなると銭貨の根幹をにぎる勢力が世の中を支配するようになります」

聖福寺の僧と惟唯のやりとりをみんな面白そうに聞いていた。抹茶がふるまわれた。先ほどの高田ミカンが籠に盛られてきた。

平教経が茶碗を押しいただき、

「これから琉球までの航海、いろんな話が聞けそうだ。楽しみです」と笑った。

丁国安の持ち船四隻には、すでに大半の平家の武者が兵装で乗り込んでいた。たくさんの艀が行き交っていたが、陸ではまだ艀を待つ大勢の武者たちが昼下がりの日差しの中で静かに隊列を組んでいた。日暮れまでには乗船を終えるが、船団はそのまま八代で夜を過ごすことになる。

四隻の船に分乗した平家の武者たちは北条方から差し入れられた簡単な夕餉をとり、思い思いに甲板ですごしていた。甲板は人でいっぱいだが静かだった。平家人は戦に敗れ追われ、住む場所のない不安のなか十年余りが過ぎていた。今は新天地を求めていくが、そこが、どのようなところなのか誰も知らなかった。琉球というらしい。

冬のないところで一年中花が咲いて、おいしい果実が自然に実るという。南宋の船はもとより、南の国や遠く天竺や大食《アラビア》からも貿易船がやって来て街にはいろんな国の人が行き交うという。

しかし、いま琉球は国が乱れている。豪族同士が争い、あるいは結託して王家に謀反している。反乱軍は琉球本島だけでなく奄美や種子島にも出没している。そのため交易船の往来もままならずにイスラムなどは自国民の居住地をまもるために武装した船を派遣しているという。硫黄の産出する薩摩の鬼界ヶ島は琉球の反乱軍に占領され南宋は火薬の原料の硫黄が入手ままならず、このたびの派兵につながった。

八代を夜明けとともに出た船団は昼前には水俣に到着した。波風はおだやかだった。陸に向かって二列横隊で投錨した。為朝の乗る聖福寺の船だけが列から離れて陸に近づき碇を入れた。間もなく一艘の船が漕ぎ出してきて横付けした。すぐに二十人ほどの兵装の武者たちが乗り込んだ。それを見さだめるように数十艘の艀船が漕ぎ出してきた。小型の帆船に入れ替わって艀は二艘ずつ聖福寺船に横付けして、次々と米俵を降ろす作業がはじめられた。艀の作業が終わると、再び先ほどの小型の帆船が入れ替わって横付けした。僧二人が船に乗りこんで銭俵の搬入がはじめられた。銭俵は宋銭九十七枚に紐をとおして銭百文とみなし、千文を一貫文として、五貫文を一つの銭俵にしてあった。その銭の俵が次々と積み込まれ船の吃水が下がっていった。

先に聖福寺船に乗り組んだ二十人ほどの武者の中に為朝の息子がいた。息子は薩摩平氏の姓を名のり、平尊敦という。為朝は十七歳のころ保元の乱に参戦すべく豊後を離れて京に向かうが以来親子は会っていなかった。年齢は四十に近かった。このたび聖福寺の船で顔を合わすことになる伊勢平氏の平教経とは四つか五つ多い年配になる。為朝は息子を船尾楼の船室で迎えた。戸次惟唯、高木次郎、平教経とその幕僚二人、それに聖福寺の僧が二人いた。それぞれが名のりあい、少したつと話が和んでいた。

壱岐を出て四日目の朝を迎えていた。空は晴れて船団は日の出まえに水俣を出た。阿久根と長嶋に挟まれた黒の瀬戸を抜け、昼前には天草灘に出る手はずだった。黒の瀬戸は隼人の瀬戸といわれ潮流の激しさを万葉集にも詠われる難所だ。北からの追い風が安定している。船団は潮の流れをみて一列縦隊で瀬戸に入った。惟唯は舷の欄干に右手をおいて対岸の景色を見ていた。木々が輝いて流れていく、船は揺れもせずに進んでいた。

天草灘に出ると船団は二列縦隊に戻っていた。上甑島《かみこしきじま》、中甑島をすぎ下甑島が後方に見えるころ日は落ちた。風が変わり涼しい西の夜風が強くなった。先導していた阿多の水先案内船は、別れの信号を出して左舷に転進して万の瀬川の河口にある阿多の港に帰っていった。

船団は帆の風を抜いて船足を落としていたが、坊津沖に到着したのは予定より早く真夜中だった。月が明るかった。ほどなく坊津の入り江の奥から小型の帆船が漕ぎ出してくるのが見えた。島津の水先案内船だった。丁国安の乗る宋船一隻だけが先導を受けて湾の奥に入っていった。

聖福寺の僧が大きく欠伸をして、

「さあ、我らはこのまま鬼界ヶ島ですね。少し眠っておきますか」

惟唯はうなずいて、船尾楼を振り返ったが人影はなかった。為朝の息子、平尊敦と壇ノ浦で死んだとされる平教経がいる前方の船室は明かりも消され静かだった。

「丁国安殿の宋船四隻は夜明けまで、ここで待つのでしょうか」

「そうです。我ら聖福寺の四隻だけで南宋の軍船二隻と鬼界ヶ島に向かいます」

「碇を入れるには深すぎますし、丁国安殿の船はこの辺りをうろうろして待つのですか」

「はは、は、同じ海面に留まる踟躕《ちちゅう》という操船の技法です」

「小型の帆かけ船では私にも、おぼえがありますが大型船でもできますか」

「できるでしょう。この風なら具合がいい」

坊津の奥に入っていく丁国安の船が薄雲の月明かりでは見えなくなっていた。聖福寺の四隻と南宋の軍船二隻は帆を満帆にして、残留する宋船四隻に別れの信号を発して進路を南にとった。

惟唯は甲板に仰向け横になっていた。どうも気になることがある。

右横の崇福寺の僧侶は空を向いて眠っているが、左横を見ると為朝直属の武士が寝返りを打って手拭いで汗を拭いていた。

惟唯は声をかけた。

「あのう、あれだけ大量の宋銭と米を薩摩に渡して、どうなるのでしょうね」

「あ、な、なんだ、なんか申されたか」

「いや、あれだけの、米は食えますが、あれだけの宋銭、何に使うのかと」

となりの武士は惟唯とは一回りほど上の、三十四五をすぎた年恰好だ。

「どうするのかな船の底荷なら石ころでも、いいでしょうがな」

「菊池の米俵も、宋銭の銭俵も、聖福寺が手配したのですよね」

「栄西禅師のお考えでしょうが、わしには、わかりませんな」

惟唯の右横に寝ていた僧侶が起きて胡坐をかいた。

「あ、起こしてしまいましたね。もうしわけない」

「いえ、かまいません」

僧侶は話しはじめた。

「博多では銭で米も味噌も買えますが、島津の地では米は食うというより絹や塩のように物や公役と交換するもの、です」

「そのような国の薩摩に、あれほど大量な宋銭を、どうするのですか」

となりの武士も起きだして、おもしろそうに聞いている。

「島津は農閑期の民に田畑の開墾をたのみ、その労役にこのたびの宋銭を支給します。民は手にした宋銭を米と交換します。その条件が、じかに米でもらうよりも格段にいいとなれば、みなよろこんで宋銭を受け取ります」

武士が汗を拭きながら、

「そうか、そのために米も大量に持ち込んだのですな」

「そうです」

「宋銭に裏付けがあれば芋でも魚でも絹でも太刀とでも交換できるわけか」

「そうです。物のうごきが活発になり値は民が決めるようになります」

「国府の税も宋銭で納めれば……。む、しかし、なぜそれを聖福寺が」

惟唯が言いかけて首を傾げた。若い僧は、惟唯の疑問には口をむすんだ。もう一人の聖福寺の僧が話にくわわって、

「聖福寺の動きは、すべては鎌倉のご意向でしょう」と言った。

「このたびの行動は鬼界ヶ島の硫黄の確保と思っておりましたが、落ち延びた平家の人々の移住と薩摩の阿多一族をしずめることがねらいですな」

武士が汗を拭きながら言うと、若い僧がむすんでいた口をひらいた。

「平家が滅亡した後の文治三年と建久四年にも鎌倉や朝廷は宋銭禁止令を出しますが、もはや世の中の物のうごきは宋銭なくしては、かなわなくなっておりました。絹や米では国の財政そのものが、なりたたないのです。物のうごく根幹をにぎらねば国を治めることはできません」

もう一人の僧が話をしめるように、

「平家人の安住の地ができ、薩摩も治まり、戦乱の世がなくなります」

惟唯は夜空を見上げた。帆が静かにはらんで波の音が聞こえていた。

夜通し南下をつづけ東の空が白んでくるころ、左舷前方に白い噴煙の上がる島が見えていた。軽快に走る六隻は二列縦隊で、すでに臨戦態勢に入っていた。右舷先頭に為朝の乗る聖福寺船が、南宋の軍船二隻は戦列の後尾についていた。

西の島影から船が出てきた。後からもう一隻、まだ遠くてよく見えないが二隻とも同じ船型をしていた。帆柱は二本、帆は二枚、前の帆は船よりも大きな三角帆だ。二隻は島影を出るとすぐに西から

の向かい風を北へ間切って近づいてきた。帆桁の片方が帆柱の倍ほども高くはね上がって、もう片方は舳先に接した巨大な三角帆をぎりぎりまで引き込んで風をはらましている。為朝と次郎それに船長が船尾楼の甲板にいた。

「はじめて見る船型ですね。帆が大きい、風によく上るし船足がいい」

「しかし風下への横傾斜が大きいな」

「おお、船べりが波にかくれるほどに」

二隻の南宋の軍船が為朝の乗る聖福寺船の右舷を追い越していった。前に出ていく軍船の甲板の様子を見ながら次郎が、

「固定式の大きな石弓をいくつも配備しています」と言った。

船長が操舵室につながる伝声筒に向かって大声を出した。

「われらの前に出る宋の軍船に追尾、距離をたもて」

すぐに船尾楼の下にある操舵室から了解の鐘が鳴った。

南宋の軍船は、近づく二隻の進路をさえぎるように進んだ。警告と停船命令のため軍船から火箭が発射され、青い空に五本の矢が炎を噴射しながら昇っていった。火箭の飛んだあとには五つの長い煙が東に流れていた。

「イスラムのダウ船です。南宋の軍船が停船信号を出しています」と船長が言った。

「停船する様子はないようですな」と次郎が言った。

イスラムのダウ船二隻は警告を聞かずに進路を南へ変えようとしていた。

「西風を右舷に受け、詰め開きで逃げるようです。同じ風ならダウ船のほうが速い」

「帆の入れ替えを始めました。船足が落ちない、舵の効きもいい」

「巧みな操船ですな。動きが流れるようだ」

針路を北西から南西に変えるには、左舷前方からの帆風を反対の右舷側に、船の進路を直角に変えねばならない。右舷に傾斜していた船はこのとき反対に大きく傾く、ところが、進路を変えた勢いが余って風をはらんだ主帆の下部が波に浸かった。海に浸かった帆に引きずられ船は左舷にふれ、さらに大きく傾いた。

船足が落ちた。

南宋の軍船は西風を右舷に受け接近した。イスラム船の風上から横に並ぶと、いきなり石弓から震天雷を水平に発射した。いくつもの耳をつんざくような爆発音が海原に轟いた。

イスラム船の惨状が追尾する聖福寺の船からよく見えた。イスラムの水夫たちはなぎ倒され、うずくまり、大きな三角の帆が燃え上がりはじめていた。

後ろから来ていたイスラムの二隻目も目の前で起きた仲間の惨劇を見たはずだ。懸命に逃げようとしていた。

帆の入れ替えに水夫が総出でかかるが手間がいる。船足が落ちていた。石弓の射程に入れば先ほどの仲間の船と同じ目に合う。

あとから来たもう一隻の南宋の軍船が、舳先の波を吹き飛ばすように迫っていた。イスラムの船は帆の入れ替え作業を終えた。風に乗れば、船よりも大きな三角帆のダウ船は速い。すぐに船足が上がって南宋の軍船との間は開いていった。追いすがる南宋の軍船から震天雷が発射され、黒い鉄球のついた大きな矢が五つ、ゆるい弧を描いて飛んだ。

矢は途中で離れ、いくつもの黒い球だけがイスラムの船の手前で海面に落ちた。震天雷はイスラムの船には届かなかった。すると南宋の軍船から多くの火矢がダウ船に向かって高く飛んだ。矢は弧を描いて一斉にイスラムの三角帆に当たった。さらに少し間をおいて次の火矢が把になって飛んだ。

三角帆は燃え上がった。みるみる火は大きく燃え上がり帆が落ちてきた。イスラムの船は走りをとめた。ゆっくり南宋の軍船が近づいて、ふたたび震天雷が打ち下ろすように放たれた。為朝の聖福寺船から炸裂音が海を駆けるように、いくつも聞こえてきた。

「容赦はないですな」と次郎がつぶやいた。

朝日が出ていた。うす雲が赤く染まって海は明るかった。西の風が北にふれ、しだいに強くなっていた。二隻のイスラム船に積まれていた大量の硫黄が燃え刺激の強い異臭が流れている。船は沈みかけていた。海に逃れたイスラムの船乗りたちが船から離れようとしていた。傷ついた水夫が元気な水夫に片手で抱かれて浮かんでいる。

為朝の乗る聖福寺船が一隻だけで海に浮かぶイスラムの船乗りたちを風上から救助している。帆風を抜いて風に押され船腹が近づくと、イスラムの動けない水夫を太い綱《つな》の輪に乗せて引き上げた。元気な者は太い網《あみ》を伝って上ってきた。イスラムの船乗りたちは甲板下の船倉に閉じ込められ、傷を手当てする用具と薬、飲み水が与えられた。逃げようとすれば斬ると警告された。

そのころ南宋の軍船二隻と博多の船三隻は、先に鬼界ヶ島の西をまわり、長く伸びた岬を風よけにして主帆を降ろし、後ろの帆は風を抜いて漂うように待機していた。

聖福寺船はイスラムの船乗りを三十人近く拾い上げ、太い腕のように突き出ている岬の断崖に沿って入り江に入っていった。

岬は長さ十町以上、高いところは四十間ほどある。それが巨大な城壁のように陸地の正面まで続いて、その右手遠くに噴煙を上げる硫黄岳が見える。岬の奥の入り江は温泉が流れ込んで海が鉄さび色に染まっている。湾の中にはジャンク型の外洋船が一隻係留されていた。船に人影はない。

為朝、次郎、船長、平尊敦と平教経の幕僚たち、それに僧二人が船尾楼の甲板にいる。思い思いに島の異様な景色を見ていた。風が静かに吹いていた。聖福寺船に軍船が一隻続いていた。入り江は、つらなる断崖と山にかこまれ波風はおだやかだ。聖福寺船は様子を伺ながら桟橋の大きな外洋船に接舷した。

軍船から震天雷が陸に向かって発射され弧を描いて飛んだ。震天雷は断崖の下に広がる林の中につぎつぎと落下した。爆発が起こり大音響がこだました。煙が靄のように広がっていた。人の気配はなかった。

聖福寺船から惟唯が率いる武士たち二十人が接舷した外洋船をつたって鬼界ヶ島に上陸すると船はすぐに舫いを解いて離れた。

沖で待機していた博多の船三隻がすでに入港していた。聖福寺船が離れると三隻の船は次々と入れ替わって外洋船に接舷した。上陸した宇久平氏の軍兵三百は海岸にそって広がる林の中に素早く散開していった。

惟唯は三本杉の旗印をかかげ前衛として先行した。その後を少し距離をおいて宇久平氏の軍兵が続いた。正面の断崖を避け整然と隊列を組んで稲村岳の麓を北西の丘陵に向かって上っていく。地形がけわしい。

為朝が口をひらいた。

「いそぎすぎる。後続の宇久の隊伍が伸びすぎておる」

「道はあるようですが足場の悪い地形ですね」と次郎がこたえた。

突如、惟唯の旗印の手前で光がいくつも見えて三本杉の旗印が倒れ、鈍い炸裂音がとどいてきた。

「敵は火薬の武器を使うようだ」と誰かの声がした。

「手投げのようです」

「宇久の隊列の中ほど、左から密集した敵が迫ります」

不意を突かれ宇久平氏の隊列が分断され乱戦になった。

「白兵になれば我が方に利があります」

「かなりの痛手が出たようですが押し返しております」

惟唯の旗印は再び立っていたが前進できずに膠着していた。旗じるしの手前で光が見えると音が後から聞こえてくる。

「あの音は火球です。ヒ素やトリカブト、桐油などの毒物を火薬に混ぜており、爆発は届かなくとも煙を吸えば……」と船長が心配げに言った。

船尾楼の甲板は誰も口を開かず静寂でさえあった。空は厚い雲でおおわれて太陽のあるそこだけが明るかった。風が強くなって大粒の雨が降りはじめた。

「風と雨は火球の効き目をなくします」と船長が安心したように言った。

「惟唯殿の旗じるしが動きます。正面を避け稲村岳の方、西に向かいます」

宇久平氏の三百の兵も旗印に合わせ右方向に動いていた。正面の敵が惟唯の旗印を追って矢を射かける。

宇久の軍兵の列が乱れはじめた。

「またしても、左の敵が宇久の後ろから迫っております」と次郎はいらついていた。

惟唯と宇久の部隊は苦戦していた。

鬼界ヶ島を攻略する手筈は、まず聖福寺船と博多の船三隻、それに南宋の軍船二隻の六隻で島の南西から港の正面をうかがい敵を威圧する。それから惟唯の部隊二十人と宇久の武者三百人が上陸する。かなりの強襲だが決戦には持ち込まずに敵の注意を集中させるのが役目だった。兵の損傷を少なくして時間をかせぐが敵が手を抜けないようにしなければならない。

「この空もようは嵐になりそうです」と聖福寺の船長が空を見上げた。

「この風なら、丁国安殿の船は案外に早く追いついてきますね」と誰かの声がした。

戦線を優位な場所に移した惟唯たちは、高みから二十張の弓で追撃する敵を正確にたおしていた。

宇久平氏の武者は惟唯の部隊に合流して布陣を強固にしていた。

そのころ丁国安の船団は、うねりの海を疾走していた。強い北風が大粒の雨を帆に叩きつけ波がしらが白く泡立っていた。

宋船五隻のうち四隻には八代からの伊勢平氏の武者が六百、さらに丁国安の乗る船には阿多平氏の隼人の剽悍な兵が二百、さらに坊津から島津の小型の帆船十艘がくわわっていた。島津の小型の帆船には水夫のほかに島津の精鋭百が乗っている。

総勢で九百、源氏に平家それに阿多隼人の混成部隊だった。この総軍九百が島の北から上陸して敵の背後を襲い一気に殲滅することになっている。

丁国安の宋船五隻は宿帆していたが船足を島津の小型の帆船に合わせるため、さらに、ときどき帆風を抜いて走った。船には十文字の旗印が掲げられていた。この時期、島津の旗印には外郭の丸はない。縦の線が長く十字架のようであった。

目の前の鬼界ヶ島が霞んでいた。船尾楼の甲板に雨が打ちつけ風が唸って、丁国安が独り言をつぶやくように船長に言った。

「思わぬ風で早く着いたが、この波風では上陸は無理ですな……」

当初の手筈では船が島津の軍兵百を上陸させたあと、鬼界ヶ島と宋船五隻との間を数回往復して宋船八百の軍兵を上陸させることになっていた。

船長が風に負けない大声を出した。

「強行すれば島津の百人は上陸できます。しかし十艘の小型の帆船は破損します」

島の断崖が大きく迫って磯の岩に打ちよせる波が吹き上がっていた。丁国安の大きな顔に雨が吹きつけ波しぶきがかかった。

「いかがしますか」と、船長が丁国安の顔を覗いた。


島の南側にある湾は高い断崖が北からの強風をさえぎっていた。聖福寺船の船尾楼の甲板で為朝の息子、平尊敦が平教経を窺うように言った。

「このままでは、敵の一部が惟唯殿の側面に迂回します」

「敵は思ったより多い。六百はおる。包囲されれば面倒ですな」

為朝は二人のやり取りを聞いていた。

「私は手持ちの部下二十人と斬りこみます」

尊敦は為朝を見て了解を求めた。

「それほどの数では、いかんとも」と教経がいさめた。

「この嵐では丁国安殿の船団を、もはや当てにできません」

尊敦は鎧の大袖をはずし、栴檀板、鳩尾板、草摺などの防具をとって、すでに胴の鎧だけになっていた。兜は被らず烏帽子のみ、陸を駆けるにはこの方がいい。

「ならば、この教経も手元の二十人ほどでお供します」

話を聞いていた次郎も壱岐の水夫二十人をつれて加勢することになった。

その場で為朝は差していた鎧通しを鞘ごと抜き、尊敦をまねいて、

「この短刀は、鎮西下向のおり、わが父よりいただいたものだ」

鎧通しの短刀を尊敦に持たせ為朝は手をはなさずに言葉をつづけた。

「以来、肌身はなしたことがない」

そう言いながら為朝は、昔、父為義が涙をこらえ腰から短刀をはずそうとして鼻水を落とした記憶がよみがえった。

平尊敦の薩摩隼人、平教経の伊勢平氏、高木次郎の率いる水夫の総勢六十は弓矢は持たずに隊列は組まなかった。

主従ひとかたまりの猛兵が我先に狂ったように稲村岳の山すそにかけ登っていった。

敵前で抜刀し無言で敵の背後から一斉に斬り込んだ。わずか六十の兵に琉球の反乱軍は弾けるように戦列が寸断された。それに同調して惟唯の一群は山津波のように敵に襲いかかっていた。

あっけない結末だった。敵は散り散り転がるように逃げている。もはや戦意があるとは思えなかった。勢いにのった猛り狂う所業をとどめるには彼らが疲れて我に返るのを待つしかなかった。

雨風はさらに強くなった。東の空は暗雲が彼方の黒い海に境もなく溶け込んでいたが西の空は低い雲が少し明るく、泡立つ波が見えていた。日暮れにはまだ間があるが、この空もようでは日が落ちると闇は同時にくる。

聖福寺船の船尾楼の甲板に為朝と船長、僧侶二人が雨に濡れながら夕暮れる陸の方を見ていた。船長が目を細めて、

「投降した敵は二、三百ほどですか……」

僧侶の一人が遠くを見て、

「まだ、かなりの残敵がいます」と吹きつける雨を手庇で避けながら言った。

「動けない敵兵はいかがしたのでしょう」ともう一人の僧が剃髪の頭に巻いた布帛を脱いで両手で雨水を絞った。

戦闘を終えた将兵の長い列が浜に帰り着て、ほどなく日が沈み、硫黄岳の稜線も目の前にそびえる断崖の縁も墨液の中に沈んだように見えなかった。

風がおさまる気配はなかった。この雨風では篝火も焚けない。三百ちかくの捕虜をかかえ、残兵の夜襲にも備えがいる。陸で闇の夜を明かすのは不用心であった。敵味方の将兵は船に収容することになった。


平尊敦、平教経、次郎、それに惟唯がそろって聖福寺船に帰ってきた。為朝は船尾楼の船室で彼らを迎えた。船室は蝋燭がいくつも灯されて闇から来た者には、まばゆいばかりだった。

「惟唯殿のその傷は矢傷かな」と為朝が気づかった。

「飛礫を額に受けました」

左目の上から頭に白布が巻かれていた。

「兜を被っていただろうに」

「坂の上の敵が見づらく、兜を取ったのが不覚でした」

「我が方の死傷者はいかほどであろう」

「死者が十人ほど出ました。重傷者も同じほどです。聖福寺の二人の僧が差配して手当てをしております」

嵐が過ぎ次の日の朝になって、宋船五隻は単列縦隊、その後は島津の船十艘が二列縦隊で帆走していた。雨はあがって東の空は雲間から青い空が望め、風は南西に変わって嵐の勢いはすでに遠ざかりつつある。先頭は丁国安の乗る船、それに続く二番船は前の帆柱が欠損して、船べりが低く浸水していた。南西の風を左舷後方から受けて船団の船足は早く、小さく見えていた鬼界ヶ島の長い岬が刻々と大きくなって高い断崖が迫っていた。

丁国安の頭には被り物がなかった。頭頂の少ない髪は髻もほどけて頭や顔にまとわりついていた。額の上で目ざわりな数本の髪毛を指で掻き上げた。それにしても米や宋銭など積み荷の多くを海に捨てたのは悔やまれる。浸水が激しく仕方はないが、もったいないことをしたものだ。

鬼界ヶ島の入り江では、次郎が為朝と尊敦や教経に報告していた。

「脱穀した米の俵を供出して浜で焚きだしております。三百人ちかい投降兵に食わさねばならんとは予定外です」

平教経が心配げに、

「丁国安殿の船団はいまごろ、どこを航行しておいででしょうな」

為朝が思いついたように、

「琉球の虜囚は船底におるようだが三百人もでは、息もできまい」

すぐさま次郎がこたえた。

「今朝になって、甲板の板をはずし空が見えるようにしております。飲み水も十分に与えております。難儀なのは三百もの糞尿の臭いであります。海水を入れて洗ってはおりますが、その海水も硫黄の臭いがいたします」

聖福寺の僧が神妙に、

「それはこの船の船倉も同じです。イスラムの水夫たち三十人あまりが糞まみれで憐れでした。半数ずつ甲板に上げ体を洗い、船倉を洗っております」

そのとき、下の甲板からどよめきが聞こえてきた。沖を見ると丁国安の船団が見え、宋船五隻に続いて島津の小型の帆船が次々に入港してきた。

丁国安が艀で為朝のところにやって来た。新しい烏帽子を冠り、さっぱりと衣服も整えていた。平氏武者を二人連れていた。

二人の武者は為朝の傍にいる平教経を見るなり顔をくしゃくしゃにして泣き出した。都を追われて五年あまり、王城一の強弓精兵と言われた平教経と海や陸でともに戦い多くの仲間が死んでいった。二人は三十路なかば教経とは同年輩だった。壇ノ浦の敗戦のあとは離ればなれに阿波国の祖谷に落ち延び、さらに九州に渡ってから椎葉の山奥で息をひそめていた。為朝も次郎も他のみんなも、しばし言葉がなかった。

気をとりなおし、挨拶のあと互いの状況を説明し合っているところに小型の帆船から島津の武士が三人、遅れてくわわった。

武士の一人が奇妙なことを言った。

「ここにまいる途中、甲板に異国の虜囚がおりましたが、我らを見てフランク、フランクとののしるように叫んでおりました」

丁国安がしたり顔で、

「おそらく島津の旗印を見て彼らの宿敵キリスト教徒と思ったのでしょう。南宋では景教と言います。百年も前からキリスト教徒はイスラムの国を攻め続け、軍勢は十字の旗を押し立て騎士の外套の背には十字を染抜いております」

話のあとを聖福寺の僧がひきついだ。

「フランク王国、イスラムの北には、このフランクのほかに多くの国があります。いずれもキリスト教徒です。団結してイスラムを攻めます。城を落として住民を皆殺しに、女子供の肉をむさぼり食うと言います」

丁国安は眉をひそめて聞いていたが、別の僧がさらに、

「百年前、イスラムの聖地エルサレムはフランクに奪われましたが、イスラムにサラディーンという英雄が現れイスラムを集結して、十年前には聖地エルサレムを奪還しました。しかしフランクは執拗にも海や陸から大挙して攻めてきます。イスラムは南宋の進んだ武器を求めて交易船を派遣し、鬼界ヶ島の硫黄を買い付けます」

平教経は先ほどから家門の軍兵の様子が気がかりでならない。浜を見ると、すでに平家と島津の軍

勢が上陸を終えて整然と待機していた。平尊敦は平教経と目をあわせ、

「出撃準備が整っております。我々は陣所にまいります」と、為朝に言った。

聖福寺船の船尾楼の甲板には為朝、高木次郎、丁国安、船長が残った。熱い煎じ茶が運ばれたが食べ物は昨日から誰も口にしていなかった。

先発した本隊の伊勢平氏六百は平教経が率いて、昨日戦いがあった丘陵への道を登っていた。間をおいて出発した島津の兵百は、左側の断崖の細い小道を右に左に折れ曲がりながら登っていた。その後を阿多平氏の隼人二百が平尊敦に率いられ一列につながって、うごめくように遅々と進むのが見える。

丁国安が断崖の方を見ながら、

「進軍中の九百人の兵は出撃前に携行糧食で済ませ、水夫はそれぞれの船で火を使っており、我らも腹が減りましたな」

浜を見ていた次郎が頷いた。さらに丁国安が、

「それにしても崖下の細い道を登るのは上からの攻撃に無防備で気がかりですな」

次郎が目を断崖に移して、

「細い道の上は先遣隊が確保しておりますが、やはり、そうですね」

次郎はそう言って、すぐにまた浜の方に顔を向けた。浜辺の方が心配なのである。浜では炊き出し作業の最中で、土鍋や釜がかけられた火の煙が数えきれないほど立ち昇っていた。

「炊き出しの飯が配られておるようだな」

為朝が浜の方を見ていた。

「はい、イスラムの捕虜から順に食べるように手配しております」

聖福寺の僧が一人、水夫三人をつれて船尾楼に向かってくるのが見える。水夫は炊き上がった握り飯を運んでいた。

「朝飯がやって来たようですな」と、丁国安が笑顔で言った。

船尾楼を上ってくると僧は、

「琉球の捕虜から願いが出ております。食事を終えた後、仲間の戦死者の埋葬をさせてほしいそうです。いかがいたしますか」と言って返事をまった。

「次郎、いかがいたす」と、為朝が次郎を見た。

「はっ……そうですね……、五十人ずつ何度かに分け、我が方の兵を百人ずつ同行させます。半数には弓を持たせます」

正午すぎだった。教経の本隊から、敵の抵抗はなく村を確保したとの知らせが届いた。明朝、夜明けとともに敵を追及して北の森林地帯に総攻撃をかけるとのことだ。

それから何事もなく夕方になって、丁国安が自分の船に戻り、聖福寺の僧が傷病兵の診察に出かけている折、こんどは平尊敦からの伝令が届いた。

丘の陣地から尊敦麾下の幕僚が三人が警固の武士を十人従え、琉球の軍使二人を伴って為朝の本船にやって来た。琉球の反乱軍が弓を伏せて降参仕るとのことであった。意外な展開に為朝は喜んだ。

次の日、浜には阿多平氏の二百、伊勢平氏の六百、島津の二百が続々と引き上げてきた。投降兵はその中に整然と集められた。

聖福寺の船に平尊敦、平教経それに島津の武将がやって来た。それぞれに幕僚一人がついていた。船長が案内に立ち、為朝、次郎、聖福寺の僧二人が船尾楼の甲板で迎えた。挨拶を受けた為朝が労をねぎらっていると、丁国安の乗った艀が早櫓でこちらへ急ぐのが見えた。丁国安には改めて武将たちから昨日以来の今朝にいたる報告がなされた。

丁国安が運んだ後続軍は島に上がっても戦はなかったが、長いあいだ窮屈な船の中にいた将兵にとっては一日の行軍は良い体ほぐしになった。


鬼界ヶ島を出た船団は琉球を目指して南西に進路をとっていた。風は西寄りの北がほどよく、時折り白波が見えるほどだった。評定に時間をとり過ぎ日はすでに高かった。

惟唯が乗船していなかった。傷の養生のために島に残り、為朝の直属の武士が十人が護衛に付いている。惟唯のほかに傷病者二十人あまりが島に残った。

島津の武士百人は鬼界ヶ島の守備と経営に従事する。帰順した琉球兵は自分たちのジャンク船に乗るが、他に百人の琉球兵が残留して硫黄の産出にたずさわることになった。

いよいよ琉球に向かって航海が始まるが、船団の編成変えと作戦中の取り決めの申し合わせがなされた。

帆柱の破損した船の修理は航行中におこなう。艦隊の航行速度はこれらの船に合わせる。

艦隊巡航中の陣形は、丁国安の宋船五隻、南宋の軍船二隻、為朝の乗船する聖福寺船と三隻の博多の船それに琉球のジャンクの総勢十二隻が、丁国安と為朝の乗艦を除いて二列の縦陣で進む。

作戦の統括は為朝、船団の通常航行は丁国安の差配、鬼界ヶ島を出てから戦闘中の軍団は平尊敦の差配による。

航行中の遭遇戦については南宋の戦艦が先発して応戦する。混戦になった場合は、それぞれの指揮で臨機に対戦する。

各船長は操船には専権があるが、海戦中の指揮は船長以下全員が戦闘指揮官の命に服す。

本隊から離散した場合は、各船の判断で目的地、琉球の運天港をめざす。戦闘中、落水者の救出は断念する。

船団はトカラ列島の島影を左舷に見ながら南西に進んでいた。仲秋に入り月が明るく波はおだやかだった。風が北西から北寄りに変わり南の海も夜風は冷たかった。

聖福寺船の船尾楼の甲板に次郎、聖福寺の僧二人、それに琉球の武将二人が風を避けるため左舷船室の壁に寄り添うように車座になっていた。為朝は夕餉のあと船室で眠っているようだ。

「明日の夜明けには奄美の島が見えるでしょうか」と次郎が言った。

「進路が西寄りで、それに副帆を降ろして主帆だけですから、どうでしょうか」と琉球の武将が大和の言葉でこたえた。

「それでも朝のうちには奄美に差しかかりましょう」ともう一人がこたえた。

「月夜の島影は水墨の絵を見るようですね」と次郎が言った。

「何もない。さみしい景色です」と琉球の武将が遠くの島を見ていた。

すると、聖福寺の僧の一人が抑揚をつけて詠んだ。

「見渡せば花ももみじもなかりけり浦のとまやの秋の夕ぐれ」

それを聞いて次郎が尋ねた。

「物悲しく、むなしい感じがします。どのような歌心ですか」

「さあ……、思いかえせば黄昏のような……」

次郎は黙って聞いていた。

もう一人の僧がつけ加えるように言った。

「十年ほど前、定家卿二十五歳のお歌です。今の私どもと同年輩のころ、すでに諦観の境地ですね」

次郎が考えるように、

「十年前と言うことは……壇ノ浦合戦の翌年、そのころ六波羅一帯はすでに焼け野原……この歌は、平家一門の栄華の跡を詠んだものでしょうか……」

それを聞いた僧が、

「そうですね、秋の浜辺に桜や紅葉があるはずもなく、言われてみれば、目で見た風情を詠ったのではありませんな」

次郎が遠慮がちに、

「さすれば浦の苫屋とは、もろもろの民の暮らしのことですね」と言った。

船室の扉が開いて為朝が現れた。

「ほう、月が明るいな」

烏帽子をかぶり太刀は腰につけず左手に持っていた。

「窓の下でお耳触りだったでしょう。申し訳ありません」と次郎がわびた。

「いやいや、おもむきのある話のようだ」

皆が席を広げて為朝が座にくわわった。

為朝は大きな湯呑から一口飲んだ。

「南海の仲秋は一段と明るいようだ」と見上げた。

船はゆっくり上下に小さくゆれていた。

聖福寺の僧が、

「願はくは花のもとにて春死なんそのきさらぎの望月のころ」と誦した。

為朝は湯呑を両手につつんで顔をほころばせていた。

僧は土瓶を戻して、

「山家集にあります。西行法師五十代の作ですが、その通り望月のころ桜のもとに入滅されました」

次郎が解せぬように、

「俗世間を捨てて、死にように望みがおありとは……」

僧は両手の茶碗を膝の上に、

「と言うことは……、西行様は死ぬるまで煩悩を断じることはないと宣言しておられるようにも聞こえます」

次郎が頷くのを見て、もう一人の僧は少しためらって、

「いや、そのようなことではあるまい。西行様は平清盛様とは同い年、お若いころ同じ北面の武士として親交もあった」

「この歌とどのような関連があると」と次郎が問い正すように言った。

「いや、何やら意思のある糸が引かれておるような」

もう一人の僧が、

「そういえば十年前、西行法師は奥州をたずね、秀衡様に東大寺大仏の鍍金に使う砂金を勧進されました。その折、義経様とはお会いになっています」

別の僧が話をついで、

「奥州からの帰路、おそらく行く前にも鎌倉で頼朝様と会っておられる。そして翌年、如月十六夜に西行法師は役目を終えられたように入滅された」

「それは奥州合戦の三年前、まことに因縁めいておりますね」と次郎が言った。

「なんとなく不可解な話になりましたね」

「西行様は死ぬまで鳥羽天皇にお仕えする北面の武士佐藤義清のまま、だったのではないでしょうか」と僧が茶を飲みくだした。

琉球の武将の一人が嘆息して、

「話が入り組んで、こんがらがって眠れませんな」と言った。

僧の一人が目を伏して、

「世は移ろいます。古代からの律令の仕組みが行き詰まると国は乱れ……」

もう一人の僧が、

「平家が滅び、代わる鎌倉様は後顧の憂えを除くべく奥州征伐へ向かわれ動員された国中の兵その数二十八万四千騎と言います。いま征夷大将軍に任じられ国が一つに治まろうとしています」

次郎がぽつりとつぶやいた。

「西行様は朝廷、平家、平泉、鎌倉とつながっておいでのようですね」

もう一人の僧が言った。

「東大寺の勧進職は重源様のあと栄西様が継がれ大仏殿落慶に頼朝様は正妻、嫡男、姫様をご同道して参列されたと聞いています」

為朝は、みなの話を聞いているのか、いないのか、茫洋と月明かりの海を見ていた。


朝日が昇りはじめ海に照り返していた。船団の先頭を走る船から法螺の音が聞こえると後に続く船も次々と法螺を吹き始めた。

次郎はすでに戦さ支度を整えて船尾楼の甲板にいた。大袖も草摺りも着けず胴の鎧に揉み烏帽子をかぶっていた。二尺五寸の太刀を佩き、帯に斜めから一尺ほどの腰刀を差していた。大弓を持ち箙には二十四本の矢があった。

法螺の音は遠くからは細く近くからは太く朝の大気をふるわせていた。

次郎が横にいる聖福寺の僧に、

「朝日でまぶしく敵が見えない」と叫ぶように言った。

「何と言われた。法螺の音で聞こえません」

僧は物見甲板を見上げた。法螺の音が艦隊のどの船からも聞こえていた。この船では物見甲板から二人の水夫が、音をあわせて低く高く長く短く、吹き鳴らしていた。

東に黒い船影が見えた。艦隊から二隻の南宋の戦船が戦列を離れていった。

「南宋の戦艦が応戦するようですね」と次郎が言った。

法螺はしずまって、静かに幟のはためきが聞こえていた。

南宋の二隻の戦艦が満帆で光の中の黒い船影に向う。それを十隻の船、二千人が見つめ殺気が船団を包んでいた。

「南宋の戦艦二隻が横並びになりました」と次郎が言った。

「新鮮な追い風を受けるためです」と船長。

「敵は何隻いるのでしょう。まぶしくて……」

「あれはイスラムの戦闘艦です」と琉球の武将の一人が言った。

大きな二枚の三角帆を鋭く引き込んで船体を左舷に傾けてみるみる近づいてくる。

「四隻いますね」と次郎が言った。

「四隻が左右交互にずれた一列縦隊」と船長が言った。

南宋の戦艦はイスラムの戦闘艦にくらべると容積は倍ほども大きい。長さは、さほど違わないが船幅と船べりの高さが倍ほども違って見える。

イスラムの戦闘艦は横並びで進む南宋の戦艦に近づくと二隻ずつ左右に分かれた。それに応じ南宋の戦艦二隻は右舷に舵を取った。

「イスラム船の進路を塞ぐようですね」

するとイスラム船は四隻が一斉に舵を左に切った。

「なんと、あれでは衝突覚悟ですね」と次郎が言った。

「接戦を挑む腹ですな」と琉球の武将が言った。

向かい合うように出会った船は、互いに火矢を応酬し炸裂弾を放った。二隻の南宋の戦艦は右舷に進路を変えていたので横並びから縦列になろうとしていた。火矢は互いに届いたが炸裂弾は互いに届かずに海に落ちていった。受けた火矢を消す間もなく、後続する南宋の戦艦の左舷にイスラム船が鋭角に衝突した。

衝突したイスラム船は船首が破損して索具が海に浸かった。からまった二隻は接触したまま南に進んでいる。南宋の兵が白刃をかざしてイスラム船に飛び込んでいくのが見える。

「南宋兵が乗り込んで斬り合いになるようです」と次郎が言った。

「ややっ、あとから、もう一隻、イスラム船が突っ込んでいきます」

衝突したイスラム船に南宋の兵が陸続と乗り込むところ、その二隻の間に割り込むように後ろからイスラム船が突っ込んだ。その勢いで、からまっていた南宋戦艦とイスラム船は離れていった。イスラム船に攻め込んでいた南宋兵は敵の船に取り残され孤立した。攻守逆転した南宋兵は倒れ、追われて海に飛び込んでいる。

あとから衝突したイスラムの船が巧みな帆さばきで南宋戦艦から離れた。そのイスラム船が、いまだ甲板で海兵が混乱している南宋戦艦の風下にまわって横に並んだ。イスラムの船の帆は左舷側に開いて見通しがいい。イスラムの船から二発の炸裂弾が打ち出され一発が命中して甲板の上で爆発した。照準を確認したイスラム船から黒い円球が次々と発射され甲板で炸裂した。

南宋戦艦の逃げ場のない甲板は肉片が飛び散り阿鼻叫喚の場となった。主帆が燃えはじめ甲板の上に炎とともに落下した。イスラムの船は帆の風を抜いて適度な距離を保ちながら炸裂弾を次々と発射した。先ほど白兵戦を収束したスラム船は右舷まわりで回頭している。

琉球の武将が、

「回頭して合流するようだ」と叫んだ。

「南宋の戦艦は左右から、なぶり殺しです」と次郎がつぶやくように言った。

為朝の船団はいまだに主帆を一枚だけ張った状態で戦列を組んでいた。帆柱の修理をしている船に船足をあわせている。

「次郎、南宋船の助太刀に行くか」と為朝が言った。

「は、そのように」と次郎がこたえて船長に合図した。

船長はすぐさま総帆の指示を出した。前の帆が張られる前に船は左舷に舵をとり船団の列から離れていった。聖福寺船は舳先の三角帆が風を切り波をつんざいて進んだ。

「貝は吹くな。合戦中の下知が聞こえぬ」と次郎が物見に向かって言った。

為朝が船長に向かって確認するように、

「イスラムの船は竜骨がないと聞くが……」

「はい、堅い板を強い紐で縫い合わせて舷側の骨格に木釘で打ちつけ瀝青で塗りかためております」

「ならば衝撃には弱かろうな」

「ところが意外と柔軟で、もろくはありません」

「そうか……」

為朝は次郎の方を見た。

助けに向かう途中、もう一隻の南宋の戦艦と並んで走るイスラム船と出会うことになった。イスラム船は風下から迫りながら炸裂弾や火矢を射かけている。南宋の戦艦は左舷側に展開している帆が戦闘の妨害になって応戦ができない。為朝の乗る聖福寺船は南宋戦艦の前方を回り込んでイスラム船との間に突っ込んでいった。聖福寺船の舳先がイスラム船の前の帆げたに接触した。衝撃はさほどでもなかったが船が大きくゆれた。イスラム船からの炸裂弾が発射されたが、あらぬ方角に飛んでいった。聖福寺船には石弓の装備はないが武者たちはイスラムの船に矢を射かけていた。為朝が船尾楼の甲板から矢を放った。矢はイスラム船の主帆の身縄を切った。大きな三角帆は波打って半分ほど落ちて止まった。

次郎が為朝に報告した。

「前方にイスラムの船がせま……」

そこまで言いかけ、次郎は身をかがめた。

鎧の大袖を着けていない次郎の右肩にイスラムの矢が深々と刺さっていた。次郎はうずくまるように身を屈めた。

「動かないでください。すぐに手当てをします」と聖福寺の僧が言った。

聖福寺船と帆げたが接触したイスラムの船は舷側が接触したまま音をたてながら行き違った。船が離れた反動で聖福寺船は右舷に進路がふれた。目の前に二隻目のイスラムの船が迫っていた。イスラムの船は避けようともせずに聖福寺船の左舷の舷側中央に突っ込んだ。大きな音がして衝撃はすさまじかった。イスラムの船の舳先は聖福寺船の船腹にめり込んで、帆柱が根元から折れて聖福寺船に倒れ込んできた。

次郎は意識がもうろうとしていたが、

「矢を抜いて立たせてください。状況がわかりません」と僧に言った。

イスラム船は聖福寺船の船べりを破壊し船腹に食い込んで舳先は甲板に乗り上げていた。根元から倒れ込んだ帆柱は聖福寺船の多くの索具にからまっていた。下の甲板で怒号がきこえる。船倉を破って甲板に出てきたイスラムの捕虜が騒ぎ出したようだ。

激突した衝撃は凄まじく船が一尺も横にはじけたように人は倒れ積み荷は崩れ落ちていた。倒れた帆柱の上には長い帆桁が重なって広い帆布が風にあおられバタバタと上下している。

暗い船倉からぞろぞろとイスラムの捕虜たちが甲板に出てきた。朝日がまぶしそうで自分たちの状況をつかもうとしているようだ。聖福寺船の水夫や武士たちが怒鳴り声を出して船倉に戻るように言っているが言葉は通じない。水夫の一人が棒でイスラムの捕虜を思いっきり殴った。頭を割られた捕虜は昏倒して転がり床に血が流れた。水夫頭が「戻れ」と叫びながら、さらに二人目を殴ろうとした。捕虜が頭上に打ち下ろされた棒をかわして背中で受けると、別のイスラムの捕虜が棒を持つ水夫に飛びかかった。右手に短剣が光った。棒を振り上げたままの水夫頭にイスラムの捕虜が左腕をまわし、右手の短剣は左の脇腹に差し込んだ。人垣の中から武士が一人出て、腰をかがめ水夫ともみ合うイスラムの捕虜を抜き打ちに斬り上げた。

場が騒然となった。イスラムの捕虜三十人を水夫や武士たちが取り囲むようにしているが衝突したイスラムの船からの白兵攻撃にも備えねばならない。武装した琉球の兵も多数いて、この場での立場はきわどかった。まわりの武士たちも太刀を抜きはらった。

その様子を船尾楼の甲板で見ていた琉球の武将が為朝に、

「恐れながら申し上げます」

為朝は矢をつがえてイスラム船の船首を見おろしていたが、振り返って琉球の武将にうなずいた。

「イスラムの捕虜の囲みをといてイスラムの船の方に逃してやっては、と存じます」

為朝は次郎を見た。次郎は袖口を裂いた片肌で矢傷の治療を受けながら聞いていた。

「そうか、それがいいな」

為朝はそう言って矢を放った。矢は船首から聖福寺船をうかがうイスラム兵を二人一緒に打ち抜いていた。

下知は私が伝えます。と船長が言って、

「為朝様の仰せである。囲みをといてイスラムを逃せ。もう一度言う。イスラム人を船に逃せ、いそげ」と、塩がれした太い声で怒鳴るように言った。

時を移さず琉球の武将がイスラムの言葉で叫んでいた。

「イスラムの人よ。騒ぐな、みなは解放される。もう安心だ。迎えに来た船に立ち去りなされ」と、何度も言った。

その言葉を聞いて、イスラムの捕虜たちはイスラムの船に移動を始めた。

聖福寺の僧が床に寝ている次郎に、

「どうなることかと思いましたが、安堵しましたな」

次郎の盛り上がった肩に手をかけ、もう一人の僧が刺さっている矢を抜き始めた。

「大きく息を吸い、気をゆるめ、ゆっくり吐いてください」

次郎の呼吸に合わせ両手でずるずると矢を引き出した。

イスラム船の大きな三角帆が西からの横風を抜いて、しばたいていた。聖福寺船は西の追い風を満帆にはらんで右舷に舵をとり、イスラム船は左舷に舵をきった。食い込んでいたイスラム船の舳先が音を立てながら離れていく、絡んでいた綱を水夫が斧で切りはなした。イスラム船と聖福寺船は徐々に離れ横並びになった。

聖福寺船は南へ向き始め、イスラム船は舳先に倒れ込んだ三角帆を海につけたまま東を向いていた。互いの船尾楼が接近した。するとイスラム船の船尾から聞きなれない唱和がとどいてきた。

「アッサラームアライクム」

どの顔にも笑顔はないが声にあたたかい響きが感じられた。

琉球の武将が大声でそれに応えた。

「ワ　ラハマトゥッラーヒ　ワ　バラカートゥフ」

イスラム人が「あなた方の上に平安あれ」と挨拶し、そして、琉球の武将が、「あなた方の上にも、アッラーのお慈悲を」と挨拶をかえしていた。

朝日は昇って東の海は輝いていた。イスラム船は少しずつ距離が開いて黒い影になっていった。

破損して航行不能の南宋の軍船は火をかけて投棄された。乗組員は聖福寺船と痛手の少ない南宋の軍船に分乗した。二隻は西風を右舷に受け総帆にして本隊を追った。二刻ほどで水平線に船団をとらえた。いまだに主帆だけで、ゆっくりと航行していた。

船尾楼の甲板で、遠くを見ていた船長が為朝に顔を向けて、

「本隊が見えております。あの船足なら、もう三刻ほどで追いつきます」

「そうだな。帆柱の改修はまだかのう」

「いや、われわれが追いつくのを待っているのかと思います」

「そうか、そうだろうな」

丁国安の率いる本隊を離れていた為朝の乗る聖福寺船と南宋の戦船は、再び合流して戦列をととのえ南へ向かった。

西風が徐々に北にふれ強くなった。船首の三角帆が降ろされ水夫が縄で縛っている。前後二枚の大きな横帆が追手の風にあわせ調整された。頭上からの日差しは強いが風はひんやり心地よかった。

「本隊は副帆を上げるようです。船足があがります」

主甲板の陽だまりには水夫や武士たちが、しばしの休息にまどろんでいた。

船尾楼の甲板で船長が為朝に、

「潮の流れが強い、風の向きと逆です。三角波が出てきました」

「日のあるうちに琉球に着くのはむりかな」

「もう、二刻もすれば琉球は見えてまいりますが、運天の港はそれから半日ほどのみちのりです」

風が強くなった。波頭が白く見える。

「むかし、わしが伊豆の大島から運天に渡ったとの噂があったな」

「私も、それを聞いておりました」

「多少ちがうが、うわさの通りになるな」

「殿の噂は多々ありますが、まさに……」

左舷に島が見える。

琉球の武将が為朝に、

「ユンヌ（与論島）でございます」

「浅瀬の海があさみどり、浜が白い。うつくしい島だな」

「はい、それに、果実がおいしい」

下の主甲板を聖福寺の僧が一人、急ぎ足で来るのが見えた。

階段を上ると、一呼吸おいて、

「八郎様、いま水夫頭が、みまかりました」

「そうか……、死んだか」

「水夫頭の弟が、なげき悲しんで、おだやかでありません」

琉球の武将が、

「同じ部屋に、水夫頭を害したムスリムがおりましたな」

「そうです。それで、その弟が仇を討つと言い出しまして」

為朝は、そこまで聞くと階段を下りはじめていた。

コーランを唱えていたイスラムの水夫は為朝の指示で船尾楼の船室に移された。死亡した水夫頭とその弟は主甲板下の船室に二人だけで残された。しばらく二人だけにしておく配慮だった。

船尾楼奥の船室には右肩の矢傷を療養している次郎がいた。次郎は起き上がって場所を開けた。イスラムの水夫はその横にうつ伏せに寝かされた。白いイスラムの衣服は赤く濡れて血がしたたっていた。為朝は入口の広い部屋の椅子にすわって、奥の様子をみていた。従卒が茶を運んできた。

僧がイスラムの水夫の衣服を脱がせた。血で染まった背中や尻は赤黒かったが、湯で蒸した手拭いで丹念に拭くと張りのある日焼けした白い肌が出てきた。尻から背中に斬り上げられた傷は数えきれないほど、縫い合わされた糸の目が並んでいた。

「縫合して、せっかく塞がっていた傷が開いている」と僧が言った。

「傷は致命傷ではないが、血が出すぎると助からぬ」ともう一人が言った。イスラムの水夫の首から銀色の飾り物がぶら下がっていた。僧が、こびりついた血をふき取っていた。

「ほう、これは銀貨のようですね。女の顔が描いてある」

イスラムの水夫が僧に彼らの言葉で何か話しかけた。はっきりした声だが意味はわからなかった。

琉球の武将がそれを訳して、

「古代神アテナの女神で、裏側にはフクロウが描いてあるそうです」

「イスラムは偶像崇拝を禁止するのではありませんか」

「何か、いわくがありそうですね」

「そういえば、この男、腰の革帯を金で飾っておりました。斬られた折その金具に切っ先が当たり深手にならなかったようです」

「手に持っておる念珠は真珠ですね。見事なものですね」

「ただの水夫ではないようです」

為朝が部屋に入ってきた。

琉球の武将が尋問を始めた。

それでわかったことは、この男はイスラムの海商であること、シリア生まれのクルド族で父親はダマスカスの知事、先祖はアレキサンダー遠征軍の武将でギリシャ人らしい。イスラムの指導者サラディーンからの直接の要請で硫黄を求めてきたこと、琉球の那覇を拠点に十隻の交易船を運航しているらしい。琉球の内乱は、はなはだ迷惑で安全な交易を求めているとのことだった。
「自分が生きていることがわかれば、部下は身代金を払うだろうと言っております」
「はは、は、そうか、我が国では、あまり聞かぬ話だな」
「イスラムやフランクでは捕虜や王までも身代金で買い取るようです」
「そうか、ならば、おとなしく養生するようにつたえよ」

船団は左舷に琉球の陸地を見ながら進んでいた。夕日はなだらかな山に沈んでいたが残照が山の稜線をきわだたせていた。運天の湊から水先を案内する船が迎えに出ていた。為朝は船尾楼の甲板に立って前方の島を見ていた。島の奥に運天の湊がある。

上陸した平尊敦、平教経たちは、琉球側との事前の打ち合わせ通り今帰仁《なきじ》の丘に築かれた城郭に八百の将兵と、投降した琉球の反乱軍の将兵四百、イスラムの捕虜三十を率いて入城した。あくる日の朝から始まった宋銭や米などの積み荷の陸揚げ作業に二日かかった。

平尊敦から上陸後の状況報告を待つため湊の外で待機する聖福寺船の為朝に、琉球の王朝から拝謁を求める使者が二度も訪れたが応じなかった。反乱軍の帰順が続いている報告があった。為朝は作戦の見通しを確信して南宋の軍船と大型のジャンク一隻とで琉球を後にした。

為朝たちを見送った丁国安は、船倉が空いた五隻の自分の船と博多の船三隻に琉球や南方の交易物資を満載した。その作業に数日かかり、その後は一路、博多を目指す手はずになっていた。

第四章　結びの神たち

鬼界ヶ島の湊は日の出がおそい。東の空にそびえる硫黄岳の陰から朝日が出たのはすっかり朝になってからだった。青い空に雲が高い。桟橋に南宋軍に接収されたジャンク型の外洋船が左舷を接岸して、その右舷には南宋の戦艦が接舷していた。高い断崖にかこまれているので風はおだやかだった。ジャンク型の外洋船は朝食前に硫黄の積み込み作業をしている。

戦艦には武将たちと四十人ほどの水夫がいて、残り百人ほどの水夫と同数の兵が積み荷作業や食事のしたくに立ち働いていた。浜には飯を炊く煙が幾筋も立ち昇り大勢の人たちの動きが見える。

桟橋から五丈ほど離れて為朝が乗る聖福寺の船が錨泊していた。上甲板で朝餉のすんだ水夫や武士たちがくつろいでいた。あちこちで談笑が聞こえる。為朝は水夫たち七人ほどの輪の中で白湯の茶碗を手にしていた。

水夫の一人が為朝に、

「惟唯様はいかがでございますか」

「昨日、使いの者の話では昼過ぎには船に戻るようだな」

「そうですか、それはよかった」

別の水夫が、

「それでは、今日明日にも、壱岐から博多へ向かえますね」

「そうだな、ただ、イスラムの怪我人の容態が、どうだかな」

また別の水夫が船尾楼の方を見て、

「あやつは……、水夫頭を刺殺した咎人が……、なんで、おめおめと」

船尾楼から船長が下りてくる。為朝は白湯を口に運んだ。

船尾楼から下りてきた船長は為朝の輪に近づいて腰をおろした。

「次郎様の傷はもう安心ですね。イスラムの商人はまだ動けませんが次郎様と話は、よくしております」

「ほう、異国の言葉が通じるものだな」

「大和の言葉、イスラムの言葉、身振り手振りに、文字や絵までつかって楽しそうです。それに、琉球の王朝からつかわされた初老の女がイスラムの言葉を解します」

水夫の一人が、

「あやつは咎人なのに、なぜ女の介護人までつけて特別ですか」と不満げに船長と為朝を交互に見た。

「これ、出すぎたことを、控えぬか」と船長が叱った。

「よい、よい、思うことを申すがよい」と為朝が言いかけたとき別の水夫が口を開いた。

「長者の息子のようですな。身代金をふんだくらねばなりまっせん」

「こら、卑しいことを言うな」と船長がたしなめた。

「は、は、はっ、身代金をな、そうだな」と為朝は笑った。

「そうです。武士が敵将の首をとって褒美をもろうのと、おんなじこってす」

「こら、黙れちぃいよろうが、だまれ」と船長は一人で怒りだした。

黙って聞いていた水夫が、

「あのとき、あのイスラムは水夫頭に飛びかかり、お侍に抜き打ちで斬られました。すると、もう一人のイスラムが飛び出して二の太刀を受け、そいつは即死でした。斬られるのをわかっていながら」

するとまた、あの水夫が、

「わしも、船長が斬られそうなら飛び出すばい」と声を立てて笑った。


為朝は船尾楼の船室にいた。次郎は右腕を布で肩から吊っていた。三人は椅子に座って煎じ茶を飲んでいた。午の刻をすぎていた。奥の部屋にイスラム商人が寝かされて聖福寺の僧侶が二人で治療をしているのが見える。初老の琉球の女が盥にお湯を注いでいた。うつ伏して治療を受けているイスラムの商人が次郎に何やら話しかけた。

次郎はその言葉を為朝に、

「イスラムの商人が感謝の念を伝えてくれと言っております」

「そうか、お前はイスラムの言葉がわかるのか」

「いえ、ここ数日、おなじ感謝の言葉を何度も聞いておりますので」

「名前はなんと言ったかな」

「マンスールと言うようです」

「そうだったな。まんするう、か、一両日中には出航しようと思うが、まんする、をどうするかな」

「まだ動くのはむりですが」と僧の一人が不安げに言った。

「ここ鬼界ヶ島に残して治療ができればいいが、でなければ博多まで連れていくことになるかな」

惟唯が手はず通りに戻ってきた。島津の船が、錨泊する聖福寺船まで傷病者二十人と警固の武士十人を届けてくれた。惟唯は船尾楼の為朝に会った。惟唯の左の額に白い布が巻かれていたが元気そうだった。少し太ったようだ。為朝は積もる話はあとにして、上甲板に下りて傷病者の様子を見てまわった。

惟唯は次郎の負傷を初めて知ったが、それよりイスラム人が尻を出して治療を受けているのに驚いていた。次郎が事のいきさつを話しているときだった。

断崖の上の見張り番が吹き鳴らす法螺の音が聞こえてきた。みんな部屋から出て海の方を見た。イスラム人のむき出しの尻に女が布をかけた。

沖にイスラムの船が三隻見える。二隻が港の外で風を抜いて漂いながら留まり、一隻が湊に入ってきた。戦意はないようだ。沖の二隻より少し小ぶりだが真っ白な三角の帆で船べりや甲板は茶褐色のべっ甲を張ったように艶やかだった。船尾に黄色い旗が掲げてあった。

「うつくしい船ですな」と誰かが言った。

「船乗りたちも頭から足先まで真っ白ないでたちだ」

船の帆が降ろされ、両舷から十本ずつの櫂が出て同じ動きで漕ぎはじめた。為朝は船尾楼に戻っていた。

帆を降ろした小型の帆船が聖福寺船の船尾を漕ぎぬけていった。先ほど惟唯たちを送り届けた島津の船だ。掛け声はないが櫓の動きは整然としていた。漕ぎ手を含め水夫は十人、武士が三人のっていた。積み荷のない船は速い、すぐにイスラム船の進路を防いだ。

桟橋では南宋の兵や水夫たちが戦艦へ我先に戻っていた。戦艦は戦闘準備を急ぎ全員を収容するために大わらわだ。

イスラム船が両舷二十本の櫂を一斉に海に降ろした。船は島津の船の前で静かに止まった。島津の船が舷側にまわるとイスラム船から舫い綱が投げられた。

聖福寺船の船尾楼の甲板で、

「南宋の戦艦は慌てております」と次郎が惟唯に言った。

「私もイスラムの帆影を見て慌てました」

「南宋の戦船からはイスラム船の動きが見えないのでしょう」

島津の船から二人の武士がイスラム船に乗り込んだ。それらの武士が半刻ほどして出てくると聖福寺船に報告に来た。その後入れ替わって、イスラム船が防舷材に羊の革袋をいくつも下げて聖福寺の船に横付けした。

二人のイスラム人が聖福寺船に乗り込んできた。部将のようで、日に焼けた、はっきりした顔立ちで頭に白い布を幾重にも形よく巻いていた。ゆったりとした白い上着は足元が隠れるほど長かった。腰に茶の革帯をしめ黄金色の湾刀を下げていた。帯刀は許されたが二人の武士が後ろから間合いをとって船尾楼に案内した。上甲板には水夫や武士たちの人垣ができて白い訪問者を珍しげに見ていた。

為朝は船尾楼の甲板で訪問者を迎えた。惟唯と次郎もいた。惟唯は顔の半分を洗いざらしの包帯で巻いて被り物はない。次郎は直垂の襟をはだけ右腕を肩脱ぎして白い布で首から吊っていたが烏帽子をかぶっていた。

部屋に入り、卓を囲んで皆は椅子に座ったが、イスラムの武将がマンスールに会わせてもらいたいと手振り交じりで言う。扉を開けてやるとイスラムの海商は窓の明かりを背に受けて横になっていた。逆光で表情は見えないが明るい声がした。琉球の女が傍に座っていた。二人のイスラム人が席を立って、為朝に目で了解を求めて隣の部屋へ歩いた。イスラム人の歩くあとから香料の芳香がかすかにただよっていた。

二人のイスラム人は膝をついて頭を下げて話していたが、一人が席に戻り一人はイスラム海商のそばに残った。琉球の初老の女が通事として空いた椅子に座った。

初老の女が軽く頭を下げて口を開いた。

「このたびの一連の不祥事をお許しくださいと詫びております」

「いや、いや、もうすんだことだ」と為朝が言った。

「お詫びのしるしに十分ではありませんが、心からの、お持ちしたものをお受け取りください。と申しております」

為朝は少し間をおいて、

「我が国は長らく国が乱れておったが、ようやく収まり、新しい国のかたちができて天朝も安堵されればとおもう」と返事にならないことを言った。

初老の女は為朝の返事に困惑したが、うなずいてイスラム人に通事ことばを伝えた。イスラム人は顔をほころばせた。

　上甲板の方でざわめきがおきた。次郎が席を立って部屋を出た。イスラムの船から棒をわたした重たそうな箱を二人で担いでくるのが見える。籠を下げた者も数人いる。淡い色目の衣装をまとった女が二人いるようだ。それを二人の武士が先導していた。


　重たそうな箱が、部屋の中央にある卓の上に置かれていた。籠に盛られた珍しい果実がその横にある。惟唯と次郎は卓から離れて壁ぎわにいた。イスラムの武将が重たい箱の蓋に手をかけ開いた。

「これは、お詫びの気持ちでございます」と琉球の女が通訳した。

　為朝は黙っていた。すると、イスラムの武将は為朝を見て言った。

「この箱いっぱいの金貨は、この女ほどの重さです」

　為朝はその女を見た。

　女はペルシャ錦の袋から宝玉を取り出していた。髪を淡い紫の布で覆い、おなじ布が目から下の顔をかくしていた。青みがかった鳶色の眼差しは鋭いが寂しそうであった。女が並べる赤や緑や青い小石はソラマメかダイズほどの大きさで、それが窓の光にときおり輝いた。その様子を船長も二人の僧も食い入るように見ていた。

　為朝は、もう一人の女に目を移した。髪を覆う萌黄色の頭巾の縁に丸い金の薄板が連なって、形のいい額に細い金の鎖がたるみ、そこに小指の爪ほどの緑の石が光っていた。目から下は白い薄布で隠されていたが、ときおり深い息づかいをすると透けた布は吸い込まれ、ふっくらと唇が浮かんだ。

「うつくしいのう」と為朝が息をついだ。

「二人の女も、このたびの贈り物です」

「そうか、このように美しいもの、ありがたい話だな」

「南宋でさばけば、いかほどの値が付きますやら」と僧の一人が言った。

「我が国では人の売り買いはご法度ですからな」と船長が言った。

「イスラムやフランクでは捕虜に身代金を払うようです」ともう一人の僧が言った。

為朝はうなずき、

「いかんせん源家にそのような流儀はない、赦すか殺すかだな」と静かに言った。

イスラムの武将は通訳の説明を聞いて、

「乗ってまいりました船も、水夫ごとお受け取りください」と言った。

為朝はイスラムの武将を見て、

「このたびは平家人の安住の地をもとめ、平家武者を琉球に輸送するのが役目だと栄西禅師から受けたまわっておる。途中、思いがけずイスラム人と戦うことになり、沈んだ船から人を助けたまでのこと、このような贈り物、もらう道理がないな」と為朝は話を打ち切るように笑った。

イスラムの男は話の流れにとまどった。

「この二人の女は主人の身代わりにまいったのです」と為朝を見つめた。

そのとき奥の部屋のマンスールが尻の傷も忘れて身を起して叫んだ。

「その二人の女は私の妻です。父に譲られた奴隷ですが、妻にするつもりです」

琉球の女は驚いて通訳した。

為朝は向き直ってマンスールを見た。

「そうか人の妻を贈られてもな。我が父為朝には妻が五人、子が四十人もおった。わしは江口の遊女が生んだ子であった。母はたいそうかわいがられておった思い出がある」

為朝は、時に脈絡のない受け答えをするようだ。

「為朝様、博多に行ってみたい。アラブの国を出て天竺から、いろんな国を訪れました。ここ数日、次郎様の話をうかがううちに前々からの思いがつのって、このさい、ぜひお連れくださるようお願いします」と通訳が伝えた。

「そうか、それはおもしろいな」と為朝は嬉しそうだった。


鬼界ヶ島を奪還する討伐戦で投降していた琉球の反乱軍将兵五百のうち四百は帰参して許され、すでに王朝軍に再編されていた。残りの百人ほどは鬼界ヶ島に残留して硫黄の採掘と運搬に従事していた。ほかに最後まで山にこもっていた幹部の部将たち十人は後に島津の守備隊に投降していた。この残留組の将兵から為朝は配下として徴募に応じるものを聖福寺船で連れていくことにした。

希望者は部将八人と兵四十ほどだった。この中から部将三人と兵十二人を選んだ。心身頑健な者、身寄りのない者、琉球に帰ると罪に問われる者を優先した。戦傷の治療をしていた平家の武者たちは島に残り時期をみて琉球で作戦中の本隊に合流することになった。

博多に行くことを希望するイスラムの海商マンスールは単身での同行を許され、二人の許嫁は革袋の宝玉をもって乗ってきた船で帰った。重たい箱いっぱいの金貨も返却されたが、いくつもの籠に盛られた珍しい果物は聖福寺船の乗組員がとっくに賞味して跡形もなかった。

為朝の乗る聖福寺船に続いて硫黄を満載したジャンク型の外洋船が南宋軍の旗印をあげて碇を巻き上げた。南宋の軍船がその後を追った。沖に出ると夕日に照らされた三隻のイスラムの船がマンスールを見送るために風を抜いてただよっていた。見送る帆影がしだい遠くなっていって日が沈むと、それまでの夕焼けは消えて、海は暗くなり空は抜けるような明るい青に変わっていった。

鬼界ヶ島を出て一昼夜過ぎた夜、聖福寺船は北に進んでいた。下甑島が右舷後方に過ぎるころ細い月明かりでは島影はさだかでなかった。強い風が北西から吹いていた。聖福寺船と続く二隻が進路を別にする地点にさしかかっていた。暗い海だった。南宋の戦船から軍鼓が高らかに響きはじめた。聖福寺船がそれに応えて法螺貝を鳴らし聖福寺船はそのまま北を保持して、続く後ろの二隻は西に進路を変えた。

為朝と船長が上甲板を歩いていた。

「南宋の軍鼓の響きが寂しく聞こえます」

「戦のときに聞こえる響きと違うのかな」

「戦のときは鼓舞しますが、今は名残を惜しみます」

水夫や為朝配下の武士たちも左舷の船端の欄干に鈴なりになって、届いてくる軍鼓の音の方を静かに見ていた。船尾楼の物見甲板から時おり法螺貝が長い尾を引いて吹かれていた。風が強く吹なり、上甲板には人影はなく見張り番の動きがあるだけだった。

「寒いな、部屋に入ろう」と為朝が言った。

「体を冷やすと傷に良くありません」と僧が惟唯と次郎を見た。

「それでは、私は下に居ります。夜半には風が北にふれると思います。そうなれば進路を北東に変更します」船長は為朝に告げて皆に挨拶した。


さらに一昼夜過ぎた朝だった。嵐はそれほどでもなく東の彼方に遠ざかっていた。うねりは少し残っていたが西風がほどよく吹いていた。夜が明けて左舷側に五島列島が見えていたが、間もなく平島にさしかかり右舷側の江島との間を真北に進む。

前方の海に海鳥が集まって舞っている。ときおり急降下して海に突っ込む、魚がわいて泡立つ海に次々と落下していく。左舷前方に宇久の島が霞んで見えるころ昼が過ぎた。生月島と平戸の海峡を抜けた方が距離は短くなるが松浦党と接触を避けるため平戸の島を右舷に、そのまま真北に進んだ。夜半には何事もなく玄界灘に出た。

壱岐の芦辺の浦に入ったのは巳の刻を過ぎていた。青く高い空に雲が刷毛で佩いたように流れていた。迎えに出ていた二艘の小型の帆船が先導して聖福寺船は浦の中ほどに碇を入れた。

芦辺の館からは当主の西文慶が一族郎党と出迎えていた。農民や漁民たちも離れたところに集まって見ていた。はじめに艀船で壱岐の水夫たち二十人ほどが上陸した。出迎えの人たちからどよめきが聞こえてきた。走り寄ってくる子供たちもいた。

続いて為朝配下の武士二十人が上陸して、最後の艀で為朝と惟唯と次郎、イスラム商人のマンスールと琉球の初老の女、琉球の将兵が上陸した。艀はその後も聖福寺船に積まれていた品物のうちから、めずらしい品の幾ばくかを降ろし、船底にあった宋銭は残らず降ろされた。品物は芦辺の館へ、宋銭は五台の牛車で月読神社へ運ばれた。馬の用意がしてあったが、みんな徒歩で月読神社まで行くことにした。

宋銭を運ぶ牛車のあとを竹で編んだ担架に乗せられたマンスールが風を防ぐ筵をかけられ、それを四人の肩が担いでいた。マンスールは首を右左に伸ばして風景や出迎えの人々を眺めていた。大勢の黒い烏帽子が進んでいく中に白いターバンだけがキョロキョロと動いていた。

惟唯は左の額を布で巻き、次郎は右手を肩から吊っていた。為朝は琉球の部将たちと歩みを止めて振り返った。碇を上げている聖福寺船の船尾楼に船長や二人の僧侶の姿が見えた。

大勢の水夫たちが船べりに並んでこちらを見ている。為朝の後に続いていた武士たちも琉球の兵たちも歩みを止めて振り返っていた。惟唯たちもそれに気づいて立ち止まった。五台の牛車だけが止まらずにゆるやかな坂を上っていった。

月読神社の敷地に屯所や兵舎、食堂、湯浴み場、兵器庫、倉庫、馬屋、各種の工房が完成していた。惟唯や次郎などの部将には個室が配慮されていた。為朝は以前から居室に使っていた本殿近くの建物に落ち着いた。

日差しのいい縁側に敷物を引いて為朝が庭を見ていた。

「茶を点てましょうか」と女宮司が障子戸を少し開けた。

「いや、さきほど所望した煎じ茶を飲み過ぎたようだ」

「湯殿の用意をいたそうと思いますが……」

「皆は湯本に出かけていったようだな」

「はい、警固の人を残して、はしゃいで下りられました」

「空の下で温泉に、嬉しいだろうな。わしは年増の巫女と湯殿に入るか」

「わたしは巫女ではありませんよ。長旅の疲れを落として、ゆっくりなさいませ」

女の宮司は障子戸を静かに閉めた。

為朝は縁側の陽だまりに、ひじを枕に横になっていた。うつらうつらしているうちに夢を見ていた。夢の中では鬼界ヶ島を出てトカラの夜の海を航海していた。夜風が寒い。

「湯殿の用意ができました」と若い女の声がした。

為朝は起き上がって返事をしたが、寒い。陽だまりが西に移っていた。

湯殿についた。湯帷子の着替えが用意してあったが素裸で立ち込める湯気の中に入っていった。湯殿の中は湯けむりが行燈の光をかすませるほど蒸されていた。為朝は湯をくんで体を洗いながら無双格子窓の引き戸を少し開けた。湯気が出て外の明かりと一緒に冷気がひんやりと入ってきた。外で老婢が湯釜を焚いているのが見える。

人の気配がして帯を解く音が聞こえた。

「入りますよ」と白い湯帷子に着替えた女宮司が顔をのぞかせた。湯殿の寝台には真新しい筵が敷いてあった。床の格子からあたたかい湯けむりが上がり草の匂いが心地よかった。うつ伏せになっている為朝の左横に女は正坐して座り右手を為朝の腰に置いた。探るように手のひらを背骨にそわせ左右に動かしていた。そのうち動きを止めて、

「息を深く吸い、ゆっくり長く吐いてくだされ」

しばらく息を長く吐く音が聞こえていた。

「いい気持ちだ、背中が軽くなるようじゃ」

「右のしこりは取れましたが左にまだ少し」

「船の上ではあまり体を動かさぬ、それで血の流れがとどこおるのだな」

「はい、でも、それだけではありません。気の疲れも……」

しばらく深い呼吸の音がして、女は為朝に白湯を飲むように言った。為朝は白湯を飲んだ。身体の向きをかえ仰向けになって天井を見た。湯気のしずくが落ちてきた。

女が為朝の胸から腹の上へと湯を二度、三度とゆっくりかけた。女は為朝の体の右横に正坐して右手を右肩の上においた。

「ゆっくり息を吸い、長く、長くゆっくり吐いてくだされ」

吐く息が途切れずに長く続いて、何度もくりかえされた。

「しだいに肩がほぐれて、柔らかくなってまいりました」

女は、いずまいを少しなおし右手を伸ばして、こんどは為朝の左肩に手をおいた。

再び、為朝のゆっくりした吐息が聞こえてきた。女の顔は湯気に濡れていた。

「すこし冷えてきましたね」と為朝の顔の上で声がした。

為朝はこたえず、右手を女の白い湯帷子の襟元にのばして左胸の素肌のふくらみをつつんだ。女はゆっくり姿勢を起して無双格子の戸を閉めた。一瞬闇になったが、すぐに行燈の明かりが、はだけた乳房を浮き出した。左の乳首に湯気のしずくが光った。為朝の中指がそっと光に触れると女は崩れるように為朝の胸に顔をうずめた。

翌日の昼下がり、
芦辺の館から先触れの使いが去ってほどなく、西文慶と娘のチカが護衛の供回りと騎馬で月読神社にやって来た。供回りは引き返し、二人は為朝の居室のある建物に案内された。為朝と惟唯が出迎えた。

女宮司の案内で四人は部屋に通されると、羹《あつもの》、四つ割りの柿、小豆粥のかるい食事が用意してあった。まだ未刻ころで、日は天空にあったが晩秋の日差しが部屋の奥まで差し込んでいた。席に着くと四人はあらためて挨拶を交わした。

為朝が椀の蓋をとり羹を一口すすって、

「大風の害も少なく稲の取り入れもすんで、いい秋日和ですね」

「ことあれど、ことなかりけり、というところですか」

「お父さま、あるのかないのか、お言葉がちぐはぐです」

「はは、は。ところで、平戸の薄香の浦の戦いで我が船、二艘に乗っておった六人の水夫が内、三人が生きております」

「なんと、それは意外なこと」と惟唯がおどろいた。

「先日、平戸の松浦から使いが来まして、船頭が二人、それに水夫が一人、怪我のようすはわかりませんが生きておるそうです」

「あれだけの矢数を受けて、よくぞ」と惟唯はうなだれた。

「それで、三人はいつ帰れるのか」と為朝が柿を一口かんだ。

「はい、傷が癒えしだい、まもなくと思います」

「松浦の応対が変わりましたね。好意的なようだ」と惟唯が顔をあげた。

「そうです。武藤資頼からも使いの言上で詫びがまいりました」

「そうか、それはいい話だな」と為朝が小豆粥の椀を手にした。

日が陰り、風が吹いて赤や黄色の落ち葉が部屋の中に舞い込んだ。チカが手にした羹の中に赤いもみじが浮いて、黒い大きな蝶がひらひらと部屋の中を軽く飛んで出ていった。食事のあとが片づけられると、女宮司が二人の巫女にお茶の道具を持たせて入ってきた。

「冷えてまいりましたね」と言って障子を閉めた。雲から出てきた日差しが障子に白く映りまぶしかった。

チカが惟唯を見て、

「惟唯様のお怪我はどのようですか」

「鬼界ヶ島の戦いで山の上から飛礫をうけましたが大事ありません。目も見えますし脳にも支障はありません」

「額の布はまだ取れませんのか、それにお召し物がよれよれです」

「傷は治っておりますが、傷跡がまだ見苦しいので」

「傷はあとで見せてください。直垂と烏帽子は私が手配します」

「はっ、かたじけなく……しかし……」

惟唯はもじもじした。


それから、数日たった。

日は西に傾いていたが空は晴れわたって東の海は遠くまで見通しがよかった。静かな入り江に碇を降ろした大型の外洋船が見える。帆柱が二本、筵帆を降ろして二層になった船尾楼が高くはね上がっていた。伴船はない。

数艘の艀が行きかい米の積み込みをしていた。艀の桟橋には米の俵が積まれ人がうごめくように見える。牛の引く荷車がいくつも芦辺の館と桟橋のあいだの道をのろのろ進んでいた。栄西禅師と丁国安の一行はすでに西文慶の館に入っていた。

あくる日は、夜半からの雨がしずしずと降って寒い朝だった。芦辺の館から徒歩の列が月読神社へと続く丘陵を上っている。道のまわりに広がる刈り入れの終わった田んぼには高く積み上げられ藁塚があちこちで雨に濡れていた。徒歩の列は十五人ほどが一列になって、前と後を二人ずつの編笠をかぶった武士が護衛していた。武士以外は亜麻色の雨笠をさして括り緒の袴に足駄をはいていた。

丁国安の妻が前を歩く夫に、

「風がなくて幸いでしたね」

「長雨になりますが風は吹きません」

「天気のいいうちに新米の船積みができて安堵しました」

「今日のうちには対馬に着きますが、荷下ろしがうっとうしいな」

「ほんと、濡れないように難儀でしょう」

丁国安は太った体に足駄が歩きにくそうだった。傘を持つ手に大きな息を白く吹きかけた。前を見ると雨笠の列が長くのびている。

月読神社に着くと惟唯と次郎が出迎えた。西文慶のすぐ後から、チカが傘をたたみながら、にっこり会釈した。栄西と二人の若い僧が丁国安夫婦と並んで足に柄杓の水をかけて洗った。桶の水には湯がたしてあった。

女宮司が案内した。障子が明けられると奥に為朝が座っていて深々とお辞儀をした。栄西はにじりながら入り、答礼して為朝の前に座った。丁国安と西文慶が続いて部屋に入った。障子が閉められて部屋は暗かったが、すぐに目が慣れた。巫女が菓子を運んできた。小さな木の盆がまわって、それぞれが懐紙でうけた。丁国安は懐紙の用意がなくもじもじしていた。

「お使いください」と隣の為朝が懐紙の束を差し出した。

「この揚げ菓子はおいしい、博多のと味がちがいますね」と栄西が言った。

丁国安が二個目をつまんで、

「博多のは南宋の味にちかい。丸いくぼみがへそのようですな」

西文慶が、

「この甘味は、甘葛とはちがいますな」

抹茶を点てていた女宮司が、

「甘味はいただいた琉球からの黒糖をつかいました。小麦粉をこねて丸め、くぼみをつけます。こうすれば油で揚げたとき熱の通りがよいので……」

栄西が居住まいを正すようにして、

「このたびの琉球への航海は多大なご成果で大慶至極にございました」

「いや、禅師のご教示にしたがったまで、おかげで身も心も生き返った気分です。まことに、ありがたく思っております」

為朝は軽く両手をついて頭を下げた。

少しのあいだ座が静まった。

栄西が印を結ぶように手を組んで、

「落ち延びた多勢の平家武者が安住の場所をもとめることができ、それが琉球王朝の混乱を鎮めることにもなりました。鎌倉からすれば戦をせずに不穏な勢力を取り除いて、西国九ヶ国を大友、武藤、島津でまとめる大掛かりなはかりごとでございましょう」

丁国安が神妙な顔で、

「さらに南宋への硫黄の安定供給が保たれるようになりました」

西文慶が恐る恐る、

「それを、鎌倉が最も恐れておる為朝様がなさったことが、何とも……」

「いや、わしは鎌倉に敵対する気はもとよりない。国の平安と天朝の安寧が願いです」

茶が点てられ女宮司が栄西の前に天目茶碗を運んだ。

「ほう、これはめずらしい、油滴の出た天目茶碗ですね」

「先日、平戸松浦のお使いが芦辺の館にまいられたおり、月読神社にもお立ち寄りになり奉納されたものでございます」

「ほう、このようなもの、松浦がな。窯変の色が夜空を見るような……。奉納には思いや願いが込められるのでしょうかな。そういえば、松浦の二の姫を戸次惟唯殿にめあわせるようにと豊後から願いが出ております」


栄西が博多に帰ってからも、数日つづいた冷たい雨は今朝には夜明けまでに上がって、日はすでに高くなっていた。本殿の濡れた屋根から湯気がたって、青い空の遠くに羽毛のような雲が二つ浮かんでいる。

朝餉のあと惟唯と次郎はマンスールの部屋にいた。板張りの部屋には火桶に鉄の湯釜がかけられ湯の煮え立つ音が静かに聞こえていた。マンスールは寝台に肩肘ついて横になっていた。椅子に座る二人に琉球の初老の女が煎じ茶をふるまってくれた。

「この茶はよく出ておりますね。茶の色が濃ゆい」と言って惟唯がすすった。

「お、この茶は甘い、何ですかこれは……」

「黒糖を入れています。いかがですか……」

「黒糖をですか、貴重な味ですね」

「マンスール様はこれに搾りたての牛の乳をいれてお飲みですよ」

「生ですか、煮詰めて作った酪や蘇なら食べたことはありますが……」

「傷の回復にはいいそうです。次郎様、牛の乳をいれましょうか」

次郎は茶をあわてて飲んで、

「いや、傷はほぼ治っております」

やりとりを琉球の女がイスラムの言葉に通訳すると、マンスールは笑いながら医者の言い付けなので自分も牛の乳は薬と思って飲んでいると言った。

「イスラムでは茶を飲みますか」と惟唯の問いを女が通訳した。

「茶はありませんがアラビアの寺院でバンという豆の煮出し汁を飲みます。消化を助け強心や利尿に効果があります。私はこの豆を黒く炒ったものがこのみです」

琉球の女が通訳しているあいだマンスールは首から下がった銀の首飾りを手に見つめていた。

「アラビアを思い出しているのでしょうね」と惟唯が言った。

ほどなく巫女がやって来て、為朝のところに来るように伝えた。丁国安と妻のタエや西文慶と娘のチカたちが訪ねてきたらしい。

巫女の案内で部屋に近づくと丁国安とタエのやりとりが聞こえてきた。マンスールの話のようだ。

惟唯は板張りの部屋に入って両手をついて挨拶した。ヒノキの香りが鼻先にとどいた。

「次郎は……」と為朝が尋ねた。

「はい、誘いましたが場違いであると……」

「そうか……」

タエが先ほどの話のつづきを、

「それで、その、うつくしい二人の女奴隷はいかがしたのですか」と夫をのぞいていた。

「わしは見たわけではないし存じません」

「見たわけでもないのに、うつくしい、うつくしいと……」

「惟唯殿や次郎殿から何度も聞かされておりますので。は、は、は」

惟唯は、もぞもぞして、

「髪も顔も薄布で覆って目だけ出していましたが、ひかえめな、奥ゆかしい仕草が美しいと……」

タエは惟唯をちらりと見て、ふう〜ん、という思案顔で、

「仕草が、美しい……」と空をみつめた。

西文慶が話のながれを変え、

「ちかごろ南宋で語られる講談に西文慶という登場人物がおるそうですね」

丁国安が話を受けて、

「山東に横行した盗賊の宋江三十六人に由来するもののようですが、その中に西文慶様と同じような人物がおるようです」

「私と同じような、ですか」

丁国安は一度うなずいて、

「いえ、いえ、名前がです。名前だけです。西文慶、シーウェン・クインとか西門・慶、シーメン・クインと言う場合もあるようで、好色で狡猾な男ですが憎めないやつで……」

タエが声を出して笑いながら、

「まるで丁国安、ディン・グォーアンにぴったりではありませんか、同類でしょう」と言ったあとも、こらえきれずに笑いをかみ殺していた。

為朝は話を楽しそうに聞いていた。

西文慶が居住まいを正して、

「じつは先ほど、平戸から使いの船がまいりまして、当方の預かり人を送ってくる了解を求めております。よろしければ明後日にでもいかがかと……　松浦の二の姫が速足の帆かけ船、五艘を差配してまいるようです。返事を待たしております」

「ほう、そうか、それはよかったな」

「それで、二の姫の件でございますが……」

「おう、それは栄西禅師から聞いておるとおりだが、惟唯の考え次第だな」

西文慶は惟唯の方を見て、

「鎌倉からの意向だと思いますが、戸次の本家にはすでに嫡子として大友からの養子縁組ができております」

惟唯は表情を変えずに聞いていた。

西文慶は話をつづけて、

「戸次惟唯殿は本来、戸次本家の嫡男であらせられますが、彦山襲撃のおり生死にかかわらず廃嫡になっております。しかも彦山襲撃は大神一族に関わりはなく、つまり、なかったことになります」

「ということは、私はいなかったということですか」

為朝が惟唯を見て、

「むごいことだな、死ぬのは、いとわぬが、生きておるのに存在を消されるのはな」

少し沈黙があったが丁国安が口を開いて、

「為朝様は伊豆大島でお亡くなり、鎌倉の記録ではそうなっておる。ところが生きておって琉球まで遠征された。これも、なかったことになるのでしょうか。それとも、いずれ、ただの伝説になるのでしょうか」

「先日、栄西禅師が博多へお戻りになる前の日、夕餉をご一緒したおり申されましたことに……」と前置きして、西文慶が一言一言を神妙に話しだした。

「定秀様ご息女を豊後の大友が養女にと要請してきたのを彦山が断り、
あわや戦かと思われたとき栄西様が仲人となり、行忠様とご息女を夫婦にされました」

「なんと、それでは大友はおさまりますまい」と丁国安が膝を乗り出した。

「ところが、行忠様ご夫婦はお住まいを豊後の高田か国東に移されるよし、定秀様の弟であられる紀友長様も鍛冶場の刀工たちを引き連れてお供されるようです」

丁国安がえたりとばかり話をとって、

「国東は昔からよい鉄を産する地です。名工の友長様をはじめ彦山の刀工衆が移れば刀剣の一大生産地になるでしょう。行忠様は為朝様の甥御であらせられる。それに行忠様は熊野別当の御曹司でもあり、これで豊後の大友は紀州の熊野水軍とのつながりも強くなります」

西文慶は何度もうなずいて、

「その豊後と彦山とのさばきの仔細については先日、八郎様に栄西禅師がご相談されたとぞんじます。そして……」

「相談ではなく禅師が鎌倉の方策として説明されたのだと思う」と為朝が言いかえた。

西文慶は恐れ入って、

「こたびも惟唯様と松浦の二の姫をめあわせるのは鎮西さばきの一連の手立てかと……」

「そうであろうな、しかし、このような手立ては武士の考えとは思えぬが……」

そう言い終わると為朝は惟唯を見た。

惟唯は両手をつき低頭して、

「私情はもとよりございません。まつりごとに応じるまでです」

為朝はチカに顔を向けた。表情はうかえないが膝の上に重ねた手の甲が濡れているようであった。

夜は明けていたが日差しはなく外は薄暗かった。雨がしとしと降っていた。軒先を雨のしずくが連なっていた。

芦辺の館の厨房はおおぜいの厨女が立ち働いて忙しそうだ。野菜の塩漬けを樽から出して運んでくる人や大きな甕から梅干を取り出している人、土器に盛られた味噌を竹の皮に小分けする人、そして、いくつもの竈の湯釜の上には甑《こしき》や蒸籠《せいろう》がかけられ勢いよく湯気を噴き上げていた。

年増の厨女が竈の薪をととのえながら、

「平戸を夜明けん前に出ても、こん風じゃ昼をかなり過ぎるばい」

そばで若い女が炭壺の蓋を開け、

「囚われておった芦辺の水夫が一緒だそうですが」

「三人らしいが、どなたたちやろな」

「速足の帆かけ船を五艘も仕立ててくるようですが」

そのとき、竈の中の燃えさしが弾いて赤い炭が飛んできた。

「わぁ」と若い女が声をたてて顔をふせた。

年増の厨女は何事もないように、

「そんうちの二艘は芦辺の船じゃそうな」と細い薪を一掴み竈にいれた。

そのころ、為朝の居室で惟唯と次郎それに丁国安が談笑していた。為朝のそばに女宮司がいた。宮

司は火桶の茶釜に水瓶から一杓すくって、

「平戸の人たちは、この雨では難儀でしょうね」

「風が弱かで櫓を使うておるでしょうな。はなからの予定なら数日速く天気も良かったんやけど、この時期は崩れると長雨になりますな」と丁国安が茶をすすった。

「しかし、兵衛が無事とは……」と次郎がありがたそうに言った。

丁国安が、

「黒崎兵衛、船頭の技量だけでなく、水夫に慕われております」と目頭をおさえた。

「そうか、そのようだな」と為朝が言った。

「私を博多から壱岐に初めて運んでくれたのは兵衛でした」

「そうであったな、惟唯……」

丁国安が鼻をすすって、

「大怪我をした行忠様を博多に運んだのも黒崎兵衛でした」

次郎が思い出したように、

「黒崎兵衛、先代までは黒島と称しておったようです。壇の浦合戦のあと黒崎に名を変えたと聞いております」

「そうか、みちのくにゆかりのある者かもしれぬな」と為朝がつぶやいた。

「筑前の大島に親族がおりますが……」と次郎が為朝を見た。

「大島に流された安倍宗任の郎党かもしれませんね」と惟唯が為朝を見た。

為朝がさもありなんと、

「源頼義に滅ぼされた安倍頼時の子で、父や兄が戦死したあとで降伏し許された。このとき宗任を都まで護送したのが源義家で我が祖父にあたる。死一等を減ぜられ伊予の国から筑前の大島に流された。今から百五十年ほども前のむかし話だ」

むつかしそうに話を聞いていた丁国安が、

「長い年月で血縁は入り乱れ今や安倍の血は平戸松浦にも流れておるようです。いずれにしろ黒崎兵衛は蝦夷武者の流れをくむ」と目を閉じた。

「今日は惟唯さまが平戸の二の姫さまと初めてお会いになる日でございます」と女宮司が言った。

まもなくして巫女の案内で、開けられた障子から丁国安の妻タエが立ったまま顔をのぞかせた。立ったままで部屋に二三歩入り、正座して為朝にかるく頭をさげ挨拶の口上をのべた。

「作法も心得ず、おゆるしください」と丁国安が笑顔で言った。

タエが不機嫌な顔になって、

「どのような決まりがあるのですか、南宋の流儀は知りませんよ」

「いや、その、京風というか……」

タエは膝行して丁国安のそばに胡坐をかいて座りなおした。

「これでいいですか」と亭主を見た。

「京では気楽に片膝をたてておりましたよ」と女宮司がほほえんだ。

平戸からの五艘は壱岐の東端に腕のように突き出した岬の左京鼻を縦列に回ろうとしていた。強い西風が壱岐の丘陵をかけおりて雨が激しく筵帆に吹きつけていた。そのまま進めば芦辺の浦に入れるが西風に向かうことになる。

「姫さま、いかがいたしますか」と船頭が聞いた。

聞かれたことには答えず艫屋形から出て風の方を見ている。冷たい雨が顔を打つが大きな目を開いて地形を見ていた。烏帽子は被らず潮焼けして明るい茶色になった長い髪が濡れ風に重たく流れていた。二艘目が岬を回って筵帆が風に合わずはためいていた。

「しばらく北に戻しますか」

船頭はやきもきしていた。

「いや帆をしぼれ、このまま芦辺に入る」

船頭は了解し大声で指示を出した。帆綱をとる水夫は西風に帆をぎりぎりまで引き込んだ。船頭は舵を合わせ船は少しずつ浦に舳先を向けていった。

芦辺の浦に入ると海は静かだったが雨は変わらずに降っていた。平戸からの五艘は次々と帆を降ろして両舷に四人ずつ八丁の櫓を出して進んだ。芦辺から一艘の艀が出てきて先導していた。

桟橋に二艘が接岸して投げられた綱を受け船を引き寄せて舫った。他の三艘は離れて碇を降ろした。平戸松浦の武士たちが船から下りてきてその場を固めた。みな侍烏帽子をかぶり直垂に佩刀していたが雨でずぶ濡れだった。

二の姫が下りてきた。武士と同じ直垂を着ているが被り物も佩刀もなかった。桟橋に立って動かずに道の先を見ていた。芦辺の館が見える。さらに目で道をたどると丘の上に騎馬武者が三人、雨にかすんで小さく見えていた。お付の者が二の姫に黄金拵えの毛抜き型太刀を着装した。もう一人が烏帽子をすすめたが断って歩き出した。

三人の騎馬武者が丘の上から、平戸の船が接岸した様子を見ていた。

右腕を首から吊った次郎が横にいる惟唯に、

「先を行く武士のあと、烏帽子のないのが二の姫ですね」

「そうだな……いま後ろの船から下りてきたのが兵衛たちだな」

「芦辺の者たちが取り囲んで騒いでいます」

次郎がもう一人の騎馬に声をかけて、

「行文、戻って殿に伝えてまいれ」

「まて、まて、体が冷えてきた。いっしょに帰ろう」と惟唯が次郎を見た。

惟唯たち三人は戻って為朝に先ほどの様子を報告した。そのあと惟唯は自分の部屋でマンスールからアラビアの話などを聞いてくつろいだ。

興味の尽きない話を聞いているうちに芦辺の館から案内があり、惟唯たち三人は雨の中を騎馬で出向いた。火桶であたためられた控えの部屋に通され濡れた直垂を着替えた。煎じ茶がふるまわれ案内を待った。

芦辺の当主、西文慶の娘チカの声がして襖障子が開いた。

「このたびは、おめでとうございます」と両手をついていた。

「おう、チカ様、どうぞお入りください」

「いえ、すでに松浦の二の姫さまの支度がととのい広間でお待ちです」

「そうですか、こたび二の姫様は芦辺の囚われ人と船二艘を芦辺にお届けする引率役で来られたことになっております。私はその立ち会いを仰せつかり……」

チカは、目をふせて、

「すべて了解しております。めでたくもあり、かなしくもあります」

チカの案内で広間に到着すると、正面の左右に芦辺衆と平戸松浦衆が向き合って座っていた。惟唯が下座に行こうとすると西文慶が正面に来て坐るように言った。正面の席に移動して、惟唯の両脇には次郎と行文が座った。右手には西文慶がにこやかに座り、五人の重臣が横に並んでいた。左手には狩衣に着かえた二の姫が烏帽子をかぶらない長い髪で、かるく両手をついて、その横には松浦の武士が五人いかめしく並んでいた。その向こうに囚われていた黒崎兵衛と芦辺の水夫が見える。

南に面した障子は開けられていたが長い庇の先に雨が降って空は暗く外の明かりは部屋の奥までは届かなかった。まず先に、西文慶が何か言ってくれると思っていたが、何も言わない。二の姫は両手を膝の上で重ね目をふせている。障子の外を見ると、それまで聞こえなかった雨音が聞こえてきた。惟唯は自分が何か言わなければと思うと頭の中が白くなった。そのとき縁側の板敷に小鳥が飛んできた。濡れた羽の片方を伸ばして部屋の様子を見ている。チュンチュンと鳴いた。

「あ、スズメが飛んできました」と惟唯は思わず言った。

二の姫が顔を上げてほほえんだ。

西文慶が縁側を振り返って、

「スズメの雨宿り、いや、あれは、モズのようですな」

すると、二の姫の横に、居住まいを正したいかめしい武士が、

「秋の野の尾花が末《うれ》に鳴くもずの声聞きけむか片聞け我妹《わぎも》」と節をつけてうたった。

「なんですか、それは」と惟唯まじめな顔で言った。

その一言で場が興ざめ、静かになった。

両側に居並ぶ両家の人々の視線がみなこちらを向いている。惟唯はおごそかであるべき儀礼の場が台無しになる思いがした。何か言わねばと思ったが目の前が暗くなりそうだった。

すると、二の姫の声がした。

「すすき野で、もずの寂しく鳴く声を聞いた夫が、家に一人でいる妻をおもう歌のようです。万葉集ですね」と言ってほほえんだ。

惟唯はすくわれたように、

「そうですか、いい歌ですね。スズメではこうはいかない」と神妙に言った。

二の姫は笑みをおさえて、

「このたびは、お預かりしておりました船頭たちと船二艘をお返しでき、まことに祝着に存じます。どうか、これからは幾久しく壱岐と平戸がむつまじいつながりを保てますようにお願い申しあげます」

西文慶が威儀を正して、

「ほんとに慶賀にたえない出来事でございます。鎌倉の世になり壱岐と平戸が仲よくすれば博多と南宋との交易も高麗や琉球との文物の行き来も盛んになりましょう」

しばらく静寂がおとずれた。惟唯は自分も何か言わねばと考えていたが思い浮かばない。外を見たがモズはもういなかった。

二の姫が左右の手を足の付け根に置いて背を伸ばした。凛として下座に向かい、

「芦辺の船頭たち、お館の棟梁にご挨拶して席をお移りください」と告げた。

芦辺の船頭たちは立ち上がって、しずしずと西文慶の前に座った。頭を下げたまま、一人ずつ挨拶をすますと惟唯の前に膝行して座りなおした。

黒崎兵衛が惟唯を見て、

「お久しぶりでございます。ご心配をおかけしました」と言って次郎を見た。

次郎は無言だった。目がうるんで三人がぼやけて見えていた。惟唯がむせび声をかくすように太い大きな声で、

「我らが力を合わせれば、玄海の海はもとより、東は南宋の海も南は琉球までも、これより我らはわだつみとなり、この大切な海を守ります」と言った。

二の姫が壱岐を訪れたのは去年の秋も深まるころだった。それから冬が訪れ、年が明けて春になり、山の緑がもえ野は花で色づいていた。この日、二の姫は狩衣に太刀を佩いて、烏帽子はかぶらずに髪

を後ろに束ねていた。平戸松浦の党首である父、源披《みなもとのひらく》と騎馬で薄香の浦を北に見下ろす山道にさしかかっていた。前駆が二騎、供回りの騎馬武者は弓を持つ五騎が少し離れ一列に従って、その後ろから十人ほどの足軽が二列になっていた。

「北風が冷たいな」

左うしろの馬の鼻づらに声をかけた。

「せなに朝日が当たって顔が冷たくいい気持ちです」と娘がこたえた。

「普請がはかどっておるようだ。もう屋根が葺かれておる」

「あら、ほんとに、茅に日が照って、きれいですね」

薄香の浦のさらに奥まった入り江に真新しい葦葺屋根が見えていた。娘夫婦の新居が入り江に面した山の中腹を開いて建てられていた。昨年の秋から平戸松浦の二の姫と戸次惟唯との婚儀の話が順調に進んでいた。そのあいだに惟唯は月に一度ほど平戸を訪れ、初めてのときには五日も泊まって二の姫と夜を過ごしていた。三日夜の餅の儀式もすみ、その後も松浦の家中の人たちとの面識をかさねていた。

「建増しと新築の工事は手筈通りだが婿入りまでには間に合わぬ」

「それまでは父上の館で惟唯さまとお世話になります」

「惟唯殿とともに来る郎党が十人以上だが、それらは、薄香の館が完成してからだな」

「薄香の館、いい呼び名ですね」

「そうだな、これから、そちたちを薄香の館と呼ぼう」

屋形の上空で鳶がゆっくり弧を描いて昇っていく、浦の入口に目をやると大きな外洋船が一隻、艀に先導されて入ってきた。小舟が数艘それをよけている。

「明州、慶元府からの交易船だな」

二の姫は遠く南宋からの船を見ながら、

「惟唯さまのお名前は、松浦の惟唯になりますのか」

「戸次では都合がわるかろう。それに古来、松浦党の名はひと文字だが……」

「惟唯の頭をとって惟、これ、ではこれまた都合がお悪いようで……」

「後をとって唯、ただか、これもな、婿殿とも相談せねばならぬな……」

普請中の館の様子が見えてきた。大工や左官の動きが見える。槌を打つ音がいくつも聞こえる。廃材を燃やすのだろう焚火の煙が上ってきた。

薄香の館と呼ばれるようになるこの施設は、これまでは交易のやり取りをする倉方や水夫や武士の詰所としていた。改築して新たに母屋が新築されようとしていた。


そのころ壱岐では、為朝、惟唯、次郎それにマンスールと琉球の部将たちがの月読神社の弓場で弓の稽古をしていた。マンスールは傷もすっかり治り、顔は日焼し手入れされた髭が精悍な武人をおもわせた。為朝の弓の稽古には静寂さはもとめられない。いくつもの言葉が飛び交い、ときには笑い声もする。

先ほどからマンスールがイスラムの弓術を披露していた。歩きながら矢をつがえ放った。駆けながら射ることもした。立て続けに三本の矢を射る。射場から飛び降り一回転しての一矢には皆が驚いた。

為朝は様子を床几に座って見ていたが茫洋とした表情はいつもと変わらなかった。為朝の顔が左にすっと動いてほころんだ。それに気づいた者が為朝の視線の先を見ると丁国安の夫婦と芦辺のチカの笑顔があった。先ほどから射場の入口にたたずんで中の様子をうかがっていたようだ。

「失礼します」と丁国安が頭を下げて為朝のそばに歩いた。

タエとチカが後に続いて入ってきた。丁国安が為朝からマンスールに目を移して、

「マンスールは商人だと思っておりましたが武術もすぐれておいでとは……」

「チカ様も半弓を巧みにされますが、マンスール様のはもっと短いようですね」

チカが惟唯を見て、

「船の上での戦に、短い弓を早く射れれば敵をしのげますね」

「そうですね、打ち刀を使う者の後ろに控えて一組とすれば、あるいは……」

「接舷して、斬り込む前に使えばどうでしょう」と次郎が言った。

「いや、やはり接近戦になれば弓は役に立ちますまい」と惟唯が言った。

マンスールは弓をもって立ったまま話を聞いていた。言葉の意味は十分には理解できないが何かを感じ取ったように、

「敵ヲ前ニ戦ウトキ、技ヨリ心、一瞬スベテ、後モ前モ自分モナイ」と言った。

マンスールの話し方が変わっていた。たどたどしい言い回しだが、誰もが意味を解した。惟唯はしゃべりすぎた自分に腹が立っていた。

「卑怯未練を恥じ、他をあてにしないのが武士ですね」とタエが言った。

チカがマンスールをじっと見ていた。

丁国安が、

「さきほどイスラムの船が芦辺の浦に入りました。鬼界ヶ島で出会った美しい船に大型の外洋船が三隻も同行しております。マンスール殿に会いたいと申しておるようでございます」

為朝はにこやかに聞いて、

「マンスール、なつかしかろうな。さっそく出向いてはどうだ」


マンスールは惟唯と次郎が付き添って騎馬で桟橋に向かっていた。日はすでに高くて波の穏やかな浦がきらきらと光っていた。イスラムの小ぶりな外洋船が一隻、桟橋に係留しているのが見える。大型の外洋船三隻は浦の中ほどに投錨していた。

次郎がマンスールに、

「チカ様もイスラムの船に行ってみたいそうですが……」

「ドウゾ、ドウゾ、ソレハ、ウレシイ」

芦辺の館が見えてきた。道の両脇に広がる田植え前の棚田に二羽の白鷺が水面をのぞきながら歩いていた。出迎えの武士が十人ほど道の片側に並んでいる。三人の騎馬が近づくと武士たちは後ろを歩いてきた。

桟橋に着くとイスラム船の甲板に大勢の水夫たちが並び、静かにこちらを見ていた。マンスールに続いて惟唯と次郎が乗船した。

白い布を頭に形よく巻いた二人の武人が出迎えた。白い上下のアラビアの衣装をまとって反りの深い半月刀を腰に下げていた。

「アッサラーム・アライクム」

「ワ　アライクム　ァッサラーム」

「アハラン・ワ・サハラン」

マンスールは二人から笑顔の挨拶を受けてそれに応えた。あちらこちらからアラビアの言葉が飛び交ってマンスールがそれに応えていたがお辞儀はしない、頭は下げずに笑顔で相手を見たままだった。

イスラムでは挨拶にお辞儀はしないとマンスールから聞いていた。頭を下げるのはアラーに対してだけらしい。

船室に通されると女が二人いた。髪は薄布で覆って金の下げ飾のついた環を巻いていたが顔は出していた。マンスールにすすめられて惟唯と次郎が椅子に座った。マンスールとアラビアの武人二人が机を囲ん座ると二人の女が机の湯呑に飲み物を注いでまわった。女が近づくと、さわやかな香りが漂った。先年、鬼界ヶ島で目にしたあのときの女だった。次郎はうっとり眼をほそめた。

マンスールが次郎を見て、

「ハナカラトッタニオイデス、ミミノウシロニツケマス」

次郎が、はっと我にかえって、

「な、なんと……、いや、この飲み物が」

惟唯が吹きだすように笑って、

「はは、は、バンカムという飲み物だな。以前、聞いたことがある」

「アァ、ソウデス、バンカムデス」

「イスラムのスーフィーたちが徹夜で行う瞑想のときの眠気覚ましに飲んだのが始まりらしい」と惟唯が言った。

「ああ、そうでしたね。禅宗の濃茶の始まりにも似ていますね」

「みんなで回し飲みもするそうだな」

「ソウデス、イノルトキ、ミンナデ……」

「どこでも、似たようなことをするもんだ」

お茶のあと、惟唯と次郎は船内を案内された。マンスールは船室に残ってアラビアの武将たちと相談の時間をとった。船内を二人のアラビアの女が先に立って案内した。甲板を下りるとすぐに、鉾、槍、刀剣、半弓、固定式の石弓などの武器や樽に入った火薬類、投擲機用の石、兜や鎧、鎖帷子、盾などの防具が整然と並んでいた。船倉には交易の品と思われる物は見あたらない、この船が戦闘艦であることがわかる。

かぐわしい匂いがして部屋をのぞくとそこは厨房だった。鍋や窯が釜戸の火にかけられて煮炊きの湯気が出ていた。料理方の水夫が数人いて愛想よく声をかけるが意味は通じない。水夫たちの部屋も整理ができていて清潔だった。

惟唯が心ひかれたのは診療室だった。ガラスの瓶に入った医薬品の多さに、惟唯は外科手術の器具にも驚いた。

女が小瓶の一つを手に取って蓋を開け次郎の鼻先に近づけた。次郎はおそるおそる匂いを嗅いだ。いい匂いだった。女の香りと同じだった。

「ザファラーン」と女が言った。

「さ、ふらん」と次郎が言いまねた。

女がにっこり頷いた。

武器庫、厨房、診療室、水夫の部屋、倉庫などが隔壁で仕切られて枡をつないだようになっていて、船との衝突や座礁での浸水を防ぐ水密の壁に工夫があった。さらに下の船倉に行こうとすると、二人の女はゆったりとした挨拶の言葉をかけて先の案内を二人の水夫に交代した。

そこは窓がなくて暗かった。天井が低くて頭がつかえそうだ。案内の水夫が明かり取りの小窓を次々と開けていった。舷側のその小窓は弓を射る狭間にもなるようで、小窓の下に携帯式の弩弓が掛けられていた。床は間仕切りがなく大きな柱が林立していた。床には丸太の棒が等間隔で並べられていた。それは大きな櫂の棒で二人ずつが座って漕ぐようになっている。数えると左右の舷に十ずつ両舷で二十の櫂が使えるようになっていた。穴蔵のような櫂を漕ぐ場所を見終えると、さらにその下の船底の船倉が気になったが、促されて上の層に戻った。

上の階の部屋は明るかった。風が流れていてほっとした。アラビアの女が二人で待っていた。上の甲板に上がるように身振りで示してほほえんだ。惟唯は了解してすぐに階段を上った。次郎は女の仕草の意味がわからないのか、アラビア女の前にじっと立っている。惟唯はかまわずに一人で甲板に出た。マンスールが待っていた。

マンスールがたどたどしく断片的な日本語で、浦の中ほどに錨泊している三隻のアラビア船の視察に、一緒に行こうと言う。二人は船から桟橋に下りるとアラビアの武将が二人ついてきた。四人は芦辺が手配した艀に乗りかえた。次郎が来ない。マンスールが水夫の一人に呼んでくるように言った。

次郎がやって来た。目がおよいでいるようだった。

「なにか、あったのか」

「いや、なにも、遅れて申し訳ない」

マンスールにちょこんと頭を下げた。

「アッサラーム・アライクム」とマンスールは髭の間から白い歯を見せた。

艀が桟橋から離れた。櫓の漕ぐ音もせず引き波も静かに滑るように進んだ。最初の船まではすぐだった。目のあらい綱が船端に降ろされた。惟唯は太刀の柄が綱の目にからまないように上った。マンスールは丸腰だしアラビアの武将は半月刀をほぼ真っ直ぐに下げているので両手を使って難なく、上ることができた。次郎は左の手に何か小さなものを持っているようで上りにくそうだ。

大型の交易船で貨物を運ぶのが目的のようだが、車輪のついた大きな石弓が油引きの帆布をかけて固定してあった。船倉は箱型の部屋がいくつもつながって仕切られていた。船荷は硫黄と木材がおもで、木椀や漆器、打ち刀や薙刀、それに乾燥した椎茸があった。

惟唯が次郎を振り向いて、

「このイスラム船、博多から芦辺に来たそうだが……」

「これらの品、どこに運ぶのでしょうね」

「硫黄を積んでいるので琉球ではないな」

「南宋でしょう」

「高麗かも知れぬな」

そばで聞いていたマンスールが、

「キンノクニ、デス」

「なんと、南宋と敵対する金国に硫黄を運ぶと言うのか」

「エイサイサマノ、イイツケデス」

「栄西様が……わけがわからぬ。丁国安殿は存じておるのか」

そのとき、桟橋のアラビア船からラッパの音が聞こえた。芦辺の館から丁国安たちが到着する知らせだった。後の二隻の検分は取りやめて戻ることにした。桟橋に着くと丁国安と妻のタエそれにチカはすでに船に乗り込んでいた。次郎は右手に持っていた小さなものを胸元にそっとしまい込んだ。惟唯がそれを見とがめて、

「先ほどから、なにを隠しておる」と笑って言った。

上甲板に張られた黒い天幕に丁国安夫婦とチカがいた。厚みのある敷物が敷かれ、その上にいくつもの絹の絨毯が広げられて花園のようだった。天幕は窓が数ヶ所、四角に開いて風が通っていた。

先に着いた三人は絨毯の上に胡坐をかいて座っていた。マンスールと惟唯と次郎もくわわり車座になった。座の中ほどに、なめし革の敷物がある。そこに受け皿にのった小さな湯呑が置かれ、バンカ

ムをアラビアの女が注いでまわった。イスラムの武将二人は天幕の入口に外に向かって立っていた。

丁国安がアラビア語と手真似で、

「マンスール殿の部下の武将も一緒に……」と言った。

「デハ、ヒトリダケ」とこたえた。

マンスールが女に伝えた。武将の一人がやって来た。マンスールが席を開けた。

「イブヌル、デス」とマンスールがみんなに紹介した。

丁国安とその妻、チカ、惟唯、次郎はそれぞれが自己紹介をした。

マンスールがイヌブルは自分の奴隷だと言った。意外なことを聞いたようで、みんな無言でしばらく二人を見ていた。

惟唯が合点のいかない顔をして、

「イヌブルが奴隷とは、しかし船長であり、水夫や兵士を統率しておるようですが」

丁国安が説明をかってでた。イヌブルのほかの武将も屈強な兵たちもみんな奴隷だと言う。奴隷が貴人の妻になり、戦艦の船長になり、尊敬される医者にもなると言う。

「ムハンマドの妻の一人は捕虜のユダヤ奴隷でした。奴隷から司令官や執政官、更には君主の位まで上り詰めたものもいます」

「奴隷は市場で買ってくるのですか」

「異教徒の奴隷を市場で買うこともできますが戦争の捕虜もいます。しかし略奪での奴隷は禁止されています」

マンスールはアラビア語で、博多で入手した材料でアラビアの食事を用意した。本国から遠く離れた船の上なので十分なもてなしができないが楽しいひと時を過ごしてほしいと言った。丁国安がそれを通訳した。

マンスールが膝の前の手洗い椀で手を洗って布で拭いた。みんなもそれにならった。マンスールとイブヌルが食事前の祈りに少し時間をかけてから、マンスールは右手の三本の指を使って自分の皿に炒めた飯や野菜をのせた。丁国安は同じように手を使って鳥の肉をとった。イブヌルはためらってい る惟唯や次郎を見てうながした。アラビアの女が銀色の匙を丁国安の妻と芦辺の姫に手渡してほほえんだ。

「黄色い飯は醍醐の油で炒めたものです」と丁国安が説明した。

「おいしい。口の中にとろけるよう……」と妻のタエが言った。

「アラビアの人はみな手を使って食べるのですか」と惟唯が聞いた。

「そうです。右手だけを使います」と丁国安がこたえた。

妻のタエが、

「匙は使わないのですか」と夫を見た。

丁国安は空になった皿にそら豆を大きな指でたっぷりとりながら、

「汁を飲むときには匙を使いますね」

「なぜ手を使うのですか」

丁国安は口いっぱいにそら豆を頬張って、

「なぜか……それはわからぬ……」

ほぼ空になった大皿がさげられて、挽き肉や香味野菜を混ぜ合わせ野菜の葉に巻いて煮込んだものと、四角に斬った肉を一尺ほどの長い金属の串にさして焼いたものが運ばれてきた。タエとチカは強い香辛料の匂いと肉の焼けた匂いに戸惑っていた。丁国安は運ばれる料理を伸び上がるように見て、

「なんとも、うまそうな匂いだ。久しぶり、この匂いがたまらん……」

「壱岐では牛がたくさんいますが、食わんようですね」と惟唯が言った。

「そうです。大切に育てるだけです」とチカが言った。

「チカ殿は食べたことがないのですか」

「いえ、博多に行ったとき、一度、食べたことがあります」

丁国安は野菜の葉で巻いた煮込みを手で口に押し込んでいた。汁が顎から膝の上にしたたり落ちた。左手で顎をぬぐっている。次郎はそれを見て野菜で巻いた半分を噛むとすかさず取り皿で汁を受けた。アラビアの女がそれを見てほほえんだ。目が会った。これまで味わったことがない幸せが口の中に広がっていくようだった。

タエは丁国安のつるんとした大きな顎を手巾で拭いて、それを膝の上に広げた。自分の皿にとった料理を匙で半分にした。それを丁国安の口に運んだ。

「かたじけない。そなたも……」と言いかけて匙ごと口に入れた。

次郎が惟唯を見て、

「平戸の婿殿も、もうじき、ああしてもらえますな」と言った。

惟唯は、じろりと次郎を一瞥して、マンスールに、

「アラビアではこのような時に女は同席しないと聞いておりますが」

マンスールが軽く頷いて、

「アラブハ、オンナ、イッショ、ナイ」

丁国安は串の焼き肉を手で摘まんで、

「女は顔も見せない、まして食べるのところなど……」

「しかし、この場で二人の女が食べ物を運んでいますが……」

「奴隷の女は別です。命ずればこの場で裸にもなります」

タエが驚いた顔をして、

「この、馬鹿もの」と言って丁国安の脇腹を思いっきり、つねった。

座の中央の食べ物が片づけられ、大皿の菓子と飲み物が運ばれた。

丁国安は待ちかねたように大皿に手を伸ばして、

「この菓子には、たしか蜜がかかっておるはずだが……」

「ミツハ、イマカラ、カケマス」とマンスールが笑った。

丁国安が決まり悪そうに伸ばした手を引っこめた。

アラビアの女が壺から蜜をすくって大皿の菓子の上に何度も流した。菓子は薄い小麦の生地を幾重にも重ねて焼いてあった。

丁国安が蜜のたっぷりかかった一切れを指でつかんで、

「女奴隷を妻にすれば天国でほめられる」と上を向いて口を大きく開けた。

「いいかげんなことを」とタエが丁国安をにらんだ。

「イエ、イエ、ムハンマドノコトバデス」とマンスールが言った。

「次郎殿、マンスールに一人譲ってもらってはいかがですか」

「イイデスヨ、ドチラガ、イイデスカ」と、まじめな顔で次郎を見た。

次郎はどぎまぎして、

「マンスール殿の許嫁でしょう。そんな大切な方を」

「大切なものほど差し上げるに価値がある」

「ソウデス、タイセツダカラ」と言って、アラビアの女に何か言った。

二人のアラビアの女が互いに顔を見合わせていたが、一人の女がマンスールに何か言った。

「ジロウ、ナニカ、モラッタ、ノデスカ」

次郎は胸のふところに手をいれて小さなガラスの小瓶をとりだした。恥ずかしそうに右手のひらにのせて見つめていた。

「隠しておったのは、その小瓶だったのか」と惟唯が言った。

丁国安がアラビアの女をちらりと見て、

「それは、香油壺ですな。どんな匂いが入っておるのかな」

「ニオイガ、オナジ、オナジニオイ、ソノオナゴガ……」

「香りで妻えらびとは風流なことで……」と丁国安が言った。

「ソレトモ、フタリ、イッショ、イイデス」

「マンスール、それでは、おぬしの妻はいかがする」と次郎が言った。

「ワタシ、ニッポンノ、オナゴ、イイ」と言ってチカを見た。

芦辺の姫は大きくない目を丸くして、マンスールを見た。しばらく誰も何も言わなかった。波の音も風の音も聞こえなかった。

丁国安が話の流れをかえて、

「このアラビアの船団は南宋と敵対する金の国に物資を運ぶのですな」

「栄西禅師のはからいとか、ですが……」と惟唯が言った。

丁国安が惟唯の疑問にこたえて、

「南宋は金国に毎年多額の歳幣を献上して和平がつづいております。金国はモンゴルと国を接して争いがたえません。モンゴルは現在たくさんな部族に分かれておりますが、ひとつにまとまれば南宋にとっても脅威です」

「南宋との関係で博多の船では都合が悪いのでしょうね」と惟唯が言った。

「それで、アラビアの船団で金国に物資を運ぶのですね」と次郎が言った。

「金国が滅べば勢いのついたモンゴルの脅威を直接に南宋が受ける」と丁国安が言った。

「ワタシ、イク、ジロウ、イキマスカ……」

「いや、私は八郎様の言い付けで……」と惟唯を見た。

第五章

北の海へ、宋銭の道

目がさめると朝になっていた。次郎の船室に窓はないが板戸の隙間からの明かりでそれがわかる。昨夜はよく眠ったようだ。芦辺の浦を出てから二日目の朝で、風は真西に変わっていた。舳先が波しらに突っ込んだ音が低く伝わって、寝ている床がゆっくり持ち上げられる。それからすべるように落ちていく。海のうねりにあわせて体が上下する感覚が心地いい。

船尾に近い甲板下にある船室を出ると、小雨まじりの冷たい風が次郎の顔を濡らした。舵取り場の上を見上げると、マンスールの姿が見えた。階段をのぼるとマンスールの横に黒崎兵衛がいた。次郎に頭を下げて挨拶した。

「サクヤ、ヨク、ネムリマシタネ」

「久しぶりの航海で風もよく、思わず寝過ごしました」

「夜明け前に北風が向かい風になりました」

黒崎兵衛はこのたびアラビア船の航海長をつとめていた。これまで高麗の国との交易で済州《チェジュ》島までは若いころから何度も来たことがあった。しかし、高麗の西に広がる海を渡るのは初めてだった。

「前方の島が耽羅《たんら》ですね」

「はい、済州《チェジュ》と言っています」

西風を右舷前方から受けて西南に進んでいた船が向きを変えるようだ。船を風上にまっすぐ立てる。帆がはためくうちに大きな二枚の三角帆を水夫たちが掛け声を合しながら同時に帆柱の反対側に入れ替えた。甲板の傾きが変わって次郎は重心を左足に移した。船は北西に向きを変えた。

「遠くに高麗の国が……今朝は霞んで見えないようだ」

「天気がよければ進路の先に高麗の西端が見えます」

「高麗の西をかわせば、あとは北西に一直線ですね」

「高麗は長らく続いていた国の乱れが収まり崔忠献《チェチュンホン》が国をまとめて国王をもりたてております」

「耽羅《たんら》にも国王がおるそうだが……」

「王は、おるにはおりますが、いまは高麗の支配で済州郡となっております。我が国との交易も古く、北は能登の国や蝦夷の十三湊まで出かけております」

「南宋の慶元府（寧波）や山東半島の威海《いかい》とも行き来しておるそうな。海の交易が盛んなことは南の琉球に似ておりますな」

「交易の要衝でいくつもの国に朝貢しておるのも似ております」

二人の話に割り込むように、

「カラダ、ヌレテ、サムイデス、ナカデ、オチャデモ……」

マンスルールが、寒い寒いと震えるまねをした。左舷のすぐ横にはアラビアの外洋船が三角の帆を満帆にかたむけて白波を跳ね上げていた。その後にまだ二隻つづいているが後ろの船は雨で小さく霞んでいた。

船尾楼の船室に入って扉を閉めるとあたたかだった。部屋の左右と奥の壁にある板窓が閉じられているが暗くはなかった。窓の中ほどは四角にくりぬかれて、丸いガラスの板が並べてはめ込まれていた。次郎は板窓に近づいて珍しそうに指でかるく突っついて、

「ほう、この窓には瑠璃を丸い板にして並べてある」

「初めて見ました。障子や格子とはちがう、不思議な明かりですね」

「私も見たのは初めてです。これまで窓が開いていたので気づかなかった」

「アラビアデハ、イロンナ、ウツワニ、ルリガ、アリマス」

三人は椅子に腰かけた。部屋の隅に小さな竈があり土鍋がかけられ湯気が出ていた。萌黄色の頭巾をまいたアラビアの女がいた。横顔を瑠璃の窓明かりが照らしていた。

紫の布で髪をおおった女が煎じ茶を机の上に置かれた湯呑についでまわった。船がゆれた。女の体が次郎にふれた。やわらかい体が雨で濡れた次郎の右腕に伝わった。

「これは芦辺の茶葉ですね。ありがたい」と女を見た。

女に次郎の言葉は通じない。髪を布でおおっているが顔は出していた。青みがかった鳶色の目をしていた。ふせ目がちに次郎を見つめてほほえんだ。

「ジロウ、ニオイ、コビン、アリマスカ」とマンスールの声がした。

次郎はどきりとした。

「ありますが……」と恥じらいでこたえた。

「ソノ、オナゴノ、ニオイト、オナジデスカ」

次郎は、うろたえて、どぎまぎした。二人の女はどちらも同じようで、未だに見分けがつかないのだ。もう一人の萌黄色の頭巾の女が三人に白い綿布を手渡した。次郎は布を広げ雨で濡れている頭や顔を拭いた。

「私には、見分けがつきにくい」ともじもじしていた。

「フタリ、カミモ、メモ、イロ、チガウ」

黒崎兵衛が次郎のようすを見て口元を隠すように茶を飲んだ。

「ミタメ、チガウ、ココロ、イン、ヨウ」

「なんと、陰と陽とな、どちらが陰でどちらが陽です……」

「ハハ、ハ、ソレハ、ゴジブンデ……」

「陰と陽、それは別々には離せませんな」と黒崎兵衛が言った。

昼すぎて雨風に変化はなく小雨に外界は煙って見えていた。船団は高麗の本土に近く、天気がよければ右舷前方に珍島《ちんど》が見えているはずだが、遠くの海も空も同じ薄墨色に霞んでいた。まもなく前方に霞の中から大小たくさんの島影が見えてきた。兵衛が右手をかざして小雨をよけながら次郎に、

「あの多島の海を船団では通れません。それに、海賊の心配があります。もうしばらく、このまま進んで南西に変針します」

そう言って兵衛はマンスールにも身振り手振りで話していた。

マンスールは了解して主甲板にいる船長のイブヌルを呼んだ。船長は階段を上がってきてマンスールの前に直立した。マンスールは船長とアラビアの言葉で何やら話し合っていた。船長は了解したよ

うだ。

アラビアの女が手荷物をもって上甲板下の部屋に移された。船尾の旗竿に黄色い大きな旗が揚げられた。水夫に武器が配られた。短剣を持つ者と反りのふかい湾刀を持つ者、それに弓矢を持つ者がいるようだ。甲板に三機ある石弓の布おおいが取り除かれた。次郎も胴丸を着けた。

いくつもの島影はさらに近づき、切り立った断崖の岩肌や山の木々の緑が小雨をとおして見えていた。

「これまで近づいて浅瀬はないのか」と次郎が兵衛を見た。

「島の近くまで水深はありますが、まもなく転進するはずです」

戦闘準備がととのうと船は左舷に進路を変え始めた。三隻の交易船も同じように三角帆を入れ替えていた。どの船の船尾にも黄色い大きな旗がひるがえっていた。

船団は散在する島嶼群を少しずつ離れていった。仮想した海賊船は出てくる気配はなかった。しばらくすると左舷に小さな島が二つ近づいてきた。何事もなく、その島をやり過ごして船団は再度、北西に変針した。

「海賊は出ないようだな」

「そうですね。この先にまた、多島の海があります」

「海図では夕方に、その地点だな」

「それまで水夫を休ませては……」

「そうだな」

マンスールが船長に指示を出して戦闘準備は解除された。武器は仕舞われて甲板からは水夫の姿は消えていた。マンスールと船長を船尾楼に残して、次郎も兵衛も甲板下の船室に戻った。厨房では早めに夕餉の料理がはじまったようで、肉を焼くにおいや香辛料の匂いがただよってきた。次郎は床に横になっていた。同室の兵衛は眠ったのか、寝息が聞こえていた。

次郎は懐に手を入れて瑠璃の小瓶を取り出して眺めていた。部屋は薄暗かった。透明な小瓶は手のひらで暗く見えた。小瓶には赤い丸い蓋がついていた。次郎はまだそれを取ったことがなかったが小瓶の中の香油の匂いは鼻を近づけると香ってきた。

いつのまにか次郎は眠っていた。騒がしい物音や水夫たちのアラビア言葉がいきかって目がさめた。部屋に兵衛の姿はなかった。次郎は胸の小瓶を確かめて太刀を身につけて外に出た。胴丸を着ける余裕がなかった。水夫たちが兵器庫から刀や弓矢や鉾などの武器を手送りで上甲板に出している。次郎は込み合う階段を上っていった。

空は晴れ間が見えて、兵衛がいた。

「飯の用意もできぬうちに、海賊のお出迎えです」

水平線の近くに十艘ほど船がこちらに向かっている。まだ遠すぎて様子はわからないが横帆が西の追い風にはらんで船足は速い。

傾いた日差しに次郎は手をかざして、

「海賊の船だろうか……」

「まちがいありません」

アラビアの船は信号のラッパを互いに鳴らしている。晴れわたった海に透き通るような音色が響いていた。

「後ろの帆の風を抜くようだな」

「一列縦隊になるようですな」

次郎の乗る船が帆風を抜いた。左舷を並走していた大型のアラビア船がみるみる先に進んだ。続く二隻も速度を落としている。

「あの間にこの船を入れるのだな」

「そうですが、この船はもうこれ以上は西風に上れません」

すると先に進んだ大型のアラビア船が右舷に舵を切って次郎の乗る船の前に出てきた。後続の二隻のアラビアの船も同じように右舷に舵を切って次郎の乗る船の後ろにまわりこんだ。四隻の船は一列縦隊になって西風の上り角度ぎりぎりに帆をつめて進んだ。だが風が弱い。

「一列縦隊で突き抜けるのだな」

「先頭の船は海戦の装備があります」

次郎は船尾楼を見上げ、兵衛に、

「このままでは行き違うだけではないのか」

兵衛は烏帽子の顎紐を結びなおしながら、

「歓迎に出てきたわけではなし、何か、たくらみがあるはずですが……」

高麗の海賊の船団がだんだん近くに見えてきた。一艘に二十人ほどの海賊が乗っているようだ。横帆の一枚張りでその下に小さな船屋形が見える。

「敵は我々の右舷方向に展開するようだ」

「五艘が横並びで、それが二列になるようですな」

上甲板でアラビアの水夫たちと一緒に遠くの敵の様子を見ていた次郎と兵衛に、マンスールから船尾楼の甲板に来るようにとの伝言があった。

船尾楼に上るとマンスールはいつもの装いにアラビアの刀を下げていた。横の船長のイブヌルは銀色の兜に革の胸当を着け、上に白いマントを羽織っていた。イヌブルがアラビア語でマンスールに何やら話した。マンスールはうなずいて、次郎に言った。

「ハジマリマス、ワタシノソバニ、イテクダサイ」

「わかりました。アラビアの戦さぶりを拝見しましょう」

兵衛が前方を指さして、

「敵の右舷側の二艘が他より離れて前に出てきましたな」

「その後ろの二艘もそれに続くようだ」

そのとき、乾いた爆発音が立て続けに三発、海に響き渡った。

先頭の船が炸裂弾を発射したのだ。向かってくる海賊船に向けて威嚇の発射だった。高麗の海賊船のかなり前方で炸裂して、その付近の海面から白煙が風で流されている。

「南宋の震天雷だな。鬼界ヶ島からトカラの海で見たのと同じだ」

「そうですか、私は初めて見ました」

「海賊はひるむ様子がないな」

「賊の二艘は左右の間隔を開きましたが、船足は落とさず、向かってきます」

二艘の海賊船は先頭のアラビア船の両舷に分かれて通り過ぎようとしていた。そして、さらに、その後ろにもう二艘の海賊船が近づいていた。アラビア船から見て右舷に展開していた六艘の高麗の海賊船は右回りに縦列回頭し始めていた。こちらと並走する構えだ。先頭のアラビア船の前を、左右に分かれて行き違った海賊船が次郎の乗った船に近づいてきた。

「手を振っておりますな。やや、何やら叫んでおります」

「なんと言っておるのだろう……」

「たぶん、停船するように言っております。済州とは少し違う言葉です」

そのとき、前を走るアラビア船の船足がなぜか落ちて、後続船との距離が近くなった。マンスールは船長に指示をして帆風を抜いて距離をたもった。前の船からラッパの音がけたたましく鳴りだした。

「何が起きたのだ」

「先頭の船の舵板に障害物をからましたようです」

アラビア船は綱で結ばれた大きな樽を四個ほど引きずっていた。

「海賊が大樽を結んだ綱を流したのだな」

通り過ぎた二艘の海賊船は、すぐに回頭した。その後ろから続いていた海賊の二艘も次郎の乗る船の横を通り過ぎようとしていた。

「あの船も樽の綱を流したのでしょうな」

船足が落ちた先頭のアラビア船は風下に流され始めていた。マンスールは船長のイヌブルと手短に打ち合わせたあと、次郎たちに説明した。

「テイセンシマス。ニセキハ、ニガシマス」

次郎は、うなずき、兵衛を見て、

「我らは停船するようだ。戦支度がない二隻の交易船は逃すようだな」

「そのようですな」

マンスールの船からラッパが鳴った。停船の信号と、交易船二隻は離脱して独自に航海を続けて目的地に向かえとの信号だった。

樽のからまった船とマンスールの船と二隻のアラビア船は帆を降ろして静かな海に漂った。二隻の交易船は帆を入れ変えて南西に進路を変えて離れていく。海賊船は追うことはしない。同じ風でそれを追うには船足が違い過ぎる。

回頭した二艘の海賊船のうち一艘が先頭のアラビアの船に近づいて帆を降ろし、接舷した。降ろされた縄梯子をつたって海賊が数人上っていくのが見える。

次郎がマンスールと兵衛を見て、

「あの船には聖福寺の僧が二人おるので話し合うには都合がいいな」

「話はできても判断ができますか……」

「そうか、采配はマンスールでないと、できんでしょうな」

ほどなく、アラビア船から二人の聖福寺の僧と海賊が縄梯子を下りてきて海賊の船に移った。その海賊船は四丁の櫓を使ってマンスールの船に接舷した。

高麗の海賊船は総数十艘、接舷した船をのぞく九艘は風上に移動して二列の横隊で定位置をたもっていた。

僧二人と高麗の海賊が五人、マンスールの船に移ってきた。船尾楼に案内しようとしたが、海賊は拒否し上甲板での談合を要求した。マンスールとイヌブルは船尾楼から下りてきた。次郎と兵衛も続いた。

五人の海賊のうちでは一番の年長者が丁寧な挨拶のあと話し始めた。物腰がゆったりして身なりがいい。頭には、やわらかそうな絹の被り物を着け武器は持たずに日焼けした笑顔が精悍だった。

僧が通訳して、

「まず、我々は高麗の国の良民で、この海域の島々を高麗の王朝から安堵されております。この海の航行の安全を守るのは王命であり、船団を維持し兵や民を養わなければなりません。我々には徴税の役目があります」

マンスールには通訳されても意味がわからない。

次郎が代わりに話をつないで、

「それで、いかほどの帆別銭を払えと言うのですか」

僧が高麗の海賊に通訳すると、

「積み荷の一割だが二隻が逃げたので、残った積み荷の全部だと言っております」

「料簡違いだな。首が飛ばぬうちに早々に帰ったがよかろう」

僧はそのままの通訳をためらっていた。

年長の海賊が笑顔で、

「間もなく日が沈む、我らの慣れた海域は小島や浅瀬も多い。暗くなっては勝ち目はあるまい。我らには、まだ二十艘以上の戦船が待機している」

そのときマンスールが何やら言い残し、場を離れて船尾楼に駆け上がった。マンスールは前の僚船の船尾を見ている。マンスールの指示でラッパが鳴った。

上甲板で次郎のまわりにいた水夫が走りだし帆が上げられ始めた。前のアラビア船の船尾に手漕ぎの小舟が見えた。まとわりついていた大樽の綱を切りはなしたようだ。前のアラビア船が帆を上げ始めていた。

次郎は太刀を抜いて接舷していた高麗船の艫の舫い綱を切った。そして振り返って兵衛を見たとき、高麗船から繰り出した長柄の槍が次郎の右腿をつらぬいた。次郎はよれっとして海に真っ逆さまに落ちていった。兵衛が駆け寄ったが間に合わなかった。船尾楼の甲板からその様子を見ていたマンスールは弓と矢を取り階段を駆け下りた。駆け下りると言うより十段の階段を二歩で飛び降りた。船端の欄干に着くや矢をつがえて長柄の槍を持つ男に向けて放った。矢は男の喉元に深く突き刺さった。射られた男はゆっくり仰向けに倒れ両手で矢をつかんで悶えた。

高麗の船の前甲板では剣や鉾を持った海賊が十数人ひしめいて罵声をあげていたが、射られた矢を見てみんなうろたえ船屋形の中に我先に身を隠そうとした。

マンスールの横にいた兵衛が太刀を抜くや身を躍らせて海賊船に飛び降りた。飛び降りて転んだ。そこを一人の海賊が上段から切りつけた。兵衛は尻もちをついた格好でその一撃を受けた。また、べつの海賊が屋形から走り出たが兵衛には目もくれず舳先に走った。舳先に着くと剣を振りかぶって舫い綱を切ろうとした。

マンスールは矢を二本持っていたが残る一本をためらわず舳先の男に向けた。矢は男の後頭部に突き刺さった。男はつんのめって海に落ちていった。兵衛は床に左手をついたまま敵の足を狙って太刀を払った。海賊は足をひょいと引いてかわし、同時に兵衛の頭に上段からの二撃目を振り下ろした。兵衛は太刀を引き寄せ鍔元で受けたが左の肩から背中にズンと重い衝撃を受けた。

マンスールは弓を捨てアラビアの湾刀を振りかざし兵衛の横に飛び降りた。飛び降りざまに海賊の首を切り落とした。首のない体が血を吹き出して兵衛にかぶさってきた。アラビアの水夫たちが次々と高麗の船に飛び移って船屋形の中に突進した。左手には小さな盾を持って、右手には肉厚の短めの剣をかまえていた。

次郎は高麗の船尾から流れた艫綱をにぎっていた。波のまにまに顔を浮かせて戦の様子を見ていた。右足の槍傷から出血していたが気はしっかりしていた。重い甲冑をまとっていないのが幸いだった。

高麗の船はアラビア船に舳先を引っ張られていた。アラビア船はイヌブルの指示で、すでに帆を降ろして船足は止まっていた。

アラビアの水夫たちは先頭が数人斬られたが突撃する勢いはすさまじく、海賊たちは斬られ刺されてうずくまった。狭い船屋形の中でひしめく海賊たちは長剣や鉾は使いづらく一方的な殺戮がつづいた。

そのあいだにマンスールは艫綱をゆっくり引いて次郎を左舷の船べりに引き寄せた。アラビアの水夫が三人、海に浸かって次郎を持ち上げ、高麗の船に引き上げられた。

マンスールが髭の間から白い歯を見せて、

「マニアッテ、ヨカッタデス」

次郎は礼の言葉をかえす機会もなく屈強な水夫の肩に担がれてアラビア船に運び上げられた。帆が上げられた。舳先の舫い綱を切られた高麗の船は静かに遠ざかっていった。

アラビア船に残っていた五人の海賊は綱で腰を縛められて階段の陰にひと塊にされていた。次郎は甲板下の部屋に運ばれ槍傷の治療をうけた。

船は徐々に速度を上げていたが風は変わらず弱かった。停船して待っていた僚船のアラビア船も帆を上げていた。大型の交易船だが船荷は少なく海戦の装備があり、水夫のほかに兵士が百人ほど乗っていた。船は互いにラッパで信号をかわしていた。

高麗の海賊船は風上から並走していたが戦を仕掛けることはなかった。先を走るアラビア船から震天雷が三発打ち出され高麗の海賊船の前で炸裂した。大きな音がほぼ同時に耳をつんざいた。

マンスールは高麗の海賊の前にいた。五人の海賊は腰を縛られて数珠つなぎになって、ひざまずいていた。

マンスールが海賊の頭目に、

「イクサ、オワッタ、ウミ、ノガレナサイ」

聖福寺の僧が高麗の言葉で通訳した。年長の頭目がこたえた。

「老人は泳げないと言っております」

「カイゾク、オヨゲナイ、デスカ」

僧はしばらく海賊とやり取りして、

「頭目は西に広がる海にもその先の渤海にも多少の心得があると言っています」

「ニシノウミ、ソノサキ、ウミ、シッテイルノデスネ」

マンスールは了解して海賊の頭目はそのまま残ることになった。ほかの海賊は船を離れて解放されるが、腰縄を解かれた五人は頭目と何やら話している。

前を走るアラビアの船から震天雷が発射された。今度は三発が間を置いて炸裂した。五人の海賊は驚いたが、まだ話は続いていた。

イヌブルが部下を五人従えてやって来た。海賊の背後でアラビアの湾刀をさらりと抜いた。刃先で一人の肩を軽く二度たたいた。海賊は振り向いた。肩の刀を見て、それからイヌブルに頭を上下してうなずいた。海賊たちは年老いた頭目に丁寧に頭を下げ、四人がばらばらに足から海に飛び込んだ。

聖福寺の僧がとなりの同僚の僧に、

「高麗の人は、頭目に一緒に行こうと説得したのでしょうね」

「しかし、部下がたくさん死んで獲物は何もないですから……」

「海賊の頭目は死ぬ気ですね」

海賊の船団はしばらく並走していたが徐々に距離が開いた。日が海に沈んで鱗雲が赤く染まるころ、小さく見える船団の帆は一斉に進路を北に変え消えていった。

マンスールは鬼室福信と名乗る海賊の頭目を客人として処遇した。船内での行動に制約はなかったが、その後ろにアラビアの兵士が二人ついていた。マンスールは次郎の部屋に下りていった。海賊の頭目がついてきていた。

部屋の扉は開いていた。次郎は笑顔で迎えたが横になったままだった。聖福寺の僧が二人いて無言で次郎の太腿を治療していた。

兵衛も横になっていたが体を起こして挨拶した。兵衛は腹巻を着けていたので左肩の切り傷は軽傷だった。

次郎は素っ裸で仰向けに寝かされ、首から下は白い布がかけられて、右足の太腿から下を出していた。傷口を湯で洗い、僧が練り薬を塗ろうとしていた。

それを見てマンスールが、

「マッテクダサイ、アラビアノ、イシャガイマス」

アラビアの医者はすでにマンスールの後ろから髭の顔で部屋の中をのぞいていた。男の助手が手提げの木箱を持っている。

鬼室福信と名乗る海賊の頭目はマンスールに従って甲板を下りたが、自分にそぐわない場所だと思い、部屋に入らずに甲板へと上っていった。アラビアの兵士二人がその後についていた。それに合わすように聖福寺の二人の僧も皆に挨拶して出ていった。

アラビアの医者は次郎の右足の傷の前に腰をおろした。マンスールは次郎の左横に胡坐をかいて坐った。兵衛は少し離れて胡坐をかいていた。部屋の扉は開いたままだが少年の従卒が二人、外を向いて立っていた。

マンスールが次郎の手を取って、

「アラビア、ヤリカタ、チリョウシマス」

「そうですか、お願いします」

アラビアの医者は、槍が突き通ってできた太腿の傷口を入口と出口、丹念に診ながら、助手に薬品や治療器具の用意をさせた。医者は短いアラビアの矢を一本取りだして白い布をゆるめに巻いた。鏃を残して矢羽は切り取ってあった。

矢は白い布の棒になった。

その棒に透明の薬品をたっぷり湿らせた。透明な瓶を少しずつ傾けて薬品をかけた。次郎は珍しげに見ていた。初めて嗅ぐ匂いだが不快ではなかった。医者の指示で助手が次郎の口に手拭いのような布を噛ませようとしたが、次郎は、いぶかしい顔をして口を開けない。

「シッカリ、カメバ」とマンスールが次郎の顔を見た。

「武士がこれしきのこと」と次郎は天井を見て目を閉じた。

「ソウデスカ……、ソウデスネ」と、マンスールはアラビアの医者にうなずいた。

アラビアの医者が白い棒の鏃を傷口に少し差し込んだ。血が流れた。みんな息を殺したように見つめ、静かだった。鏃は傷口にゆっくり入り白い棒が赤く染まった。医者は腕の力を込めて棒をさらに押し込もうとした。いきなり次郎の声がした。

「ぐぅう、い、ぎゃあ~っ、わあぁぁあぁ」と叫んだ。

アラビアの医者は手をとめた。マンスールを見た。

マンスールは短く従卒に何か言い付けた。従卒の一人が走った。

すぐにアラビアの女が二人やって来た。マンスールに言われるまま、一人がマンスールと場所を代わって次郎の左手を両手につつんだ。もう一人は白い布で次郎の額の汗をかるくぬぐった。次郎は二人の女を交互に見て、しかと天井を見すえた。マンスールが笑顔で医者を見てうなずいた。医者はもう一度、白い布の棒を傷の中にぐいぐいと差し込んだ。棒が押し込まれた。抜き通った白い棒は赤黒く染まって太腿の内側から出てきた。目を閉じた次郎は動かなかった。


星がまたたいていた。マンスールが甲板に上がってきた。さっぱりした笑顔で兵衛たちを見て近づいてきた。アラビアの衛兵が姿勢を正していた。

兵衛が立ち上がって、

「次郎殿の様子はどうですか」

「チリョウ、オワリマシタ、イマ、ネムッテイマス」

「しかし、何とも痛そうな治療でした」

「イマ、ドノアタリ、ハシリマスカ」とマンスールが腰をおろした。

「高麗の最南端、珍島の沖七十五里を山東半島の威海に向かっています」

「兵衛殿は、そのように詳しく位置がわかるのですね」

聖福寺の僧の一人が言った。

マンスールの従卒が夕食と水を運んできた。五人は物陰を背に座りなおした。

鬼室福信は僧を見据えて、

「なぜ敵の頭目を虜囚とせず客人なみに……、これはアラビアの流儀ですか」

「それは、わかりませんが、お人柄に信義でこたえたのではありませんか」

「恨みに報いるに徳を以てす、と言います」

もう一人の僧が話をついだ。

「これは中国の古い言葉ですが……、老子と孔子とでは解釈が違いますね。無為を為し無事を事とし無味を味わう。小なるを大とし少なきを多とし怨みに報ゆるに徳を以てす。とさらに続きます」

兵衛が不満げに、

「そのような、たわごと、一族をかけて殺し合うものには通じませんぞ。負けをみとめ犬のように従うか、妻や子まで道連れに滅びるまで戦うかしかありません」

「しかし、みな殺され、妻子が辱めをうけては守ったことにはなりますまい」

話を聞いていた兵衛が承服せず、

「だが、死ぬる気概がなくて戦えますか、敵は恐れるから尊敬もできる」

「しかし、倭は敵味方互いに許してひとつの日本になったのではありませんか」

「たしかに国は一つになりましたが、戦乱は続き争いは尽きませんな」

「そうですね……」と、聖福寺の僧は手にしたナンを見つめていた。

すると、話を聞いていたマンスールが片言交じりで、たどたどしく話したが、なにを言っているのかわからない。

聖福寺の僧が、かいつまんで、

「大地をうめる敵が町を次々と襲い、家は焼かれ男は炙り食われ女は逃げ惑い犯される。そのとき、庶民や兵に将や宰相に、そして君主には、それぞれに、になう役割が違う、と言っておるようです」

もう一人の僧が、

「誰も死にたくも殺したくもないのに……」

「敵味方の違う正義が、互いを殺し合う」

「生存をかけて奪い合う、殺し合う」

二人の僧がつづける。

「それは、人間が、所有し、蓄えるようになってからですね」

「米でも、物でも、土地でも、人でも、兵でも、武器でも、際限がない」

「ちかごろは銭がでまわり所有と蓄えが、さらに容易になりました」

「銭は人を従わせる支配の道具にもなるが、それでは争いは絶えませんね」

マンスールは首にかけたアテナの銀貨を手にのせて見つめていた。

マンスールは車座での夕食を終えると甲板下に下りて次郎の部屋をたずねた。次郎は眠っていた。二人のアラビアの女がそばに坐っていた。部屋はととのえられて先ほどの荒治療のあとは残っていなかった。

小さな小窓から新鮮な潮風と穏やかな波の音が入っていた。一人の女は扇子を次郎に向けゆるやかな風を送っていた。マンスールはアラビアの女に何やら話した。女はほほえみながら、それに応えて自分たちの部屋に戻っていった。兵衛は次郎をのぞきマンスールに振り返って、

「眠っていますね」と小声で言った。

「モウ、アンシン……」とこたえた。

それから少しの間、マンスールは座って様子を見ていたが、兵衛を残して船尾楼の自分の部屋に帰っていった。

別行動をとっていた二隻の僚船とふたたび出会ったのは夜が明けてまもない日の出前だった。兵衛が目覚めて甲板に出ると船尾楼の手すりにマンスールが見えた。船尾楼に上がると聖福寺の二人の僧もいた。

「いい朝ですね、輸送船が見えます」

「都合よく出会えてなによりですね」

「夜明け前、船影は確かめていました」

「ジロウ、ドウシテイマス」

「まだ眠っています」

「次郎殿は部屋に一人ですか」と僧の一人が尋ねた。

「いやいや、アラビアのおなごが二人、明け方から詰めております」

ラッパが鳴った。合流した四隻は一列縦隊になろうとしていた。船が接近すると水夫たちの動きが見えてきた。双方から大声でアラビア語が行き交った。

先頭が大型の戦闘艦、つづいてマンスールの乗る旗艦、それから大型の輸送船二隻が航跡を重ねていった。右舷の海は朝日がまぶしくて、遠くの幾つかの島が黒く見えていた。左舷は水平線まで澄み渡り、うねりもなく波はおだやかだった。風は北よりの西風で二枚の大きな三角帆は右舷に引き込まれていた。

兵衛が遠くをながめて、

「このまま順調にいけば二日ほどで威海に着きますね」

「風がこれ以上、北に振れなければいいですね」と僧の一人が言った。

「それにしても、先に別れた二隻と都合よく出会えましたな」

「高麗の海賊の頭目が進路の助言をしてくれたようです」

風にめぐまれ、マンスールの船団は二日後の朝、威海の入口にある劉公島《りゅうこうとう》が見える海域に到達した。

金国の軍船、二隻に先導されていた。

港には桟橋があったが大型船の係留はできない。案内される場所に四隻のアラビア船はそれぞれ碇を入れた。入り江は西に深くて、陸は平地が遠く広がり、北は大きな高い山がせまっていた。入り江の東側は劉公島が波風を防いで海はおだやかだった。


硫黄や木材、刀剣などの積荷を降ろすのに二日かかった。多くの艀が陸とアラビアの船の間を行き交って、夜明けから日没まで日のあるうちは休むことはなかった。陸では人力の荷車がそれらの貨物を運ぶ長い行列ができていた。

山裾に大きな建物が建っている。ほかにも木立に隠れ家屋の屋根がいくつか見える。軍旗のような旗が時折はためいているので軍が駐留しているようだが姿は見えなかった。荷下ろしの様子を身なりの整った役人が見回っている。

夜が明けて朝日が出て、まもなく積み荷の作業がはじめられた。はじめに大量の宋銭が二隻の輸送船に運ばれた。人力の荷車が続いていた。陸には金の軍隊が警戒しているようで軍旗が距離をおいてはためいていた。

宋銭の積み込みはいぜん続いていたが、夕日が西の陸地に傾くころ一艘の艀がマンスールの船に横付けした。

藁の筵の下に隠すように小さな木箱がいくつも乗せられていた。水夫のほか兵卒が五人乗っていたが、身なりのいい軍人が一人でマンスールの船に上がってきた。聖福寺の僧が二人で出迎えてマンスールの船室に案内した。

金の軍人は楊耐庵と名のり、私事である相談への配慮に感謝した後、すぐに本題に入った。聖福寺の僧が通訳した。

「私は金王朝に忠誠を誓う軍人ですが、祖先は代々北宋に仕えておりました。さらにそのまた先祖は北漢の将軍でありました」

「ソウデスカ……」

「代々、我が一族に伝わる黄金を受け取っていただきたい」

「オウゴン……、ナニ、ノゾミデス」

「日本に所領が欲しいのです。一族が帰化し暮らせる、よるべが望みです」

「ワタシ、イスラム、ソノ、ノゾミ、ムリ、ムリ……」

楊耐庵は両手を合わせて祈るように、

「南宋の貴人の家族や高僧は大勢が五畿内や鎌倉に移り住んでいると聞きます」

聖福寺の僧が付け足すように、

「博多や坊津には宋の商人が町をつくっていますが……」とマンスールを見た。

「シカシ、アナタ、グンジン」

「もとより、私と妻子は残ります。ただ他の一族は逃したい」

「ナゼ、ジブン、クニ、マモラナイ」

「クニ、国とは何でしょう……、私には、わからないが一族は守りたい」

聖福寺の僧が言葉をおぎなうように、

「そうですね、貴国は国の主権が代わるたびに王朝が代わります。まして、異民族に国土や民を支配され言葉や日々の風習まで変われば、なにが国かと……」

楊耐庵は聖福寺の僧に通訳され、我が意をえたように、

「我が一族は、五代最後の後周から禅譲を受けた宋王朝を守る忠臣《ちゅうしん》楊一族《よういちぞく》が起源です。それが今では宋を南に追った異民族、金の王朝の軍人として南宋に敵対しております。そしてまた金国は乱れ北方の勢力に怯える毎日、すでに金王朝の存続がおぼつかない、何をもって祖国と言いましょうや」と、息もつかずに話した。

マンスールは通訳の言葉を聞いて、しんみりとした表情になった。言葉のすべては解せなくとも意味は理解したようだった。

「ワカリマス、シカシ、ワタシハ、イスラムノ、ショウニン」

聖福寺の僧が口をはさんだ。

「拙僧たちが栄西禅師様にお頼みいたしてみます」

楊耐庵が聖福寺の僧をみつめて涙ぐんだ。

「ありがたいです」

「しかし、金塊をこのたびは預かることができません。お望みが、かなえられるときに楊家の皆さんがご持参ください」

しかし、そのとき楊耐庵の金塊はすでにマンスールの船に積み込まれていた。手桶ほどの大きさで

頑丈そうな木箱が数十個、甲板に重ねられ、さらに同じ木箱を重そうに運び込んでいた。

　日が変わって早朝から引き続きイスラムの輸送船に、たくさんの艀が行き来して物資の積み込みがなされていた。高麗の海賊の頭目が兵衛と甲板からその様子を見ていた。

　兵衛が海賊の頭目に、

「昨日から焼き物をたくさん積んでおるようですね」

　頭目は、輸送船に積み込まれる薦包みや木箱をながめて、

「赤みをおびた青や緑は瑠璃のごとく、瓶子や碗、盤など形もうつくしい器を作る産地が金国の領域にあります」

「銅銭、焼き物、石炭が積み終わると、絹などの織物や書画が運ばれて、いよいよ船出ですね」

「そうですね、威海に着いてから、はや五日が過ぎたのですね」

「天気に恵まれ荷作業が助かりました」

「しかし、天気は下り坂、雲が出て雨になっても、風さえよければ問題ないが……」

「頭目は何か、気がかりなことでも……」

「なぜか、わかりませんが、この航海、胸騒ぎがするのです」

　威海を出て二日目の朝だった。雨は降らなかったが星の見えない夜が明けはじめ、暗い船のまわり

が段々に明るくなった。帆柱を見上げると空は見渡す限りの桃色の霧につつまれていた。先ほどまで闇だった前方に僚船の影が桃色の霧にかすんでいる。後方には輸送船が二隻、三角の帆影をゆったりと膨らませて続いていた。うねりも波もなく、ゆるやかな風が流れていた。

海賊の頭目、鬼室福信は上甲板を後ろ手に少し前かがみの姿勢で歩いていた。すぐ後ろをイスラムの衛兵が二人ついてきていた。鬼室福信は立ち止まって風上の方角を見つめていた。手すりに身を寄せて耳を澄ますようにしていた。風の音も波の音もなく静かだった。そこに、聖福寺の僧が二人やって来た。

「おだやかな朝ですね。海も空もない、一面の白い桃色、うつくしいですね」

「そうですね。何も見えない、うつくしい桃色の光だけです」

「それに、なにも音がないのは、うつくしいのですね」

中央の屋形の扉が開いてマンスールが出てきた。甲板下から来たようで二人のイスラムの女がついてきていた。兵衛の顔も見えた。

近づいたマンスールに僧の一人が、

「おだやかな朝でございます」

「ウツクシイヒカリ、フタリ、ミセヨウト、オモイマス」

「ほんとに、珍しい光景です」

「ジロウハ、ネテイマス、マダ、ウゴケナイ」

風が変わるのか三角帆に裏風が入って孕みが緩んだ。すぐ、また元に戻るときにバタンと音がした。

水夫たちの声がした。帆綱を引いて風に合わせていた。

兵衛が鬼室福信に近づいて、ささやいた。

「威海を出るとき、なにか、胸騒ぎがすると、言っておられたが……」

鬼室福信は西の方を見つめて、

「金の国は思ったより乱れておる。軍が逃げ腰では、はかりごとはもれる」

聖福寺の僧が話にくわわり、

「皇帝は文人との親交を楽しみ、詩文、書画に明るく、ご自分でも書を多くされ温厚な人柄として知られます。ただし、国内には華美な風潮が広まって争いも多いと……」

鬼室福信が、

「あの国には、よい鉄は釘にしない、よい人間は兵にならない、という諺があります」

「それでは、武人に立つ瀬はありませんな、は、は」

マンスールの従卒が二人、朝食のナンと果物、それに飲み水を運んできた。みんな、その場に座って食べ始めた。

甲板下の次郎の部屋では、アラビアの女が一人で次郎の世話をしていた。次郎は床に座っていた。投げ出した右足には白い布が巻かれ添え木がしてあった。女がナンを千切って次郎の口元に運んだ。次郎は、それを手で取ろうとした。女は顔を左右に振ってほほえんだ。次郎は口を少し開けた。ナンが口の中に入ってきた。何度もそれがつづいた。

女は黄色い果物の皮を手でむいた。新鮮な香りがただよった。実の子袋をほぐして取り分け、さらに薄皮を爪で引き裂いて中の果肉を取りだして次郎の口に運んだ。次郎は口を開けた。女がにっこり笑った。

ラッパが鳴った。何度も鳴った。信号を僚船に送っているようだ。やり取りのラッパがくりかえされた。甲板が騒がしくなった。兵士や水夫がどかどかと下りてきて武器を運び出し始めた。

兵衛が下りてきた。

「船影が四つ、味方ではないようですな」

「私に気づかいは無用です」

兵衛は弓と矢を持って、丁寧な挨拶をして出ていった。次郎の部屋はアラビアの女が二人になっていた。小窓は閉められ扉は中から閂がされて明かりはなく暗かった。船団は戦闘準備ができたようで、船は以前のように静かになっていた。弱い西風で揺れもなく船は進んでいた。

扉をかるく叩く音がした。次郎が開けるように女にうながした。女が扉を開けると鬼室福信の顔が見えた。

「おう、頭目どの、お入りください」

次郎はハリのある声でこたえた。

福信は次郎の横に片膝を突いて腰を落とした。イスラムの衛兵が二人部屋の中に入ってきた。二人は部屋の隅に立ったまま顔も動かさずに直立していた。

「船戦になります。敵は南宋の戦艦四隻、風がない、苦戦します」

「そうですか、南宋の船が……、琉球では味方でした」

「今日は敵です。積み荷を、大量な宋銭が、いや最後に積み込んだ金塊が狙いかもしれません」

「得物をお持ちでないようだが……」

「それはいい、ただ次郎殿の顔が見たく……」

「私は、今は役立たずの体、この太刀をお使いください」

「とんでもない、ただ挨拶がしたくて……」

「船では太刀より、この方が使いやすい」

次郎はそう言って寸延短刀を腰から外して鬼室福信に押し付けた。

「そうですか、それではお言葉にあまえて、使わせてもらいます」


ラッパの音が聞こえていた。甲板の上が騒がしくなった。人の走る音が伝わってくる。福信は部屋を出て甲板に上がっていった。空はすっかり晴れて青空が広がり高い雲が浮かんでいた。

アラビアの貨物船二隻が進路を東に変えて戦列を離れた。先頭を走る戦艦とマンスールの旗艦は、そのまま南東を向いていた。南宋の戦艦四隻は進路を保持してしばらく並走していたが、後ろの二隻が変進してアラビアの貨物船の後を追いはじめた。敵味方二隻ずつになって並んで走る戦闘艦は互いに、矢や火器の応酬がないまま進んだ。南宋の二隻の戦艦がイスラムの戦艦とマンスールが乗る船に接舷しようとしていた。

船尾楼の甲板で兵衛がマンスールに、

「敵は停船の勧告も宣戦の表意もないままの戦闘行為ですな」

「ナンソウ、タタカイ、ワカリマス」

マンスールが船長のイヌブルに何やら話した。聞き終えたイヌブルは了解してラッパ手に直接指示を出した。ラッパが鳴った。イヌブルの副官が船尾楼の甲板から上甲板に向かって大声を出した。それを受けた水夫が同じ言葉を叫ぶように大声で復唱した。

先頭のアラビアの戦艦が左回頭を始めた。マンスールの船がそれに続いた。船首の先に東に逃げる二隻のアラビアの貨物船が見えてきた。その後ろを南宋の二隻の戦艦が追っている。

アラビアの戦艦は、貨物船を追う南宋の戦艦に衝突するように接近して進路の前を通過した。マンスールの船は二隻目の南宋の戦艦の舳先に触れそうになってすれ違った。

その間にマンスールたちアラビアの戦闘艦からは数発の震天雷が発射され、無数の火矢を降り注ぎ、燃える油の火玉が次々と南宋の戦艦に飛び込んでいった。南宋の二隻の戦艦は風が追手のため、開いた帆が前方の視界を遮り思うように戦えなかった。

南宋の戦艦は二隻とも帆に火がついて燃え上がっていた。船の上は燃える帆が落ちてきて、消火作業は混乱して戦闘どころではなかった。マンスール側の被害はほとんどなかった。先に脱出していたアラビアの輸送船二隻の黒い影は朝日に向かってゆったりと遠ざかっていた。

兵衛に聖福寺の僧が、

「うまくいきましたね」

「三角帆がこれほど急な回頭ができるとは思いませんでした」

マンスールたちの船は旋回をつづけ北西の方角になると帆を絞り込んで舵を戻し、しばらく直進に進んだ。後を追っていた南宋の二隻の戦艦は横帆に向かい風を受けて、ゆらゆらと揺れていた。

その時だった。東の方角から震天雷の炸裂する音が二発、さらに二発轟いた。

「敵は待ち伏せをしておったようですね」

「朝日がまぶしくて見えませんが、戦艦が三隻、と小型の帆船が三艘か……」

ラッパが鳴った、何度も鳴って、マンスールたちは右に旋回して東の戦場にいそいだ。先ほど向かい風で、もたもたしていた二隻の南宋の戦艦が追風を受けて右舷すぐ横に迫っていた。

近すぎて炸裂弾は使えない。互いに矢を撃ち、鉾や槍を投げ合い接近した。戦艦どうしは、ほぼ同じ大きさだがマンスールの船は一回り小さく南宋の戦艦がかぶさってくるように見えた。

「舳先の碇を落とすようですぞ」と兵衛が叫んだ。

南宋の戦艦がマンスールの船の船首にかぶさって、上から大きな碇を船首甲板に落とした。碇は太い丸太を丁の字に組んで、それに大きな石材が結わえてあった。落差がないのでゴトンと鈍い音がした。碇綱が二隻の船首どうしの距離を固定した。

追風を受け南宋の戦艦は舵を使って船尾を寄せてきた。二隻は音をたてて接舷して南宋の戦艦から兵士が飛び込んでくる。それをイスラムの兵士が槍で突くのが見える。鉤のついた綱を宋の兵士が投げ込もうとしている。その兵士をマンスールが弓で射る。マンスールの船では剣戟の音が飛び交い、宋の兵士が絶え間なく乗り込んでくる。

船の船尾は船幅が絞られている。つまり中央の船腹は互いに接舷していても船尾は離れている。その船尾が風の影響で周期的に近づく。鬼室福信はそれに気づいていた。

高い船べりから、ひしめく敵兵が恐れを吐き出すように奇声を上げて次々に飛び込んでくる。それをイスラムの兵が槍で突くが倒れた上から人の群れが重なって怒涛のようになだれこんでくる。ついに槍では間合いが取れなくなり、剣で打ち合う食い込むような音と叫びが、唸るように聞こえていた。船尾楼の甲板でマンスールと兵衛が弓で矢を放つが、この勢いには意味がなかった。聖福寺の二人の僧とアラビアの船長と護衛の兵とは目の前の上甲板で繰り広げられる光景に見入っているばかりだ。宋船の船尾楼にも人がいるが誰もが敵味方入り乱れて斬りあう修羅場に目が釘付けになっているようだった。

鬼室福信に付き添う二人のアラビアの衛兵は本人の保護を言いつかり、行動は一切お構いなしとの指示を受けている。福信は先ほど次郎からもらい受けた寸延短刀を腰に幾重にも巻いた縄に差していた。宋船の船尾が近づいてきた。

福信は手すりを用心して乗り越えた。こちらの船尾楼の甲板は南宋の戦艦の後部上甲板より少し高いが、飛び降りるのに難はなかった。宋船の甲板に下りた。目の前に船尾楼に上る階段がある。その下をくぐり抜けると操舵室がある。

扉は観音開きに大きく開いていた。扉の前方に離れて衛兵が五人ほどいるが眼下の白兵戦に耳目を注いでいた。そっと操舵室の入口に歩いていった。操舵室には朝日が横から差し込んで二人いる舵取りの顔が見える。そのとき、衛兵の一人が福信に気づいて顔を向けた。目が会ったが逆光で敵兵の表情はわからない。福信は落ち着いて無表情にうなずいてみせた。敵兵も軽くうなずいて元の姿勢に戻った。

アラビアの二人の衛兵が福信の行動に気づいたときには宋船の船尾は離れていた。次に近づくまで動きは取れなかった。

舵棒は水夫が二人がかりで左舷側に押していた。福信は舵取りの前を横切りながら、南宋の言葉で、

「舵の効きがたりぬ、もっと押せ」と厳しく言った。

そう言って舵取り二人の後ろから梶棒を一緒に押した。三人は声をひとつに力を合わせた。体が触れ合い舵取りの着古した衣服から汗のにおいが鼻をついていた。寸延短刀を静かに抜いた。

刃を斜めに背後からに左胸に深く差し込んだ。男は低くうめいて崩れ落ちた。前の舵取りが異変に気づいた。男は目を見開いて福信の顔を見て自分の脇腹から光る刀に目を移した。さらに押し込まれる刃を身をよじってかわし梶棒から離れた。よろめきながら前のめりに倒れた。声を出し逃げようと起き上がろうともがいた。外の衛兵は戦の音に注意がいって気づかなかった。福信は梶棒を右舷の方向に押すが動かない。肩を入れて体ごと押すが大きな梶棒はびくとも動かなかった。

南宋の戦艦は風に押されてマンスールの船に船尾が接近していた。すぐにアラビアの衛兵二人が宋船に飛び移った。南宋の五人の衛兵がそれに気づいて斬りあいが始まった。アラビアの衛兵二人はおされ左舷の船べりに追い詰められたが、マンスールと兵衛の弓が立て続けに唸って、すぐに五人の南宋の兵は矢で射倒された。アラビアの二人の衛兵は傷ついていたが舵取り場に駆けつけた。

南宋の大きな戦艦が離れ始めた。梶棒が動いたようだ。離れていく船べりから後ろを押されて落水する南宋の兵が憐れな声を出している。南宋の兵は自分たちの船が離れていくのに気づかないようだ。船はみるみる離れていくが船首は碇綱で結ばれているので南宋の戦艦は北を向いた。風が左舷から吹き込んで、ゆっくり前進してアラビア船を左舷に押すようになる。そのあいだに戦場は様相が変わっていた。南宋兵の増援が止まりアラビア兵はすぐに体勢を立てなおした。形勢が入れ替わり南宋兵が殺されずに逃るには海に飛び込むしかない。武器を捨て投降する兵も多かった。

南宋の戦艦から投げ込まれていた碇に固定された石材の綱が切られた。軽くなった丸太の碇を船から投棄した。南宋の戦艦は西を向いて裏帆になっていた。南宋の戦艦から解放されてマンスールの船は東に動き始めた。西を向いてほとんど止まっている南宋の戦艦と右舷同士ですれ違おうとしていた。

マンスールは南宋の戦艦の舵取り場の様子を身を乗り出して見ていた。船長や衛兵が敵の矢を恐れてマンスールに注意するが聞かなかった。舵取り場は西を向いて暗くて様子がわからなかったが、近くの南宋の兵隊がみんな舵取り場の方を向いて構えているのは、いまだに鬼室福信とアラビアの衛兵が舵を確保しているようだった。

船長がマンスールに何やら了解を求めるように向きなおった。目と目が合った。震天雷を飛ばす用意ができたらしい。兵衛が上甲板を見ると三台の投石機に震天雷が設置され横に火縄を持った兵がこちらを向いて指示を待っている。

南宋の戦艦の裏風が入った帆に向けて発射の準備を完了していた。

みんなの目がマンスールを見た。いま震天雷が南宋の船に打ち込まれて帆に当たって落下して炸裂すれば上甲板は蜂の巣をつついたようになる。マンスールは船長を見て顔を横に振っている。船長は、なおも何やら話すがマンスールは、きっぱり拒否したようだ。

南宋の戦艦では弩弓を持った兵隊が十人ほどやって来て舵取り場に向かって整列した。号令が聞こえて矢が放たれた。すぐに剣を持った兵隊が舵取り場になだれ込んだ。南宋の戦艦と行き交うマンスールの目の前でそれは行われていた。舵取り場の三人は引きずり出され海に投げ込まれた。マンスールは振り返ってしばらく見ていたが針路を南東に向けるように指示を出した。

南宋の戦艦はマンスールの船の後を追いはじめていた。前方の彼方には南宋の戦艦とアラビアの戦艦が火箭や震天雷を打ちかけ合いながら進んでいるのが見える。

そして、そのはるか先には待ち伏せにあったイスラムの二隻の輸送船が南宋の戦艦三隻と小舟からなる船団の攻撃を受けていた。マンスールは先ほどの戦闘での被害を見るために上甲板に船長をつれて下りていった。

兵衛が一人つぶやくように、

「あの距離なら打ち損じはない、甲板に満載の敵兵は弾き飛んでいたでしょうに」

聖福寺の僧が、

「なぜ、マンスールは震天雷を打ち込まなかったのか、げせません」

兵衛は空を見上げるように、

「鬼室福信をしずかに逝かせてやった、のではありませんか」

後方を見ていたもう一人の僧が、

「やや、南宋の戦艦が左へ転進しますぞ」

「風が南に変わりますな、横帆の船では向かい風の限界です」と兵衛が言った。

「反転して落水者を救うようです」

「風が出てきた。海が荒れますな」

前方の彼方に南宋の戦艦とアラビアの戦艦が見えていた。南宋の戦艦は南の風を右舷に受け東に進路を変えようとしていた。アラビアの戦艦は南東へ、二隻の輸送船の救出に三角帆を鋭く立てていた。

マンスールの船もその後を全速で走った。雨が降りだした。風はさらに強くなった。

マンスールが船尾楼に戻ってきた。

「ジロウ、ダイジョウブ」

兵衛は会釈して、

「傷ついた宋兵がかなりいるようですが」

「ミンナ、ウミニ、ステマス」

聖福寺の僧が表情のない眼差しで、

「これからまだ、戦があります、仕方ありませんね」

兵衛が抗議するように、

「何を言う、あれほどの大勢の宋人を、この時化た海に、そのような無体な」

「博多には連れていけません。このたびの密事がもれ一大事となりましょう」

上甲板では、すでに宋兵の処分が始まっていた。二人一組のアラビア兵が動けない捕虜の手と足を持って次々と運んでくる。それを船べりから海に放り投げていた。動ける捕虜は手足を数珠つなぎにされ、いくつかの塊になって、うずくまっていた。抜き身の剣を持った大勢のアラビア兵が監視している。

兵衛の声が大きくなって、

「しかし、南宋と博多は昔から、よしみが深いではありませんか」

「戦ですぞ、いくさに情をはさむと誤りましょう」

もう一人の僧が、

「あくまでもアラビア海商の単独交易、博多は預かり知らぬことです」

話を耳にしていたマンスールが、

「ヒョウエ、ワカリマス、ヤメマス」

白い布を巻いた頭が兵衛を見つめて何度も大きくうなずいた。そして、船長に何やら話した。船長は了解して階段を駆け下りた。それより先マンスールが上甲板に向かって大声を出していた。気づいた兵隊が船尾楼の方を一斉に見た。マンスールがもう一度叫んだ。海に放り込まれようとしていた宋兵が甲板の床に降ろされた。

「どうするのですか」と聖福寺の僧が尋ねた。

「ワタシ、カンガエ、アリマス」

マンスールが船の進行方向を見た。雨が強く見通しは良くないが、三角帆のアラビアの戦艦が風上に鋭く切り込んで白波を引いているのが見える。そのすぐ先にアラビアの輸送船が二隻、宋の船に待ち伏せされて襲われている。

アラビアの輸送船の一隻はすでに南宋の戦艦に捕捉されていた。鉄の鉤のついた綱がいくつもから め捕るように投げられ敵味方の二隻は舷を接して南東の方向に流されるように進んでいた。南宋の小型の舟が三艘いるが、みんな帆を降ろして手漕ぎの八丁の櫓を使って近くを遊弋《ゆうよく》していた。

もう一隻のアラビアの輸送船は南東の方角に自力で逃げ切っていた。ほかに二隻の南宋の戦艦がいたが遠く東に霞んで見える。

結ばれた敵味方二隻の間に、後ろからアラビアの戦艦が突っ込んでいった。二隻をつないでいた綱がいくつか切れてアラビアの戦艦は二隻の間に挟まって止まった。衝撃に大勢の兵士が一斉に前につんのめって倒れた。三角帆が引き込まれていたので船の損傷は軽微だった。すぐに戦いは始まったが互いに強襲することはしない。雨が強くて火器は使えない。弓の応酬と小競り合いが続いていた。

マンスールの船が近づいて減速した。助けられた宋の捕虜たちが南宋の小舟に向かって一斉に大声を出した。南宋の小舟が近づいてきた。聖福寺の僧が交渉して二人が乗りこんだ。マンスールの船からはラッパが鳴りだした。小舟は二人を南宋の戦艦に運んだ。間もなくして南宋の船から銅鑼の音が聞こえてきた。戦はやんだ。

南宋の戦艦にからめられたアラビアの輸送船、そのあいだに突っ込んでいたアラビアの戦艦が一塊になって南の風に流れていた。休戦が成立して戦いはない。アラビア船の三角帆は風をとらえていたが南宋の船は横帆が向かい風を受けてはためいていた。

マンスールの船は南の風に押されてアラビアの輸送船へ容易に接舷した。すぐに二人のアラビア人が縄梯子を登り、船長に事態の説明をした。船長は了解して、マンスールの船にいた南宋の捕虜たちを乗船させた。間をおかずにマンスールの船が離れた。

アラビアの輸送船で役目を終えた二人の船乗りは、隣のアラビアの戦艦に移動して、こんどは戦艦の船長にマンスールの言い付けを伝えた。

戦艦の船長は了解した。ただちにアラビアの輸送船の乗組員がアラビアの戦艦にぞくぞくと移動し始めた。すると、それが完了するのを待っていたように南宋の戦艦に動きが見られた。百人ほどの南宋兵や水夫が人のいなくなったアラビアの輸送船にアラビアの戦艦をつたって移動しはじめた。

決死で突入したアラビア戦艦は湧き上がるように殺気立っている。その海兵の前を武装した南宋の兵が整然とアラビアの輸送船の押収に向かっている。マンスールの船はその様子を近くから左舷まわりで巧みに操船しながらながめていた。

マンスールが兵衛に、

「ウマク、イキソウ」

「緊張しますな、いま一人でも斬りかかれば混戦になります」

「ハハ、ムスリム、ヘイ、ダイジョウブ」

「よく統制がとれておりますな、まるで傀儡人形のようじゃ」

「ムスリム、ヘイ、ココロアル」

「やや、これは失礼つかまつった。ただ私情をおさえ勇猛だと……」

からまっていた三隻の船が離れていく、まず南宋に捕獲されたイスラムの輸送船が離れて先に進んだ。黄色いアラビアの旗印が降ろされ、代わって赤い吹き流しが風になびき船は進路を東にとって北にまわる。続いてイスラムの戦艦が離れて南東にゆっくり進んだ。

風を抜いて漂う南宋の戦艦で、役目を終えた二人の聖福寺の僧が南宋の小舟に移乗しようとしている。太い綱で編まれた目の粗い網をつたって降りようとするが、うねりに波が荒くて容易ではない。小舟の舷側が戦艦の大きな船腹に打ちつけられて大きな音がしてすぐに離れる。右へ左へと揺れる小舟の帆柱が戦艦の索具にからみそうになる。

「あれでは無理ですな、小舟がこわれる」

兵衛は網につかまって波をかぶっている二人の僧を見ている。マンスールは先ほどから遠くの海を見ていた。

「マダ、テキハ、サンセキ」

兵衛も目を遠くの海に移して、

「時が経つほど、我らは不利ですな」

この場での一連のこころみはマンスールの思惑のとおりに進んでいたが、南宋の戦艦はいまだ三隻が迫っていた。南の風を上り角度いっぱいに東よりに進んでいた二隻の南宋の戦艦が折り返して近づいていていた。もう一隻はマンスールの船と接舷して戦った南宋の戦艦で西南西に進んでいたが、今は南の風を右舷から受けて全速で接近していた。

こちらの状況はわからないだろう。接触すれば戦を挑んでくるのは間違いない。二人の僧が小舟に移るのを断念したようで甲板に戻って大声でこちらに何やら、二人で声を合わせて叫んでいた。

「我らは、残る、先に行ってくれ」

二人の僧は声を合わせて何度も叫んだ。兵衛が身を乗り出して何度も頭を大きく上下して頷いた。振り返ってマンスールを見た。

マンスールが叫んだ。

「ヒョウエ、ツタエル、クダサイ、ウゲンニ、ウツル、ハヤク」

マンスールの言葉が意外だったが、すぐに理解した。

「船を風上にまわし、南宋の船尾に着けるのですな」

目を細めた顔に雨が降りかかっている。雨のしずくを右手の甲でぬぐった。

兵衛は二人の僧に向かって右舷に行くように叫んだ。何度も叫ぶが風上に叫んでも声は届かなかった。兵衛は身振り手振りに方法を変え叫んだ。そのあいだにマンスールは船長に指示を出していた。上甲板に大勢いるアラビアの兵士はみんな同じ表情で手に汗をにぎって兵衛の様子を見ていた。

マンスールの船が南宋の戦艦の後ろにまわりこんだ。南宋の左舷後尾から舳先を近づけたが風が強い。風を抜こうとすれば三角帆の帆げたが戦艦に接触しそうになった。舳先が戦艦の船尾に強く打ちつけられて船が振動する。船長が上甲板に向かって叫び水夫は総がかりで複雑な帆さばきに物狂っていた。

マンスールの船は波間に漂う戦艦に接触したまま風に押されて進んでいく、兵衛は船尾楼を駆け下りて船首の方に移動していた。二人の僧は左舷にまだ見えない。船首の甲板は船腹よりも反り上がっているので南宋の戦艦の上甲板の様子がよく見えていた。

マンスールの船の舳先が戦艦の船腹を過ぎてから二人の僧の姿が見えた。南宋兵の黒い軍装の群れの中に白いアラビアの衣装をなびかせた二人が兵衛の方に駆けてくる。二人が船端にたどり着いたときには舳先が前方にかなり進んでいた。飛び降りるには高低差が十尺ほどあったが手すりに足をかけ、そのまま二人は同時に転げ込んできた。アラビアの兵士たちが抱きかかえ歓声のようなどよめきがあがった。すぐにアラビア船は南宋の戦艦から離れていった。

マンスールと兵衛は上甲板を下りて次郎のいる部屋にいた。二人の僧も一緒だった。部屋には次郎が背もたれに体をゆだねて座っていた。マンスールは胡坐を崩して片膝をたてて茶を口に運んだ。アラビアの女が盆に湯呑をのせて、もう一人が、次郎の正面に座っている二人の僧に熱い湯呑を手渡した。

兵衛が茶を一口飲んで、

「それにしても、禅僧がイスラムの白い衣装をまとって駆けるのはいいですな」

「いやはや、大陸の国々の様相は複雑怪奇ですな」

「それは、我が国の鎌倉と朝廷、それにまつわる豪族や武士団の様相も同じでしょう」

そのとき、ラッパが鳴った。

「わが戦艦と輸送船に合流するようですな」

兵衛が立ち上がろうとしたが、

「アト、ハカタ、ムカウダケ、センチョウ、マカセマショウ」

「そうですか、では、茶をもう一杯」と言って座りなおした。

アラビアの女が茶を注いでまわり、熟れた桃が丸ごと皿に盛られてきた。


夕餉のあとマンスールは船尾楼の甲板にいた。雨は降っていなかったが夕日は薄雲の中に赤く見えていた。船尾楼の甲板に見張りの水夫が数人いるだけで上甲板を見下ろしても人の姿は見えなかった。みんな甲板下の船室で泥のように眠っているのだろう。風は西に変わっていた。南からのうねりはまだ残っていたが波は静かだった。

前を走る僚船の帆影が赤くゆれて、その先は夕霧で見えないが高麗の国がある。今朝、戦った絶体絶命の苦戦が頭をよぎった。高麗の海賊……

「キシツフクシン」とつぶやいてみた。


きのうの夕暮れ、玄界島の西からマンスールのアラビア船は博多津に入っていた。三隻は袖の湊の外に投錨して、朝になってマンスールと次郎、兵衛それに二人の僧は艀で袖の湊から聖福寺におもむいた。

二人の僧は庫裏に出向き、三人は塔頭の庭に面した一室にくつろいだ。庭石の隅に山吹色の花が二輪、朝日に光っていた。

兵衛が、

「板輿は総門まで、それからは自分の足と杖で難儀でしたな」

「いや、そろそろ歩きたかったので……」

マンスールが縁側から庭を見て、

「キイロノ、ハナ、キレイデス」

「めずらしい山吹色の花ですな」

「そうですか、私の里、彦山の麓にはこの時期に咲きますよ」

「なんという名前の花ですか」

「忘れ草、とか言っておりました」

小坊主がふたり、茶を運んできた。

「めずらしい花ですな」

「はい、禅庭花ともうします」

もう一人が、

「花びらは六枚、朝に開くと夕方にはしぼんでしまう、一日花です」

正午の鐘を聞いてしばらくすると、入港と積み荷の手続を終えた二人の僧が部屋にやって来た。年長の僧侶と壮年の武士が一緒だった。挨拶をかわしたあと、すぐに打ち解け話を始めた。

「栄西禅師は、京に上っておいでとは残念です」

「南都北陵からの禅宗への非難を釈明するためですが……」

「鎌倉のご意向にそって聖福寺は造営されておりますのに……」

「朝廷も間に立ってご心痛なことでござりましょう」

「興禅護国論も執筆が完了し、ご持参なさりました」

マンスールは黙って聞いていた。

兵衛が、

「このたびの一件は栄西禅師さまじきじき、マンスール殿にご依頼されたもの……」

年長の僧があわてて、

「いや、いや、私どもには何も知らされておりませんので……」

兵衛はなおも、

「船一隻分の積み荷を奪われて、面目もありません」

「比叡山も奈良も高野山も仏の教えより、関心事は兵の増強にあるようで……」

兵衛は年長の僧を窺いながら、

「宋銭は交易船二隻に半分ずつ積んでおりましたので、九万貫ほどは……」

「坂東の鎌倉は北国を平定し、四国に九州もほぼ収まり……」

兵衛はマンスールを見て、

「しゃべり過ぎました」

「ハイ、カミアッテ、ナイ、ハハ、ハ」

年長の僧が次郎を見て、

「お怪我をなさったそうで、お加減はいかがですか」

「はい、おかげさまで、順調です。すぐに杖もいりません」

「そうですか、それは、よかった。博多には名医もおります。できれば、寺に逗留なさって養生されるがよろしかろうと存じます」

「ありがとうございます」

さらに、年長の僧はマンスールに対して、

「マンスール殿、このたびのお勤め心から感謝しております」と深々と頭を下げた。同伴していた壮年の武士も同じように頭を下げていた。

二人が退出すると部屋に日が差し込んできた。次郎は縁側に出て大きく背伸びをした。曇っていた空が青く高かった。しばらくして、湯屋の用意ができたのでみんなして航海の疲れを落とそうということになった。

湯船は五人が一度にゆっくり浸かることができた。湯釜で沸かした湯が大きな青竹の節を抜いた導管から流れ込んでいた。長湯してほてった体を水をかぶり、さましては湯船につかった。部屋に戻ると少し早めだが夕餉の膳が整えられていた。


あくる朝、東の空が白むころ船を出した。北の風だった。思いっきり能古島の北端に近づいて右舷の志賀島に折り返し、暗礁の白波を見ながら風上の玄界島に向け舵を切った。さらに風が右舷真横になる地点で船を西に向けて博多津を出た。

僚船の戦艦と輸送船は袖の湊の近くに停泊したままだった。マンスールのアラビア船は一隻だけで、出たばかりの朝日を背に壱岐島をめざしていた。

「イキハ、ショウゴ、スギマスネ」

「風が東にふれるようです。昼前に着くかもしれませんな」

「ヒョウエ、カゼ、ヨクワカル、ナゼ」

「雲の動きや空の色、いや、風の匂いか、いや、わかりませんな、ただ感じるのです」

「ヒョウエ、コノフネ、スキカ」

「船が好きか、妙なことを言う。船乗りは船が好きに決まっておる」

舳先が波がしらを打つ音がして飛沫が上がるのが見えた。霧のようになった潮が船尾楼まで飛んでマンスールの顔を濡らした。

「ナニ、スキカ」

兵衛は顔を右の手のひらで拭って、

「何がち言われても……、向かい風の上りがいい。舵の効きがいい。片舷に十ずつも櫂を漕ぐ仕組みがあって風がなくとも走れる。時化にも強い。それに形が美しい」

「ヒョウエ、コノフネ、センドウ、ナル」

兵衛は真意がわからずマンスールを見た。

「この船には船長のイヌブルがおるが……」

「イヌブル、ミンナ、アラビア、カエル」

「えっ、それで、わし一人で船頭になっても船は動くまい」

「コノフネ、タメトモサマ、タメトモサマ、ヨロコブ」

「なんと、この船を八郎様に献上するとな、それで、わしが船頭にな。それは、おもしろい、それで、マンスール殿はいかがする」

マンスールは少し、ためらって、

「ワタシ、アシベ、チカ、ムコニナル」

「なんと、そのようなこと、できるものか、頭がおかしい」


マンスールと兵衛は玄界島の沖にそそり立つ島の断崖を見上げていた。海鳥の糞で白くなった岩肌に朝日が当たっている。朝日は博多の方から昇って、遠く西の山脈がみるみる明るくなった。北風が心地いい、波の静かな海だった。

上甲板の屋形から二人の僧が出てきた。船長のイヌブルも一緒だ。甲板下の船室にいる次郎の治療を終えたようだ。

三人が船尾楼の甲板に上がってきた。

「ジロウ、グアイ、ドウデス」

「あまり良くありません。血の混じった汁が出ております」

「きのう歩いたのがいけませんな」

「それと、食べすぎたのが、いけません」

「陸で食べる久しぶりの料理でしたからな」

風が変わりはじめたようだ。北からの風が東に変わっていた。上甲板に向けてイヌブルが大きな声を出している。甲板員が帆綱をゆるめて船の傾きがなくなった。船はうねりに乗り、ゆっくり上下して朝日を背に西に向かっている。

兵衛がマンスールを見た。

「イヌブルとは壱岐でお別れですな」

「ソウ、リュウキュウ、イッテ、ミンナ、アラビア、カエリマス」

「琉球にいるマンスールの船団を率いてイヌブルは地の果てに帰るのか」

「アラビア、チノハテ、チガウ、ニシモ、キタモ、リク、アル」

「ほう、そうですか、北には十字軍のフランクがおるが、西にも陸がな」

「ソコカラ、ミル、ココ、チノハテ」

「イスラムはアラビアから十字軍を追い出して長い戦は終わったのですな」

「ソウデス、エルサレム、トリモドシタ、イクサ、モウナイ」

「それで、爆弾になる硫黄をアラビアに送る仕事はなくなったのですな」

「ソウ、ソレニ、サラディーン、シンダ」

「そうか十字軍との戦いに勝って、そのあとアラビアの国王はみまかられた」

「ソウ、サラディーン、シンダ、ワタシ、シュジン、モウイナイ」

アラビア船は順調に航海して正午前には芦辺の浦に入った。マンスールは壱岐のなだらかな丘陵を見ていた。夏の日差しに輝く木々が帰りを迎えるように思えた。八丁立ての船が先導して浦の中ほどに投錨した。艀に乗り換えて上陸した。西文慶と娘のチカたちが栈橋で出迎え、マンスールの一行はそのまま為朝のいる月読神社に向かった。次郎に天蓋のない牛車が用意されていた。西文慶とチカは後ほど月読神社に出向くことになる。

マンスールと次郎と兵衛それに二人の僧は月読神社に着くと為朝のもとに出向いた。部屋には為朝が一人で待っていた。

為朝がマンスールを見て、

「このたびは大儀な仕事をご苦労であった」

「イエ、モウシワケ、アリマセン、ツミニ、ハンブン」

「それよりも部下の死傷者が多かったな」

「ジロウノ、ケガ、モウシワケナク……」

「それは武士の不覚であろう、幸い治る傷でなによりである」

次郎はうなだれるように頭を下げ、

「マンスールと兵衛が身をもって助けてくれました」

聖福寺の僧が、

「南宋の軍船に襲われ、絡め捕られ、あわやと思いましたが」

「あのときは観念いたしましたな」

「コマノ、カイゾクガ、ミガワリニ、ナリマシタ」

為朝が身を乗り出すようにして、

「ほう、高麗の海賊とな……」

次郎と兵衛が代わる代わるに、高麗の海賊との出会いから帰路での南宋船とのいきさつを説明したが、語り口がもどかしく、二人の話は行ったり来たりしていた。

次郎が背筋を伸ばして、

「兵衛の話は、はがゆい、先に進まぬ、ついに南宋の兵がなだれ込んで」

「次郎殿は船倉に寝ておったが……」

次郎が兵衛をにらみつけ、

「そのとき、接舷しておった南宋の船が離れまして乗り込んでいた敵兵は後が続かず孤立し、形勢が逆転しました」

兵衛が話のあとをついで、

「高麗の海賊の鬼室福信が宋船に飛び移って舵取りを殺して、アラビアの兵が二人、鬼室福信に続いて飛び移り」


そのとき、芦辺の西文慶と娘のチカが部屋に入ってきた。二人は為朝に挨拶して、みんなとも挨拶をかわして席にくわわった。

聖福寺の僧が為朝に、

「鬼室福信は百済が滅びますとき最後の将軍の名前です」

もう一人の僧が、
「海賊の頭目は五百五十年ものあいだ子子孫孫同じ名前を受け継いでおったようです」
「われらは百済の末裔で日本人と同じ倭の民だと申しておりました」
為朝は西文慶とチカの方を見て、
「いままで、このたびの航海のあらましを聞いておったところだ」
チカがはしゃぐように、
「それは、おもしろそうでございますね」
為朝がぽつりとつぶやくように、
「そういえば、清和天皇から出た源氏にも百済からの家があったな、平氏の祖は恒武天皇の血を引くというが新羅からの家もあったと聞いておる」
マンスールが思いついたように、
「ムカシ、アラビアカラ、フネデイッテ、ヘイケ、ナッタハナシ、アリマス」
聖福寺の二人の僧が話をおぎなうように、
「イスラムが起こるころ大食《タージ》から逃れた拝火教《はいかきょう》徒《と》が唐から新羅を通って奈良の斑鳩に移り住んだようです」
「国が亡ぶとき民族の移動がおきれば、海からも来たのでしょう」
「ヘイケハ、ウミ、コウエキ、スルヒト」
「宮島の厳島神社は聖方位の向きに建てられておるそうです」

「飛鳥の斑鳩には今も奇異な遺跡がのこり、宮城は聖方位に造営されておったそうです」

「ペルシャ、シリウス、ホシ、シンコウ、ト、オナジデス」

チカが膝をにじりながら、

「月読神社は、そのシリウスの星とかかわりがあるのでしょうか」

聖福寺の僧が、

「ただ、聖徳太子が斑鳩で月読命を崇拝されていたと……」

もう一人の僧が話をついで、

「古事記には、イザナギの命が黄泉の国から帰られたとき、筑紫の日向橘の小戸の阿波岐原で禊祓され、左の目を洗われたとき天照大神、右目を洗われたとき月読命、鼻を洗われたときスサノオの命がお生まれになった、とあります」

「は、は、人の祖先のことも国の起源も、何が本当やらわかりませんな」西文慶が言った。

「そうですね、同じ事実でも人によって見方はちがいますし」僧がこたえた。

「見え方が違うのは仕方ないが、都合よく作ったのもあるようで」もう一人の僧が言った。

「国の成り立ち氏の出自は、今があるための根拠ですから」兵衛が言った。

「うそも三回聞けば、作り話も三世代語り継げば」次郎が言った。

「ウソがホントに、いずれ辻褄が合わずとも百年後では、ですな」西文慶が話をしめくくった。

部屋の障子戸が開いて女宮司が顔をのぞかせた。為朝が顔をほころばせ部屋はしずまった。簡単な昼餉を用意いたしました、と両手をついて頭を下げた。和らいだざわめきが起きて縁側からの海風が通り抜けた。

巫女が次々と部屋に入り脚付き膳を、為朝、西文慶とチカ、マンスールと次郎、兵衛それに聖福寺の二人の僧の前に運んだ。大きめの椀の中にはニラ粥がたっぷりつがれて、黒ごま、塩昆布が小皿にそえてあった。配膳が終わると女宮司は挨拶をして退出した。

為朝が箸をとって、

「これは、うまそうな」と、手に持った椀の湯気の匂いをかいでいた。

次郎がニラ粥にお辞儀するように、

「朝をとっておりませんので、ありがたい」

マンスールが為朝を向いて、

「グウジハ、トモニ、タベマセンカ」

「そうだな、おなごは人前で物を食べぬな、京ではな」

兵衛がチカをちらりと見て、

「こちらでは男女、共に食べますな」

「アラビアデモ、オンナハ、ヒトマエデハ、タベマセン」

チカがそっと箸をおいて、目を落とした。

それを見た為朝が、

「チカ、ここは京ではない、わしは若いころから九州を駆け回っておったが女も男も一緒に食べ飲んでおった。それが愉快であった」

次郎がつられるように、

「そうです。私もアラビアのおなごと夫婦になっても、みんなで共に食べます」

兵衛がすかさず、

「次郎殿、それは婚姻のお披露目ですな」

次郎はうろたえ為朝を見て、

「こ、これは、話が後先になりまして、急なことで何がなにやら……」

「何の話だ、アラビアのおなごが、いかがしたのだ」

「いえまだ、お許しがあってのことで……」


ここで、兵衛が事のいきさつを次郎に代わって掻い摘んで為朝に話した。

聞いていた為朝がなごむような顔で、

「そうか、それは、よい話だ、めでたいことが続くものだな」

「そうですね、彦山では行忠様が定秀様の姫様と結婚され豊後に移られ大友の郎党にくわわり、戸次惟唯殿は平戸に行かれて二の姫に婿入りされ松浦を名のるのですね」

聖福寺の僧が付けたすように、

「おかげで、豊後もおさまり、これで筑前もおさまります」

「それで今、栄西禅師は比叡山から朝廷へ出された禅宗停止の意向に対処しておられます」

西文慶が沈んだ面持ちで、

「禅師は鎌倉の時代になって、世の和平につくしておられますが、平戸松浦党が鎌倉の地頭になって壱岐をもその支配に置く気配がありますので」

兵衛がなだめるように、

「親方様、平戸に行かれた惟唯様は今でも八郎為朝様の郎党でございます」

次郎が為朝を見て、

「平戸の惟唯殿が壱岐に戦を仕掛けることは考えられませんが、武藤資頼は筑前、豊前、肥前、対馬の守護として、壱岐におられる御方の存在は気がかりでしょうね」

「わしは伊豆の大島でとっくに死んだことになっておるが、ここに居ることになれば栄西禅師の苦労がふえるな」


女宮司が部屋に入ってきて、為朝の横に座った。為朝の額に汗が浮いていた。宮司が懐紙を取りだしてそれをおさえ為朝は顔を向けた。部屋はしずまって、みなが為朝の言葉を待つようであった。遠くでセミの声が聞こえていた。

「みなも存じているとおり、宮司は京に戻ることになった」

西文慶がしみじみと、

「西の家は昔から月読神社とはゆかりの深いあいだがら、それが途絶えると思えば……」

聖福寺の僧がさとり顔で、

「世の流れは人知の及ぶところではありません。流れを見さだめ違わぬよう、行雲流水、日々是好日ともうします。さからえば滅びましょう」

「栄西禅師は京で比叡山からの禅宗停止を翻意すべく朝廷に願いをしておいでです」

為朝が話を受けるようにして、

「それで、マンスールたちがこのたび運んできた宋銭を京へ届けねばならぬ」

「ツミニノ、ハンブンハ、ウバワレテ、タリマセン」

「不足分は為朝が預かっておる宋銭をもってする」

「ツミニハ、ゼンブ、ハカタデ、オロシマシタ、ソウセンモ」

聖福寺の僧が説明するように、

「丁国安殿が数日中に宋銭を積んで芦辺にまいります。それに為朝様の分を積み込み、為朝様と月読の宮司それに、お付の人々にお乗りいただきます。船は二隻でもう一隻には南宋や琉球からの品々が積まれて護衛の鎌倉武士が百人ほど乗り組みます。壱岐を出て若狭をめざし、五日から七日ほどで敦賀に入ります。この地で荷を渡せば我らの任はそこまで、朝廷からつかわされた武士たちが月読の皆様の案内と護衛を引き継ぎます」

もう一人の僧が代わるように、

「敦賀からは塩津街道を深坂、沓掛を経て琵琶湖、塩津浜に至り、それから大津まで船でまいります。博多の船を鎌倉の御用船とすれば瀬戸内を通ることもできますが、このたびは、南宋の交易船の装いをしてまいります」

懸命に聞いていたマンスールが、

「タメトモサマハ、アラビアノフネデ、イイデスカ、ワタシモ、イキタイ」
「そうか、それは、おもしろいな」
「はい、それでは船は三隻になります」

第六章　気ままな海へ

三隻の船は壱岐の芦辺浦を夜明けに出て、一昼夜ほぼ西寄りの安定した風にめぐまれ北東に進み続けていた。長門の低い山脈が出て間もない朝日に照らされて青々と右舷に連なっている。

近くに手漕ぎの舟が釣り糸を垂らして漁師がこちらを珍しげに見ている。大きな三角帆を二枚張ったアラビア船は初めて目にするのだろう。船尾楼の甲板に為朝がいた。

横にいる兵衛が、

「それにしても、マンスールとイヌブルたちとの別れは心打ちました。別れの宴もせず、ろくに言葉も交わさず、でしたが彼らの万感の思いが伝わりました。いつもの航海計画のようにアラビアに向けて行きました」

「そうだな……」

白い二枚の三角帆に朝日が照っていた。為朝は目を細めてその前を走る南宋の交易船を見ていた。

「それで、次郎殿はアラビア女のどっちを嫁にしたのでございますか」

「それは、匂い瓶と同じ香りのおなごだと聞いておる」

「どちらでしょう」

「どちらであろうな」

為朝の乗るアラビア船はマンスールが為朝に献上したものだった。船頭は兵衛で操船するのは壱岐の水夫たちが二十人ほどだった。

武士は為朝に従う者から十人ほど、それに鬼界ヶ島で為朝の配下にくわえた琉球の部将三人と兵十二人がいた。それら武士二十五人は豊前から為朝に従っている添田の行文がたばねていた。行文は次郎とは同郷で年下の幼なじみであった。

その行文がやって来た。従者が籠を下げている。

「朝餉をお持ちしました」

「ありがたい、やや、朝粥かと思うたが……」と兵衛が言った。

「はい、アラビア人がおりますので……」

為朝がナンを手にして、

「そうだったな、料理人と医者は居残っておった」

「そうです、マンスールが気がかりでアラビアには帰らないそうで」

「ところが、マンスールは今ごろ壱岐の芦辺でチカ様と朝粥ですな」

「おかげで我らは、小麦粉を練って薄く焼いたアラビアの朝餉です」

兵衛がナンを頬張って、

「次郎殿はアラビアのオナゴとやはり朝粥でしょうな」

「鳶色の眼差しがすずしげな、おなごですね」

「おお、そちらの、ほうであったか、そうかそうか、それがいい」

行文が、いぶかしげに、

「兵衛殿なぜ、それがいいので……」

「いや、そう思っておったまでのこと」

それから為朝たちの船旅は何事もなく二度目の朝がすぎ、西寄りの風も変わらず海の景色も変わらずに、前の日と同じように、さしあたりすることもない日が過ぎて、強い日差しが西の海にかたむいていた。

東の彼方に島が小さく見えていた。夕日に浮かぶ島は段々と大きくなって日が沈むころには山や木々も赤く光って見えた。船の中ほどにある屋形から数人の女人が出てしずしずと船尾楼のほうに近づいてきた。

行文が為朝に、

「月読の宮司様がおみえになります」

「おお、まいられたな」

「何度も、お招きしたのに、やっと……」

「壱岐を出てはじめてだな」

「お迎えに行ってまいります」

行文の後を兵衛の黒い影が追っている。夕日が沈み始め風が変わろうとしていた。船頭たちが帆綱を引きしぼった。船がゆれ行文が女宮司の手をとった。五人の若い巫女たちの甲高い声が小さく聞こえた。

為朝の横にだまって西の空をみている女宮司に兵衛が、

「もう少し早ければ沈む夕日を眺められましたのですが……」

「それは……、でも、日が沈んでの空の明かりも何ともうつくしいですね」

「そうですね、空の青が遠くまで澄んで雲は鮮やかに輝いて……」

遠くを鳥がひとつ飛んでいた。

為朝が空から顔を戻して、

「島が近いな」

黒々とした島影が左舷に迫っていた。波の音が聞こえるほどではないが島に打ち寄せ波が闇の中に白く見える。

「右の奥に隠岐島、その手前が中ノ島、その隣に西ノ島……」

「もひとつ重なって見える、こちらにも島があるようだが……」

「はい、たしか、知夫里島《ちぶりしま》とか申します」

「さようか、隠岐の国はいくつもの島でできておるのだな」

「はい、作物の育ちよく牛馬すこやか、冬あたたかく夏は涼しい、のどかな島といいます。いにしえより、高貴な罪びとが遠流されたそうですね」

「そのようだな」

為朝はむかし流された伊豆の大島が頭に浮かんでいた。

為朝が、ふと思いついたように、

「わしは、むかし保元の乱で敗れ、後白河帝に伊豆の大島に流された」

「ほんに、後鳥羽上皇さまは後白河さまの、お孫様であられますなぁ……」

「それが今、わしは後鳥羽上皇の許へ十八万貫もの宋銭を運んでおる。奇怪なことだ」

「栄西禅師さまのお頼みでしょうから、世のためになるのでございましょう」

「そうだろうな、朝廷は都や南都の復興の財源に絹や米では間にあわぬ」

「私にはむつかしいことですが、宋銭の普及は朝廷がおさめる律令の仕組みをそこないますなぁ……、けれど、博多には大量の宋銭が持ち込まれて国中にひろまり、今では食べ物でも着物でも、人手さえも集めることが……」

「そのようだな、それが鎌倉のねらいであろう」

「えっ、宋銭は博多の聖福寺が……、栄西禅師様が……」

「朝廷が十八万貫もの宋銭を流通させれば市井に活気が出るであろうが、その采配は鎌倉が握ることになる」

「栄西禅師様がそのような、はかりごと……」

「南宋から逃れてきた高僧にも財貨のながれに明るい者がいるようだ」

上甲板から兵衛が叫ぶ声がする。進路の調整をしているようだ。操舵室から甲板の水夫に帆綱の引きが強すぎると言っている。

「芦辺の海人もアラビアの船には手こずるようじゃな」

左舷の方に漁を終えて帰路をいそぐ戻り舟の影がゆらいでいた。

「あ、そうそう、話は変わりますが、朝廷では後鳥羽上皇さまが勅撰和歌集の編纂をご命じになるようでございます」

「さようか、わしには心得のないことじゃ」

「そうでしょうか」

「そうだな、詠み人知らずもいいな」

「何か浮かびましたか」

「うむ……、夕まぐれ島もおぼろに雨にくれ、ではどうじゃ」

「隠岐の島をうたったのですね。でも雨は降っておりませぬが……」

「そうか、もうすぐ降るはずじゃ」と言って右手の甲で瞼をぬぐった。

女の宮司がほほえみながら下の句を、

「先行く小舟ひとかげはるか……、もひとつ、人影見えず櫓のきしみかな」

「うむ、どちらがよいであろうな」

月が出ていた。女がつぶやくように、

「物思ひてながむる頃の月の色にいかばかりなるあはれそむらん。西行法師です」

為朝がそれに続けて、

「ながむとて花にもいたくなれぬれば散る別れこそ悲しかりけれ」

「こちらも、西行法師の詠まれたお歌なのですね」

「西行法師すなわち佐藤義清は平清盛とは同い年、ともに北面の武士であったな」

「西行法師さまはその後、女院さまとはお会いにならず……、ですが私はいやです」

「わしも、同じだが、いたしかたあるまい」

「いえ、かないます。いっしょに京にまいりましょう。栄西さまがなぜ巨万の宋銭を運ぶお願いをされたのかおわかりでしょうに……」


それから一昼夜がすぎて、船が敦賀の深い入り江にさしかかり、日は西の海にかたむいていた。終日おだやかな航海であった。

行文が浮かれるように、

「右手の山の頂が赤く輝いております」

兵衛が目を細め輝く山を見て、

「手前の山は栄螺《さざえ》が岳、その奥は西方が岳です。岩山で草木が生えず岩肌が雨風にさらされ白くなっております」

「夕焼けの色が映ってうつくしい。この岬の奥が敦賀ですね」

「そうです、今日は入り江に碇を入れて明日から荷を揚げます」

「せっかく、ここまで来て、陸に上がってみたいですね」

「そうですね、残念ながらこたび我らは船にとどまります」

「護衛の聖福寺船からは兵が半分ほど上陸するのですね」

「はい、場所の確認と警護に当たります」

西方が岳の方から煙が立ち昇って東にゆっくり流れ夕日に赤く染まった。

「狼煙ですな」

「聖福寺の兵は鎌倉から差し向けられた豪の者たちだそうですが」

「こたびは朝廷からは北面の軍兵が警護に遣わされておるそうです」

「なぜか、我らは敵地に出向くようで、おかしなことです」

「北面の武士も鎌倉も共に朝廷の軍勢でありますのに」


船が岬をまわると、海に沈もうとしていた夕日が山に隠れるように落ちて、三隻の船は入り江の奥に舳先を北に向けて次々と碇を入れた。しばらくすると陸から二艘の船が漕ぎ出して聖福寺船に接舷した。そこに大勢の兵が太い網目の梯子を伝って流れ落ちるように手早く乗りこむと陸に向けて動き出した。

兵衛がその様子を見ながら、

「一艘に三十ほどの武者が得物を持って音も立てずに見事な動きだ」

「よく鍛錬された坂東の精鋭でしょうね」

為朝が入り江の奥を見ながら、

「朝廷の武士たちの本隊はあの丘の上、金ヶ崎城におるようだな」

「はい、あの城は昔、平通盛が木曾勢との戦いに備えて築いたのでございますね」

「そうか、源平合戦はもう、昔のことだな」

二艘の船がしだいに暗くなる入り江の奥に消えるころ、船着き場のあたりに二つ三つ、かがりが焚かれた。それが五つ六つと増えて辺りを照らしはじめると大勢の人影が動いていた。

月は出ていなかった。三隻の船は雲の合間に星はちらちら光っているが船の上は急に暗く感じられた。それでも、ほどなく目が慣れてくると船の甲板での動きに差しさわりはなかった。

船尾楼の甲板に天幕がはられた。中に厚い敷物が広げられ、明るい灯台が中ほどに置かれた。人を迎える準備がなされていた。天幕が整うまで為朝は船尾楼の船室に扉を開け椅子に座って女宮司と巫女たちに囲まれるように茶を手にしていた。

南宋の交易船に灯りがともり、一人櫓の小舟が降ろされていた。小舟に人影が乗り込んで、そこにも灯りがともされこちらへ動き出した。

兵衛がやって来て、

「南宋の船から小舟がまいります」

「そうか……」

それを聞いた女宮司は、うれしそうに外を窺うようにした。

ほどなく丁国安と妻のタエは、蒸しなおして熱々の粽《ちまき》を山盛りにした籠をいくつも運んできた。皆のよろこぶ歓声が聞こえた。

天幕の中はなごんだ話がつづいていた。そこに外を警固していた行文が従卒を従えて、あわてた様子で入ってきた。

「二艘の船がまいりまして、朝廷の使いだと申されるおん方が……」

兵衛が茶を飲みかけ、

「な、なんと、それではまるで、勅使ではないか、それがなぜここに」

「それが、そのぅ……、源氏の御大将にお目通りしたいと……、申されて……」

「なんと唐突な、そのような……、な、なぜ、もっと早く知らせぬのですか」

「それが、まさか思いもよらず、いや、申し訳ございません」

為朝が笑いながら、

「わしは伊豆の大島でとっくに死んだことになっておるに、おもしろいな」

兵衛が腰を浮かせて、

「いかがいたしましょう……」

「いや、朝廷からとなれば、会わねばなるまい」

「では、どこにお通ししましょうか」

「久しく公家言葉を聞いておらぬでな」

「奥の船室にお通ししましょうか」

「いや、前触れもなく咄嗟のこと、ここでよい。みなも話を聞くがよい」

勅使が天幕に通された。檜扇を手に衣冠を着て正装した文官が二人、太刀を佩き糊のきいた狩衣姿の武官を二人従えていた。

接舷した一艘の船には十人ほどの腹巻を着用した武士が意を体し蹲踞の姿勢でいた。離れたもう一艘は中の様子がしかとは見えなかった。

為朝の船の上甲板には大勢の水夫や武士たちがいたが小声もなく静かで、文官の歩く木靴がぼんやりした音を響かせた。

天幕のなかは手際よく模様を変えていた。会食中の器など片づけられ、座の中ほどを広く空けて正面に為朝が一人、床几に腰かけていた。明るい灯台が為朝の左、やや前方にある。

賓客は為朝に向かい二列に腰かけた。前に文官が二人、後ろに武官が二人である。

為朝の左側に女宮司、丁国安夫婦、兵衛、行文が腰かけた。右側には白衣に緋袴の若い巫女たちが五人ならんで雅やかな様相をかもしていた。

かたち通りの挨拶があって文官の一人が、このたびの宋銭の寄進をよろこび、神妙なる心がけをほめる朝廷の言葉をつたえた。

そのあと、深く息を吸って、おもむろに口を開いて、為朝にいそぎ京におもむいて参内するようにとの綸旨を読み上げて為朝を見つめた。為朝の顔は左側だけが明るく照らされていたが表情はうかがえなかった。

綸旨を読み上げた後、勅使は為朝の言葉を待ったが為朝は無言であった。勅使の一人が為朝をうながすように、

「明日より始まる船荷の陸揚げがすみ、出立の準備ができしだいご同行くださるよう」

為朝は何も応えない。風の音も波の音もしない。しっくりしない雰囲気がただよいそうだった。

静かな天幕の中に丁国安の声がした。

「おそれ多いことですが、ご勅使とは思いもよらず、わきまえのない応接の不作法お許しください」

四人の賓客は丁国安を見た。月読の女宮司が微笑んでいた。

丁国安がつづけて、

「勅使とわかっておれば、上座にお座りいただいたものを……」

「いや、いや、我らは朝廷からの使いではありますが勅使ではありません」

丁国安は為朝の様子を見たが、為朝は目をつむっている。二呼吸ほど静かに息をついて待つが何も起きない。女宮司を見るが微笑は消えていた。妻のタエはと顔を向けると、ぷいと鼻をそらされた気がした。話の糸口を作ったのだが……あとの助け船はないようだ。

「しかし、先ほど読まれたものは綸旨ではありませんのか」

「あれは、朝廷の切なる願いでありますが、御内印も御名もありません」

丁国安はさすがに、しゃべり過ぎている、と思ったが、

「それでは、参内せよとは、どなたさまの願いでありますか」

「むろん、さるお方で、ございます。我らをその密使とお心得ください」

丁国安はまた為朝を見たが先ほどと変わらない。切れ長の目はつむっているようで少し開けているようでもある。何も言わない。

そのとき、丁国安の妻、タエが、

「なぜ、参内をのぞまれますのか、我らも京まで一緒ですか」

丁国安が妻を制するように小声で、

「これ、さしでがましい振る舞いですぞ」

「しかし、理由もわからず、何をお受けできますやら」

「これ、おだまりなされ、無礼であろう」

この一言で、場がまたしても静かになった。天幕の中は音がなかった。

朝廷からの使いの者は為朝を見たり、右を見たり左を見たり、そわそわ頭が動いている。精一杯おごそかに振る舞おうとするさまが気の毒にさえ思えた。

すると、月読の女宮司が、床几を降り敷物に直接座って勅使に両手をついた。

「このたび鎌倉の頼朝様が突然に身罷られ、宮廷は動揺し都では三左衛門事件のあとも騒動が絶えず、院中警固軍陣の如し、と聞きます」

文官の一人が、

「さようです、いつまた騒乱が起きるやもしれず、朝廷は武士の動員をはかるにも平家が滅び源氏は鎌倉を動かずで、朝廷には直属の軍も、それをを束ねる将軍もおりません」

文官のもう一人が、

「北面の武士は忠勇無双なれど、いかんせん勢力がたりません」

「それで、西面の武士団を編成する計画があります」

月読の女宮司が顔を上げて、

「それで参内せよとは、西面の武士を差配するためですか」

「お持ちしましたご書面には参内するようにと書いてあるだけです」

「そうですか、都大路の警備なら検非違使もおりましょうに、ただ参内せよと……」

二人の文官は共に頭を下げて、

「こたび、私どもは、ご書面をお持ちする役目でまいりました。何とぞ、大御心をおくみになり参内いただきますよう御願い申し上げます。我ら軍勢は京までお供いたするためまいりました」

月読の女宮司は床に座ったまま両手をついて為朝を見上げたが、為朝はかるく目を閉じて口は結んだままであった。天幕に風が流れて灯台の炎が大きくゆれた。

みんなは為朝が何か言うのをまった。為朝の顔が灯りにゆらいで見える。

「あいわかった。咄嗟のことにて考えが及ばぬ、ところで、後ろの二人は武士のようであるが、馬には乗れるのか」

いきなり声をかけられ二人は一緒に、

「は、はい、乗れます。このたびも騎馬でまいりました」

「ほう、そうか、琵琶湖はどうした」

「は、はい、琵琶湖は船でまいりました」

「む……、そうであろう、馬では渡れぬな。馬も乗せたのか」

笑い声が聞こえた。五人の巫女が口を手でかくしていた。

若武者はちらりと笑い声の方を見て、

「いえ、馬はおいてまいりました」

「そうか……」

もう一人が、

「京から大津まで騎馬で、そこで馬は帰して船に乗り、塩津浜からは代え馬です」

「そうか、ところで、そこもとたちは、わしがわかるのか」

言われて、一瞬戸惑いをみせたが、

「河内源氏、源八郎為朝様でございましょう。鎮西総追捕使様でございます」

「おぬしら保元の乱の頃はまだ生まれてもおるまいに」

「はい、祖父が崇徳上皇方についておったようです」

「ほう、それが敵方、後白河法皇の孫にあたる後鳥羽上皇の武者所におるとな」

「はい、祖父は上皇方ですが父は後白河天皇についておりました」

「そうか、お前の家もややこしいのだな」

気になるのか、若武者は巫女を見て、

「敵味方になろうとも朝廷の御ため、戦に引けは取りません」

「そうか、しかし、その朝廷が割れては、国が乱れるもとだな」

「朝廷の藩屏《はんぺい》であればこそ源家の面目であります。京を守ってこそ役目をはたせます」

「うみ行《ゆ》かば　水漬《みづ》く屍《かばね》　やま行《ゆ》かば　草生《くさむ》す屍《かばね》　おおきみの　辺《へ》にこそ死《し》なめ　かへりみはせじ
であります」

「なんだ、それは……」

「万葉集のなか、大伴家持の歌ですが」

「そうか、長い書き物の一部だけを切り取っては、意味も変わるのではないか」

「全文を見てはおりません」

「そうか、戦を美しく語る者を信用するな。やつらは決まって戦場にはいかぬ者たちだ」

そのとき天幕の入口に人影が来て、行文がそっと席を外した。

行文は船尾楼の甲板を下り船端に立って下を見た。月明かりのない暗い海面に聖福寺船から一櫓漕ぎの小舟が近づき接舷するところだった。禅僧が二人縄梯子を伝ってきた。

行文は笑顔で迎えて、

「久しぶりで、ございます」

「風もよく何事もなく……。朝廷からの使いが見えられたようですね」

「はい、先ほどから話が続いております」

「明日の昼前であろうと思っておりましたが、夜分にお越しになるとは」

「うろたえました。このこと聖福寺様には事前にはおわかりで……」

「はい、前の日にお渡しするようにとの立文を預かっておりました」

「それでは文の手渡しが遅れましたね。お待ちくださいさい、お伝えしてまいります」

行文は天幕に入り腰をかがめて為朝のそばまで屈行した。面前まで来ると片膝を突き聖福寺の僧が来たことを告げた。聞いていた為朝は笑顔になり、行文に何やら指図したようであった。

為朝が四人の賓客に向かって、

「御用向きのお勤めは終わったであろう。これよりは気をゆるめて輪になって話そうではないか、月もまだ出ておらぬ、ゆっくるりして帰られよ」

みなが今まで座っていた床几が片づけられ灯台が中央に戻された。そこに二人の禅僧もくわわり一同は灯台のまわりに車座になって座りなおした。席を外していた五人の巫女が木の盆をそれぞれの席に運んだ。盆には干し鮑と梅干がのっていた。灯りは天幕の四隅の柱にも吊り灯篭が灯してあり、巫女たちが動きまわると天幕に暗い影が流れ神楽を舞っているようでもあった。

為朝の持つ大きな杯に月読の女宮司が瓶子から白い酒をトクトクと注いだ。まず為朝が口をつけ、それを四人の使いが次々と口にして杯を回していった。その大きな杯が車座を一順したあと、今度は五人の巫女がそれぞれに小さな杯を配り長柄銚子の酒を注いでまわった。まず最初に巫女が朝廷の賓客に注いだ。もう一人の巫女が為朝から丁国安、その妻タエ、兵衛と同じように長柄銚子から酒を注いでまわった。禅僧にも注ごうとしたが先ほどと同じく二人は辞退した。

船尾楼の甲板から海に張りだして、かがり火が焚かれている。炎の中から大きくはじける音がして燃える薪が崩れた。火の粉が海に落ちていった。

立文を開封して、目を細め手を伸ばし加減に書面を見ていた為朝が、

「栄西禅師は為朝が参内することを望んでおいでのようだな」と言った。

文官の一人が杯を両手に持って、

「そうでございますか、それは心強い」

丁国安の妻、タエが嬉しそうに、

「それでは、私もお供してっと……　京はまだ見たことがありません」

「これ、まだ何も決まってはおりませんぞ」と亭主が言った。

武官の一人が、

「京の町や通りには、それぞれの家や寺から武士が警護に出ておりますが、それが、いさかいますと検非違使の手にはあまります」と言って巫女の酌を受け頭を下げた。

巫女はひざまずいたまま、ほほえんで武官の顔を見つめ、長柄銚子を少し持ち上げる仕草をして杯を空けるようにうながした。武官は杯をあおり顔をほんのり赤らめた。

そのありさまを見ていた隣りの武官が為朝に向きなおり、

「われら北面の諸大夫と家人の武士たち、さらに、これから動員される西面の武士を統帥する総大将を切に望んでおります」と少しばかり声音を高めた。

巫女は長柄銚子をささげた姿勢で、その場を動かずに話をつづける武官を見ていた。為朝は話を聞いていたが杯を手にしたまま何も言わない。さらに武官は両手を太腿に押しつけ背を伸ばして、

「それで、朝廷に立派な大将がおわせまませば都はおさまりがつきます。差配されれば我ら身命を賭して、家門のほまれを汚しはいたしません」

話し終えた武官の右手の杯から白い酒がこぼれていた。為朝は杯を口に運びながら、優しそうな眼差しで二度ほどうなずいた。為朝の頷きを武官は合意と解釈した。女宮司はこの仕草は為朝の詮無い気持ちの表れだと知っていた。巫女はこぼれた杯には酒を注がず、五人の巫女たちと連れ立って天幕

から下がっていった。

しばらくして巫女たちが戻ってくると籠にいっぱいの菓子を持っていた。丁国安が籠をのぞいて、

「わしは、これが好物でしてな」と顔をほころばせた。

「ほう、これはアラビアの菓子ですな」と兵衛が言った。

「アラビアのですか、めずらしや」と文官が手に持ってながめた。

巫女たちが、先ほどの杯を瑠璃の器と取り替えていった。その後を、取っ手の付いた壺を持つ巫女がアラビアの酒を注いでまわった。為朝の横に座っている文官は、その酒の色を見て驚いたように巫女を見た。次の文官は、

「おう、なんという……」と声を出した。赤い葡萄酒だった。中央の灯台の明かりに照らしてみると瑠璃の中でアラビアの酒は赤黒く透けて見えていた。

「これは、話に聞いたことはありますが、葡萄酒ですか」と文官が言った。

巫女は、ほほえんでいた。隣の武官に目をあわせて立ちあがり、そちらに移動した。赤い酒を注いだ。月読の女宮司が文官の方を見て、

「アラビアから運ばれてきた葡萄酒です。私も初めていただきます」

「そうですか、甘いような酸っぱい、不思議なお味で……」

文官は飲み干した。

月読の女宮司が顔を武官の方に向けて、

「夕餉がまだではありませんのか、空腹でのお酒はよくまわりましょう」

両手で飲み干した武官が、

「は、はい、五臓六腑にしみるようです」と笑った。

「アラビアの菓子をめしあがりください。やわらぎますよ」

武官は頭を下げて応え、酒の器を膝元に置いて菓子に手を伸ばした。丁国安が右手に葡萄酒を、左手にアラビアの菓子を持って、

「この菓子は、小麦を薄く伸ばして、いくつも重ね、それからハチ蜜と木の実を練ったものを、それで包み、石釜で焼き上げたものです」と言ってパクリと口にいれた。

武官は、うなずいて頭を下げ、右手に左手をそえるように口に運んだ。

文官の一人が、為朝に一礼して、

「こたび、出立が整いますれば、都にお上がりくださいますか」

言い終えると、呼吸が止まったように顔を赤らめていた。為朝は膝の上に瑠璃の器を持ったまま何も言わない。葡萄酒の酌を終えた巫女たちが天幕を下がっていった。

月読の女宮司が文官を見て、

「朝廷は、都が一日も早く安らかになることをお望みでしょう」

「はっ、それを、かなえるのが臣下のつとめかと……」

女宮司が外のかがり火を見ながら、

「鎌倉が朝廷を、ないがしろにすることは、ありますまいが、このままでは国が東と西に分かれてしまいそうで……」と為朝を見た。

もう一人の文官が、

「勅命が出れば、南都北陵の僧兵も、畿内の武士も、西国からは荘園の武士や兵卒が大勢かけつけるものと思います」

丁国安の妻、タエが、

「栄西禅師様はいかなるご存念でありましょうか……」と二人の禅僧を見た。

朝廷の使者も、車座のみんなが聖福寺の二人の僧に注目した。

僧の一人が姿勢を正して、

「禅師は朝廷を中心に国が治まることを願っておられます。国が二分することも乱がおきることも望んではおられません」

「でも、頼朝様の叔父にあたる殿御が京で兵を集めては鎌倉が騒ぎませんか」

「武力のない権威はあなどられます。勝る戦力の裏付けがあれば逆らうことの不利を悟り、むしろ、乱が避けられます」と、もう一人の僧がこたえた。

「このままでは、勢力はますます東国に移り、日を追うほどに京は痩せ細ります」

「でも、いま九州で兵の動員はかないますまい、もし、それをやれば、またも源平のような争乱になりませんか」

「いずれにせよ、朝廷に名将がおれば見込みの立たない暴走は抑えられます」

「そう、そうですか……、そうなのですね」とタエは妙に納得したようだ。

月読の女宮司が、

「よかった、よかった。みんなで京にまいりましょう」と為朝を見た。

次の日の朝、東の空が白む時刻はすぎているが、昨夜からの雨が降りやまず船窓の外は闇だった。為朝の大きな右腕が女宮司の胸にのっていた。頬を右に向けて顔をのぞいてみるが暗くて表情はうかがえない。ふかい寝息が聞こえる。

敦賀の浦に碇を入れて二日目の朝を迎えようとしていた。宋銭の陸揚げは受け手側の手筈が整わずにまだ半分も丁国安の宋船に残っているらしい。この空もようでは今日の作業はうっとうしいことだろうと思った。

「雨のようだな」為朝の声がした。

「はい、空が暗くて夜が明けませぬ」

「ならば、もそっとねむろう」と、左の肩を大きな手が包んだ。

右腕に引き寄せられるように体をよじると額が為朝の顎のあたりにふれ、為朝の鼻が髪の中に分け入ってきた。髪を洗ったのはいつだったろうかと気になった。

「髪がにおいませんか」

「いや、よいかおりだ」

「巫女たちは昨日から金ヶ崎のお城にまねかれて、お湯を頂いて髪も洗ったでしょうね」

「船旅の潮気もとれたであろう」

風が吹き込んで部屋のよどんだ空気が流れていった。窓の闇が少し白んでいた。

「京に住まいするようになれば、いつでも湯はとれますね」

「湯など、どこででも沸かせる。わしは海で泳げばさっぱりする」と、そっけない。

「それでは私はいつも塩辛い殿を……」と含むようにわらった。

「昨日は海から上がって長らく雨に打たれ潮は流したはずだが」

「そうでしたか、それでも唇も舌もひりりとして」

「そうであったか」と為朝の右手が胸元を押し開いた。ふくよかな胸の上にアテナの銀貨があった。

為朝が手に取った。先日マンスールが為朝に船を進呈する折に、身に着けてくれるようにと手渡したものだった。

「殿に着けてほしかったのでしょう」

「そなたが身につけるも同じことだ」

「あちらでは千年も前から貨幣があったのですね」

「そのようだな」

為朝の手は銀貨を離し左の胸を包んでいた。

「日の本も、これから大量の宋銭が世に出まわりますね」

「そのようだな、南宋からいくらでも運ばれてくる」

為朝の手の動きが変わって指が触れた。

「どのように、世が変わるのでしょうね」

「わしには、わからぬ」

風が雨のしぶきといっしょに吹き込んだ。

「窓を閉めませんと……」

為朝は体を起こし寝台から下りた。雨が降りこんで窓の外は朝になっていた。女宮司は身ごしらえをして、夜具をととのえた。

激しく降っていた雨は昼前には小雨になった。やがて青い空が戻って風もおだやかになり、積荷の陸揚げがはじまっていた。段取りもよくなって聖福寺船の船べりには順番を待つ艀がただよい、陸とのあいだには何艘も行き交っていた。

聖福寺船から二人の僧が一人櫓の小舟に乗った。途中で宋船に立ち寄って丁国安夫婦を乗せ、為朝のアラビアの船に接舷した。

甲板で出迎えた為朝に丁国安が、

「天気は良くなりましたが、それにしても蒸し暑いことでございます」

「そうだな」

「船の水浴び場で汗を流してまいりましたが」と言って額の汗を手の甲でぬぐった。

「わしも先ほどまで海に浸かっておったところだ」

丁国安の妻タエが縄梯子をつたってきた。兵衛が手を貸して引き上げた。

「今から大切な話がある。兵衛もまいれ」と為朝が言った。

みんなは船尾楼の船室に入り円卓を囲んで椅子に座った。女宮司が茶碗に団茶の煮だしを注いでまわった。

聖福寺の僧が、

「荷の積み出しが遅れておりますが……」と丁国安を見た。

丁国安が詫びるように、

「今日中にはむつかしくとも、明日の昼までには終わります」

「聖福寺船の鎌倉の武士や兵士の様子はいかがですか」と兵衛が言った。

「六十名ずつ交代で一日おきに上陸する予定でしたが、先に陸に上がっておった六十名と朝廷の兵との間で諍いがありまして」

「その場は双方から頭領が出て兵をとりなしました。以後の上陸は控えております」

女宮司が薬缶をかかえ席をまわりながら、

「いくたの健児がこの暑さ、気の毒ですね」と空いた茶碗につぎ足した。

「多勢のつわものどもが動かぬ船に押し込められたままでは危険ですな」

「海で泳がせればどうでしょう」

聖福寺の僧が、

「それが、坂東武者は馬に乗れても泳げぬものがおおくて」と笑って言った。

「ま、いずれにしろ明日は出航できます」

タエが、茶を注ぐ女宮司に頭を下げて、

「それでは、いよいよ明日にはお別れでございますね」と涙ぐんだ。

「あれ、いっしょに京にまいられるのではありませんか」

「それが、うちの綱首が博多に外せぬ要件があるとかで」と夫のことを綱首と言った。

「そうですか、実は私どもも、どうなるか、いまだ……」

聖福寺の僧が背筋を伸ばすようにして、

「その件で先日まいられた朝廷のお使いが夕刻までにはご返答を伺いに参上します」

為朝は茶をすすりながら話す僧をみつめていたが、目線を落とすと無言であった。

丁国安が円卓をはさんだ正面の僧に向かって、

「このたびの航海は満載の宋銭を朝廷にお届けし、さらに禅宗の布教を朝廷にお許しいただき、ご支援を願うことと存じますが」

「そうです。それが、その銭が戦乱で荒廃した京や南都の復興のたすけになることと存じます」

「で、ございましょう。それだけの銭が出回れば宋銭の普及が一段とすすみます。博多で交易する我々も聖福寺も鎌倉も願うことでございます」

薬缶を戻して席についた女宮司が、

「私には壱岐での任期もあけて、京へ帰るのに便乗させていただいたお船です」

丁国安があわてて、

「おお、いや、それも今回の航海の大切な役目でございましたな」

為朝がとなりの月読の宮司をみつめて、

「わしは、そなたを送って最後の別れを惜しむための船旅であった」

タエが流れる涙を袖口で受けて、

「朝廷のお召しにお応えにならず、月読の宮司さまともお別れになるとは……」

月読の女宮司が凛とした笑顔で、

「私は殿とはお別れしませんよ。京がおいやなら海の上でも彼方の地にでもお供いたします」

タエは袖から顔を出して、女宮司の意外な言葉に戸惑いをみせた。

「では、京の月読様でのおつとめは……」

「そうですね、京でのおつとめは、もう、できませんね」

聖福寺の僧が、

「そうですか、領解いたしました。朝廷のお使者にはお出向き無用と伝えます」

為朝が落ち着いた笑顔で、

「よろしく頼む、わしなど朝廷の役には立たぬ。今のえにしに生きておる」

兵衛が晴れ晴れした顔で、

「いざや壱岐に、みなが待っておりますな」

「いや、壱岐には戻れぬ」

「えっ、あぁ、そうでございますね。平戸の婿殿といくさになりますか」

「それよりも、この船で天竺からアラビアに出かけるのも、おもしろそうではないか」

丁国安が呆気にとられた顔をした。

僧が持参していた白木の文箱を取りだして、

「このような場合にと、栄西禅師から文を預かっております」と為朝に渡した。

為朝は巻紙をほどきながら目を走らせ、もう一度巻き戻してゆっくり読み返した。

顔を戻して聖福寺の二人の僧を見すえ、

「あいわかった。彦山を出て以来、禅師のお導きの通りに生きてきた。こたびも心の深いご配慮、ありがたくお受けいたします」と頭を下げた。

みんなは、何が、どうなったのかと為朝の顔を見た。

「博多の北、はるかに浮かぶ小呂島があるのは存じておろう。宗像大社の所領であるが、そこを為朝が拝領するとある。栄西禅師と鎌倉と宗像の大宮司とも話ができておるようだ。それぞれの署名と華押がある」

そう言って巻紙を月読の女宮司に手渡して、話をつづけた。

「すでに小さいが砦のような館もあるようだ。田はないが畑を耕す民も、漁をする海人もおるそうだ。風や波を防ぐ入り江もある」

「そうですか、宗像大社は私の実家です。小呂島にはなんども渡ったことがあります」とタエがはしゃいでいる。

「わたしは、その島で暮らすのですね」と月読の女宮司が為朝の手を取った。

為朝は月読の宮司に手あずけたまま、

「保元の乱により朝廷が割れ、一身を捧げた者の忠義はどうすればいい、親兄弟が相あらそうては孝も情もいき場をうしなう。わしは、この世が何かわからぬが、いまは身近な人を大切に、さらりと生きられればと思うようになった」

丁国安が身を乗り出し、

「中華は昔から易姓革命をかさね、国の半分を女真族にとられた宋の国では女子は老若貴賤を問わず皇女まで凌辱され、もはや忠も孝も男の涙も信じる人などおりません」と口をはさんだ。

聖福寺の僧が補い足すように、

「さいわい、本朝の血筋は連綿と続いております。異民族の蹂躙を許さず奈良の昔から民を慈しむ風土、国柄でございます」

兵衛がぽつんと、

「我が先祖、安倍の郎党は蝦夷の地で朝廷の軍に敗れ、虜囚となり……」

丁国安がしみじみ、

「国が亡ぶのは耐えがたき悲しみです。しかし、この国は同化すれば分け隔てがない。わしなど宗像の姫を嫁にしております。博多も今は南宋の街のようですが、いずれこの国にとけ合い、食べるものも、崇める神仏も同じくなりましょうな」

丁国安の妻タエが、

「ほんと、我が国には山の木や石にまで、いたるところに八百万の神々がおわします」

「また、神がいくつか増えるのでしょうな」

為朝はそれぞれの言うことをうなずいて聞き、自分の話に戻した。

「それにな、これからの、わしの名前まで決めてあるぞ、謝を名のるようにと、南宋の人間として生まれ変わるようだ。謝か……」

聖福寺の僧が、

「あやまる、わびる、ゆるす、さる、たちのく、の意味があり、おとろえる、しぼむ、しぬる、の意味もあるようでございます」と薀蓄をのべた。

「そうか、よい名であるな、気に入った」

謝を名のる夫婦は博多の北にある小呂島に暮らした。気の向くまま壱岐と往き来し、高麗や南宋の臨安までも航海したが琉球を訪ねることはなかった。その後、一人の南宋綱首の子供を養子にした。長じて博多に多大な貢献をした謝国明という博多綱首になるのだが詳しい出自の記録はない。

熊野から為朝に随行して彦山に来た源新宮行忠は定秀の娘沙羅と夫婦になって豊後の大友の府内に移住した。のちに豊後の刀鍛冶として数多くの名刀を残した後鳥羽院御番鍛冶の一人、紀新太夫行平である。僧定秀の子、あるいは門人とする説が伝わっている。

彦山の僧定秀、これについて以後の消息はない。為朝が定秀のことを口にすることもないが太刀銘に豊後国僧定秀作とある二尺四寸六分、反り七分二厘の刀を体から離すことはなかった。この刀は時がすぎ江戸時代、伊予の久松家に伝わったとされ現存している。

丁国安とタエの夫婦、惟唯と平戸の二の姫、次郎とアラビアの女奴隷、マンスールと芦辺の姫、それから、聖福寺の二人の禅僧について、この物語以降の記録はない。

兵衛は、謝を名のる夫婦に随って小呂島に暮らした。熊野と彦山からの為朝の郎党たち数人もお供していたそうだ。

完

【著者略歴】

中村　克博（なかむら　かつひろ）

1946 年福岡県飯塚市に生まれる。
福岡大学卒業。現在会社役員。

アテナの銀《ぎん》貨《か》

2017 年 8 月 3 日　第 1 刷発行

著　者 — 中村《なかむら》　克博《かつひろ》

発行者 — 佐藤　聡

発行所 — 株式会社 郁朋社《いくほうしや》

〒 101-0061　東京都千代田区三崎町 2-20-4
電　話　03（3234）8923（代表）
ＦＡＸ　03（3234）3948
振　替　00160-5-100328

印刷・製本 — 日本ハイコム株式会社

郁朋社ホームページアドレス　http://www.ikuhousha.com
この本に関するご意見・ご感想をメールでお寄せいただく際は、
comment@ikuhousha.com までお願い致します。

ISBN978-4-87302-648-0 C0093